河出文庫

太宰よ！　45人の追悼文集

さよならの言葉にかえて

河出書房新社編集部 編

河出書房新社

太宰よ！　45人の追悼文集

さよならの言葉にかえて

目次

I　太宰よ！

II　あの日のこと

III　死を悼む

Ⅳ　太宰とわたし

Ⅴ　太宰の文学

VI 追憶の太宰

太宰よ！　45人の追悼文集

さようならの言葉にかえて

I　太宰よ！

弔辞

井伏鱒二

いぶせ・ますじ　一八九八―一九九三　小説家。代表作に『山椒魚』『黒い雨』。太宰の生涯の師。仕事のみならず、薬物中毒、自殺未遂、借金、女性問題、結婚など太宰の生活すべての面倒を引き受けた。

太宰君は自分で絶えず悩みを生み出して自分で苦しんでいた人だと私は思います。四十才で生涯を終ったが、生み出した悩みの量は自分でも計り知ることが出来なかったでしょう。ちょうどそれは、たとえば岡の麓の泉の深さは計り知り得るが湧き出る水の量は計り知れないのと同じことでしょう。しかし元来が幅のせまい人間の私は、ただ君の才能に敬伏していましたので、はらはらさせられながらも君は悩みを突破して行けるものと思っておりました。しかしもう及ばない。私の愚かであったために、君は手まとい《さ》を感じていたかもしれません。どうしようもないことですが、その実は恥じ入ります。左様《よう》なら。

（一九四八年六月二十一日　太宰家にて）

文芸の完遂

檀一雄

だん・かずお　一九一二―一九七六
小説家。代表作に『リツ子・その愛』『火宅の人』。太宰とは同人誌『青い花』から『日本浪曼派』と行動を共にした莫逆の友。太宰の処女作『晩年』は、檀の尽力により刊行した。

太宰治の死の原因を考えていって、私は疑いもなく、彼の文芸の抽象的な完遂の為であると思った。文芸の壮図の成就である。彼の死を伝え聞いた総《すべ》ての人々が、その事情を察知し感得しながら、さて、その死を語る際になると、日頃見聞に馴れた世上の自殺風を附会していった。

太宰の死は、四十年の歳月の永きに亙って、企図され、仮構され、誘導されていった彼の生、つまる処彼の文芸が、終局に於《お》いて彼を招くものであった。太宰の完遂しなければならない文芸が、太宰の身を喰うたのである。

ただ、人々は、文芸の完遂の為に死を選ぶということを咄嗟《とっさ》に首肯しながら、おのれの市井風の身上に紛れ考えていって、その断定をためらった。

仮構された抽象的な生の完遂の為に、人は果して死を選び得るか？　ここに、疑いつつも芸術の至上を選び踏まえた、果敢な、太宰の純潔があるのである。その生の誘導が、正しかったか否かは、しばらく問うまい。その壮図が、彼流に申し分のない首尾を整えて達成されたことについて、私は太宰の為にひそかな祝盃を挙げれば足りる。

評者は屢々《しばしば》芥川の死と並《なら》べて云々するが、私の理解する範囲内に於て、太宰は遥《はるか》に熾烈な功名心と、彼の文芸の温床であるところのその仮構された生の首尾を全うしたいと祈求する文芸完遂のはげしい悲願に追いたてられていた。ゴルゴタへ急ぐふうの思い入れである。その発端の意志の当不当は別として彼の選びとった生の完遂に関して、驚くほど真摯誠実であった。

太宰は、それを、好んで義の為だと云っている。義の為とは何か？　疑いもなく、彼の完遂しなければならない文芸の謂《いい》に外ならぬ。亀井勝一郎氏は、太宰の死の原因を本人に問うならば「千々《ちぢ》に乱れて」と照れくさそうに答えるだろうと語っている。この友誼に敦《あつ》い批評家は、情景を世話物風に修飾して、切なく可憐ではあるが、私は肯けなかった。「父は義の為に死んだ」とはっきり云うだろう。いや、彼は死の寸前に至るまで、至るところで、そう言っているのである。

もし文芸家の生死の裁量が、女々しい井戸端会議風の興味につながり得るものなら、己の文芸に喰われて終うというようなむごい事実はおこるまい。太宰の場合は、文芸家のみが選び得る、このような厳粛な自己完遂の死であった。

彼の自己完遂の為の死は、早く十三年前決定していたと云えるだろう。前の自殺未遂の折のこと、中村地平氏はその少し先の夜、太宰と娼家に同行して、彼がサックを使用していたことを思いうかべながら、おそらく自殺は狂言だろうと語っていたが、私は肯かなかった。

太宰が『狂言の神』と記すのは、彼の人生が仮構されているという意識上の自負であって、その故にこそ、死もまた壮烈に選び取られねばならなかった。

彼の仮構された人生は、死を選ばねば完成されぬ。彼の文芸は、彼の自殺をまたねば成就を見ない。太宰は早くから、このような執拗な妄想にのみ生きていた。「爾《なんじ》の為す事を速《すみや》かに為せ」と彼が聖書に異常な関心を寄せていたのは、キリストの生涯に、恐しい符合と先駆を見て、震撼されていたからである。

しかしその死の時期の選定については、太宰は最も世俗的な判定の規準に鋭敏であり、果断であった。己を知るものと云うべきであろう。従って彼の結核が既に決定的な段階に入ったという自覚、彼の世評がほぼ高潮に達しているという安堵と危険、太田静子の懐妊、山崎富栄との不決断な交渉（この何れの場合も恋ではない、彼のような虚栄の男に恋愛が成立しない事を私はよく知っている）これらの均衡を見渡して、選ぶべき時期は今だと裁決しただろう。そうしてこの時期に死を選べば、彼が最も憂慮していた妻子が、少なくも餓える気づかいのないことをも、勿論のこと予想した。

太宰の死の直後、その夫人が雨洩りのする三和土《たたき》の上を跣足《はだし》になって洗い流していたという新聞記事は、私には一際哀切に思われた。太宰が生前、「息子の戦死を聞き、黙って背戸に出てシャッシャッと米をとぐ母」と語っていたことを思い合わせたからだ。

太宰の根柢はおそろしく古風な人情家であった。いや、人情に絶望しながら、人情の風儀にあこがれた。それは彼の家系の古さであると私は思っている。私は彼ほど人々に絶望しながら、人々に甘え媚びた男を知らない。これも良家の不良の子弟が、早く孤独を知って、我儘に甘え媚びる環境の故に相違ない。従って彼が心のうちで勝手に数えている重要な作家達は、暗黙のうちに彼を認知し支援してくれているという妄想を、早くから持っていた。佐藤春夫氏、川端康成氏、小林秀雄氏、志賀直哉氏等。これらの作家達が次々に彼に讃辞を呈するであろうことは、彼の疑いを入れぬ確信にまで達していた。だから、芥川賞の選定の辞に川端康成氏が「私見によれば、作者目下の生活に厭な雲ありて」という意味の言葉を見た時の失意と憤激は直《すぐ》に太宰を駆って『文芸通信』の異様な抗議となって現われた。志賀直哉氏への抗議も、また同断であったろうと、私は想像する。

これらの失意の緩衝を得たく、豊島与志雄《とよしまよしお》氏の理解に縋り、死の寸前まで、絶えず慰藉の泉を得ていただろう。戦後、坂口安吾氏、石川淳氏らと並び称されていたことは幸福であった。即ち安吾氏の健康闊達《かったつ》の良識を喜び、更に淳氏の孤独な文化継承の雅懐を見て、ひそかに千万の援兵を得ていたに相違ない。

太宰治の異様な仮構人生と文芸を、外部から終始、正常な作家生活の軌道に乗せてやりたいと苦慮しつづけていたのは、井伏鱒二氏であった。氏の庇護なくば、太宰の死は、おそらく十年昔に訪れていたに相違ない。この庇護による延命の途上『富嶽百景』等の一連の不思議な開花を見せている。しかし結局に於て太宰は、彼の文芸と彼の仮構人生を完遂しなければならなかった。『春の盗賊』を見たまえ。洒脱剽軽《しゃだつひょうきん》に語られている彼の市井生活の底流に、不気味な、陰惨な、彼の自己完遂の決意と鬼火が燃えているではないか。

太宰は平常「文章を井伏鱒二氏に、文人の風を佐藤春夫氏に学んだ」と語るのを常とした。

太宰が死の瞬間に破棄していたという遺書の断片の文字は、井伏氏のかかる懇篤《こんとく》な庇護にもかかわらず、一部の心情を吐露したものだろう。私は、そこに、作家と作家との間に醸成されてゆく抜きがたい憂鬱を見る。

太宰はこのようにして、総ての処世の言を妥当なものと認定しながらも斥《しりぞ》け、彼の文芸完遂の悲劇的な運命の側に立ち、専ら脆弱未熟の青年の讃辞を周囲に集めながら、その宴席の中で、今様《いまよう》兼好のように故実を語り、人情の風儀を語り、また今様キリストのように、近く十字架に急ぐ己の文芸完遂の決意を語りつづけていた。

（『新潮』一九四九年七月号）

不良少年とキリスト

坂口安吾

さかぐち・あんご　一九〇六―一九五五
小説家、評論家。代表作に『風博士』『堕落論』。太宰、織田作之助らとともに無頼派（新戯作派）といわれる。座談会や酒場での文学談義に花を咲かせた。

もう十日、歯がいたい。右頬《みぎほお》に氷をのせ、ズルフォン剤をのんで、ねている。ねていたくないのだが、氷をのせると、ねる以外に仕方がない。ねて本を読む。太宰の本をあらかた読みかえした。

ズルフォン剤を三箱カラにしたが、痛みがとまらない。是非なく、医者へ行った。一向にハカバカしく行かない。

「ハア、たいへん、よろしい。私の申上げることも、ズルフォン剤をのんで、氷嚢《ひょうのう》をあてる、それだけです。それが何より、よろしい」

こっちは、それだけでは、よろしくないのである。

「今に、治るだろうと思います」

この若い医者は、完璧な言葉を用いる。今に、治るだろうと思います、か。医学は主観的認識の問題であるか、薬物の客観的効果の問題であるか。ともかく、こっちは、歯が痛いのだよ。

原子バクダンで百万人一瞬にたたきつぶしたって、たった一人の歯の痛みがとまらなきゃ、なにが文明だい。バカヤロー。

女房がズルフォン剤のガラスビンを縦に立てようとして、ガチャリと倒す。音響が、とびあがるほど、ひびくのである。

「コラ、バカ者！」

「このガラスビンは立てることができるのよ」

先方は、曲芸をたのしんでいるのである。

「オマエサンは、バカだから、キライだよ」

女房の血相が変る。怒り、骨髄に徹したのである。こっちは痛み骨髄に徹している。グサリと短刀を頬へつきさす。エイとえぐる。気持、よきにあらずや。ノドにグリグリができている。そこが、うずく。耳が痛い。頭のシンも、電気のようにヒリヒリする。

クビをくくれ。悪魔を亡《ほろ》ぼせ。退治せよ。すすめ。まけるな。戦え。

かの三文文士は、歯痛によって、ついに、クビをくくって死せり。決死の血相、ものすごし。闘志充分なりき。偉大。

ほめて、くれねえだろうな。誰も。

歯が痛い、などということは、目下、歯が痛い人間以外は誰も同感してくれないのである。人間ボートク！　と怒ったって、歯痛に対する不同感が人間ボートクかね。然《しか》らば、歯痛ボートク。いいじゃないですか。歯痛ぐらい。やれやれ。歯は、そんなものでしたか。新発見。

たった一人、銀座出版の升金《ますかね》編輯局長という珍妙な人物が、同情をよせてくれた。

「ウム、安吾さんよ。まさしく、歯は痛いもんじゃよ。歯の病気と生殖器の病気は、同類項の陰鬱じゃ」

うまいことを言う。まったく、陰にこもっている。してみれば、借金も同類項だろう。借金は陰鬱なる病気也《なり》。不治の病い也。これを退治せんとするも、人力の及ぶべからず。ああ、悲し、悲し。

歯痛をこらえて、ニッコリ、笑う。ちっとも、偉くねえや。このバカヤロー。

ああ、歯痛に泣く。蹴とばすぞ。このバカ者。

歯は、何本あるか。これが、問題なんだ。人によって、歯の数が違うものだと思っていたら、そうじゃ、ないんだってね。変なところまで、似せやがるよ。そうまで、しなくったって、いいじゃないか。だからオレは、神様が、きらいなんだ。なんだって、歯の数まで、同じにしやがるんだろう。気違いめ。まったくさ。そういうキチョウメンなヤリカタは、気違いのものなんだ。もっと、素直に、なりやがれ。

歯痛をこらえて、ニッコリ、笑う。ニッコリ笑って、人を斬る。黙って坐れば、ピタリと、治る。オタスケじいさんだ。なるほど、信者が集《あつま》る筈だ。

余は、歯痛によって、十日間、カンシャクを起せり。女房は親切なりき。枕頭《ちんとう》に侍《はべ》り、カナダライに氷をいれ、タオルをしぼり、五分間おきに余のホッペタにのせかえてくれたり。怒り骨髄に徹すれど、色にも見せず、貞淑、女大学なりき。

十日目。

「治った？」

「ウム。いくらか、治った」

女という動物が、何を考えているか、これは利巧な人間には、わからんよ。女房、とたんに血相変り、

「十日間、私を、いじめたな」

余はブンナグラレ、蹴とばされたり。

ああ、余の死するや、女房とたんに血相変り、一生涯、私を、いじめたな、と余のナキガラをナグリ、クビをしめるべし。とたんに、余、生きかえれば、面白し。

檀一雄、来《きた》る。ふところより高価なるタバコをとりだし、貧乏するとゼイタクになる、タンマリお金があると、二十円の手巻きを買う、と呟《つぶや》きつつ、余に一個くれたり。

「太宰が死にましたね。死んだから、葬式に行かなかった」

死なない葬式が、あるもんか。

檀は太宰と一緒に共産党の細胞とやらいう生物活動をしたことがあるのだ。そのとき太宰は、生物の親分格で、檀一雄の話によると一団中で最もマジメな党員だったそうである。

「とびこんだ場所が自分のウチの近所だから、今度はほんとに死んだと思った」

檀仙人は神示をたれて、又、曰《いわ》く、

「またイタズラしましたね。なにかしらイタズラするです。死んだ日が十三日、グッドバイが十三回目、なんとか、なんとかが、十三……」

檀仙人は十三をズラリと並べた。てんで気がついていなかったから、私は呆気《あっけ》にとられた。仙人の眼力である。

太宰の死は、誰より早く、私が知った。まだ新聞へでないうちに、新潮の記者が知らせに来たのである。それをきくと、私はただちに置手紙を残して行方をくらました。新聞、雑誌が太宰のことで襲撃すると直覚に及んだからで、太宰のことは当分語りたくないから、と来訪の記者諸氏に宛て、書き残して、家をでたのである。これがマチガイの元であった。

新聞記者は私の置手紙の日附が新聞記事よりも早いので、怪しんだのだ。太宰の自殺が狂言で、私が二人をかくまっていると思ったのである。

私も、はじめ、生きているのじゃないか、と思った。しかし、川っぷちに、ズリ落ちた跡がハッキリしていたときいたので、それでは本当に死んだと思った。ズリ落ちた跡までイタズラはできない。新聞記者は拙者に弟子入りして探偵小説を勉強しろ。

新聞記者のカンチガイが本当であったら、大いに、よかった。一年間ぐらい太宰を隠しておいて、ヒョイと生きかえらせたら、新聞記者や世の良識ある人々はカンカンと怒るか知れないが、たまにはそんなことが有っても、いいではないか。本当の自殺よりも、狂言自殺をたくらむだけのイタズラができたら、太宰の文学はもっと傑《すぐ》れたものになったろうと私は思っている。

＊

ブランデン氏は、日本の文学者どもと違って眼識ある人である。太宰の死にふれて（時事新報）文学者がメランコリイだけで死ぬのは例が少い、たいがい虚弱から追いつめられるもので、太宰の場合も肺病が一因ではないか、という説であった。

芥川も、そうだ。支那で感染した梅毒が、貴族趣味のこの人をふるえあがらせたことが思いやられる。

芥川や太宰の苦悩に、もはや梅毒や肺病からの圧迫が慢性となって、無自覚になっていたとしても、自殺へのコースをひらいた圧力の大きなものが、彼らの虚弱であったことは本当だと私は思う。

太宰は、Ｍ・Ｃ、マイ・コメジアン、を自称しながら、どうしても、コメジアンになりきることが、できなかった。

晩年のものでは、——どうも、いけない。彼は「晩年」という小説を書いてるもんで、こんぐらかって、いけないよ。その死に近きころの作品に於《おい》ては（舌がまわらんネ）「斜陽」が最もすぐれている。しかし十年前の「魚服記」（これぞ晩年の中にあり）は、すばらしいじゃないか。これぞ、M・Cの作品です。「斜陽」も、ほぼ、M・Cだけれども、どうしてもM・Cになりきれなかったんだね。「父」だの「桜桃」だの、苦しいよ。あれを人に見せちゃア、いけないんだ。あれはフツカヨイの中にだけあり、フツカヨイの中で処理してしまわなければいけない性質のものだ。

フツカヨイの、もしくは、フツカヨイ的の、自責や追悔の苦しさ、切なさを、文学の問題にしてもいけないし、人生の問題にしてもいけない。

死に近きころの太宰は、フツカヨイ的でありすぎた。毎日がいくらフツカヨイであるにしても、文学がフツカヨイじゃ、いけない。舞台にあがったM・Cにフツカヨイは許されないのだよ。覚醒剤をのみすぎ、心臓がバクハツしても、舞台の上のフツカヨイはくいとめなければいけない。

芥川は、ともかく、舞台の上で死んだ。死ぬ時も、ちょッと、役者だった。太宰は、十三の数をひねくったり、人間失格、グッドバイと時間をかけて筋をたて、筋書き通りにやりながら、結局、舞台の上ではなく、フツカヨイ的に死んでしまった。

フツカヨイをとり去れば、太宰は健全にして整然たる常識人、つまり、マットウの人間であった。小林秀雄が、そうである。太宰は小林の常識性を笑っていたが、それはマチガイである。真に正しく整然たる常識人でなければ、まことの文学は、書ける筈がない。

今年の一月何日だか、織田作之助の一周忌に酒をのんだとき、織田夫人が二時間ほど、おくれて来た。その時までに一座は大いに酔っ払っていたが、誰かが織田の何人かの隠していた女の話をはじめたので、

「そういう話は今のうちにやってしまえ。織田夫人がきたら、やるんじゃないよ」

と私が言うと、

「そうだ、そうだ、ほんとうだ」

と、間髪《かんはつ》を入れず、大声でアイヅチを打ったのが太宰であった。先輩を訪問するに袴をはき、太宰は、そういう男である。健全にして、整然たる、本当の人間であった。

しかし、M・Cになれず、どうしてもフツカヨイ的になりがちであった。

人間、生きながらえば恥多し。しかし、文学のM・Cには、人間の恥はあるが、フツカヨイの恥はない。

「斜陽」には、変な敬語が多すぎる。お弁当をお座敷にひろげて御持参のウイスキーをお飲みになり、といったグアイに、そうかと思うと、和田叔父が汽車にのると上キゲンに謡《うたい》をうなる、というように、いかにも貴族の月並な紋切型で、作者というものは、こんなところに文学のまことの問題はないのだから平気な筈なのに、実に、フツカヨイ的に最も赤面するのが、こういうところなのである。

まったく、こんな赤面は無意味で、文学にとって、とるにも足らぬことだ。

ところが、志賀直哉という人物が、これを採りあげて、やッつける。つまり、志賀直

哉なる人物が、いかに文学者でないか、単なる文章家にすぎん、ということが、これによって明かなのであるが、ところが、これが又、フツカヨイ的には最も急所をついたもので、太宰を赤面混乱させ、逆上させたに相違ない。

元々太宰は調子にのると、フツカヨイ的にすべってしまう男で、彼自身が、志賀直哉の「お殺し」という敬語が、体をなさんと云《い》って、やッつける。

いったいに、こういうところには、太宰の一番かくしたい秘密があった、と私は思う。彼の小説には、初期のものから始めて、自分が良家の出であることが、書かれすぎている。

そのくせ、彼は、亀井勝一郎が何かの中で自ら名門の子弟を名乗ったら、ゲッ、名門、笑わせるな、名門なんて、イヤな言葉、そう言ったが、なぜ、名門がおかしいのか、つまり太宰が、それにコダワッているのだ。名門のおかしさが、すぐ響くのだ。志賀直哉のお殺しも、それが彼にひびく意味があったのだろう。

フロイドに「誤謬《ごびゅう》の訂正」ということがある。我々が、つい言葉を言いまちがえたりすると、それを訂正する意味で、無意識のうちに類似のマチガイをやって、合理化しようとするものだ。

フツカヨイ的な衰弱的な心理には、特にこれがひどくなり、赤面逆上的混乱苦痛とともに、誤謬の訂正的発狂状態が起るものである。

太宰は、これを、文学の上でやった。

思うに太宰は、その若い時から、家出をして女の世話になった時などに、良家の子弟、時には、華族の子弟ぐらいのところを、気取っていたこともあったのだろう。その手で、飲み屋をだまして、借金を重ねたことも、あったかも知れぬ。

フツカヨイ的に衰弱した心には、遠い一生のそれらの恥の数々が赤面逆上的に彼を苦しめていたに相違ない。そして彼は、その小説で、誤謬の訂正をやらかした。フロイドの誤謬の訂正とは、誤謬を素直に訂正することではなくて、もう一度、類似の誤謬を犯すことによって、訂正のツジツマを合せようとする意味である。

けだし、率直な誤謬の訂正、つまり善なる建設への積極的な努力を、太宰はやらなかった。

彼は、やりたかったのだ。そのアコガレや、良識は、彼の言動にあふれていた。しかし、やれなかった。そこには、たしかに、虚弱の影響もある。しかし、虚弱に責を負わせるのは正理ではない。たしかに、彼が、安易であったせいである。

M・Cになるには、フツカヨイを殺してかかる努力がいるが、フツカヨイの嘆きに溺れてしまうには、努力が少くてすむのだ。しかし、なぜ、安易であったか、やっぱり、虚弱に帰するべきであるかも知れぬ。

むかし、太宰がニヤリと笑って田中英光に教訓をたれた。ファン・レターには、うるさがらずに、返事をかけよ、オトクイサマだからな。文学者も商人だよ。田中英光はこの教訓にしたがって、せっせと返事を書くそうだが、太宰がせッせと返事を書いたか、あんまり書きもしなかろう。

しかし、ともかく、太宰が相当ファンにサービスしていることは事実で、去年私のところへ金沢だかどこかの本屋のオヤジが、画帖（だか、どうだか、中をあけてみなかったが、相当厚みのあるものであった）を送ってよこして、一筆かいてくれという。包みをあけずに、ほッたらかしておいたら、時々サイソクがきて、そのうち、あれは非常に高価な紙をムリして買ったもので、もう何々さん、何々さん、何々さん、太宰さんも書いてくれた、余は汝坂口《なんじ》先生の人格を信用している、というような変なことが書いてあった。虫の居どころの悪い時で、私も腹を立て、変なインネンをつけるな、バカ者め、と、包みをそっくり送り返したら、このキチガイめ、と怒った返事がきたことがあった。その時のハガキによると、太宰は絵をかいて、それに書を加えてやったようである。相当のサービスと申すべきであろう。これも、彼の虚弱から来ていることだろうと私は思っている。

いったいに、女優男優はとにかく、文学者とファン、ということは、日本にも、外国にも、あんまり話題にならない。だいたい、現世的な俳優という仕事と違って、文学は歴史性のある仕事であるから、文学者の関心は、現世的なものとは交《まじわ》りが浅くなるのが当然で、ヴァレリイはじめ崇拝者にとりまかれていたというマラルメにしても、木曜会の漱石にしても、ファンというより門弟で、一応才能の資格が前提されたツナガリであったろう。

太宰の場合は、そうではなく、映画ファンと同じようで、こういうところは、芥川にも似たところがある。私はこれを彼らの肉体の虚弱からきたものと見るのである。

彼らの文学は本来孤独の文学で、現世的、ファン的なものとツナガルところはない筈であるのに、つまり、彼らは、舞台の上のＭ・Ｃになりきる強靭さが欠けていて、その弱さを現世的におぎなうようになったのだろうと私は思う。

結局は、それが、彼らを、死に追いやった。彼らが現世を突ッぱねていれば、彼らは、自殺はしなかった。自殺したかも、知れぬ。しかし、ともかく、もっと強靭なＭ・Ｃとなり、さらに傑れた作品を書いたであろう。

芥川にしても、太宰にしても、彼らの小説は、心理通、人間通の作品で、思想性は殆《ほとん》どない。

虚無というものは、思想ではないのである。人間そのものに附属した生理的な精神内容で、思想というものは、もっとバカな、オッチョコチョイなものだ。キリストは、思想でなく、人間そのものである。

人間性（虚無は人間性の附属品だ）は永遠不変のものであり、人間一般のものであるが、個人というものは、五十年しか生きられない人間で、その点で、唯一の特別な人間であり、人間一般と違う。思想とは、この個人に属するもので、だから、生き、又、亡《ほろ》びるものである。だから、元来、オッチョコチョイなのである。

思想とは、個人が、ともかく、自分の一生を大切に、より良く生きようとして、工夫をこらし、必死にあみだした策であるが、それだから、又、人間、死んでしまえば、それまでさ、アクセクするな、と言ってしまえば、それまでだ。

太宰は悟りすまして、そう云いきることも出来なかった。そのくせ、よりよく生きる工夫をほどこし、青くさい思想を怖《おそ》れず、バカになることは、尚《なお》、できなかった。しかし、そう悟りすまして、冷然、人生を白眼視しても、ちッとも救われもせず、偉くもない。それを太宰は、イヤというほど、知っていた筈だ。

太宰のこういう「救われざる悲しさ」は、太宰ファンなどというものには分らない。太宰ファンは、太宰が冷然、白眼視、青くさい思想や人間どもの悪アガキを冷笑して、フツカヨイ的な自虐作用を見せるたびに、カッサイしていたのである。

太宰はフツカヨイ的では、ありたくないと思い、もっともそれを呪っていた筈だ。どんなに青くさくても構わない、幼稚でもいい、よりよく生きるために、世間的な善行でもなんでも、必死に工夫して、よい人間になりたかった筈だ。

それをさせなかったものは、もろもろの彼の虚弱だ。そして彼は現世のファンに迎合し、歴史の中のM・Cにならずに、ファンだけのためのM・Cになった。

「人間失格」「グッドバイ」「十三」なんて、いやらしい、ゲッ。他人がそれをやれば、太宰は必ず、そう言う筈ではないか。

太宰が死にそこなって、生きかえったら、いずれはフツカヨイ的に赤面逆上、大混乱、苦悶のアゲク、「人間失格」「グッドバイ」自殺、イヤらしい、ゲッ、そういうものを書いたにきまっている。

＊

太宰は、時々、ホンモノのＭ・Ｃになり、光りかがやくような作品をかいている。「魚服記」、「斜陽」、その他、昔のものにも、いくつとなくあるが、近年のものでも、「男女同権」とか、「親友交驩《こうかん》」のような軽いものでも、立派なものだ。堂々、見あげたＭ・Ｃであり、歴史の中のＭ・Ｃぶりである。

けれども、それが持続ができず、どうしてもフツカヨイのＭ・Ｃになってしまう。そこから持ち直して、ホンモノのＭ・Ｃに、もどる。又、フツカヨイのＭ・Ｃにもどる。それを繰りかえしていたようだ。

しかし、そのたびに、語り方が巧くなり、よい語り手になっている。文学の内容は変っていない。それは彼が人間通の文学で、人間性の原本的な問題のみ取り扱っているから、思想的な生成変化が見られないのである。

今度も、自殺をせず、立ち直って、歴史の中のＭ・Ｃになりかえったなら、彼は更に巧みな語り手となって、美しい物語をサービスした筈であった。

だいたいに、フツカヨイ的自虐作用は、わかり易いものだから、深刻ずきな青年のカッサイを博すのは当然であるが、太宰ほどの高い孤独な魂が、フツカヨイのＭ・Ｃにひきずられがちであったのは、虚弱の致すところ、又、ひとつ、酒の致すところであったと私は思う。

ブランデン氏は虚弱を見破ったが、私は、もう一つ、酒、この極めて通俗な魔物をつけ加える。

太宰の晩年はフツカヨイ的であったが、又、実際に、フツカヨイという通俗きわまるものが、彼の高い孤独な魂をむしばんでいたのだろうと思う。

酒は殆ど中毒を起さない。先日、さる精神病医の話によると、特に日本には真性アル中というものは殆どない由である。

けれども、酒を麻薬に非《あら》ず、料理の一種と思ったら、大マチガイですよ。酒は、うまいもんじゃないです。僕はどんなウイスキーでもコニャックでも、イキを殺して、ようやく呑み下しているのだ。酔っ払うためにのんでいるです。酔うと、ねむれます。これも効用のひとつ。

しかし、酒をのむと、否、酔っ払うと、忘れます。いや、別の人間に誕生します。もしも、自分というものが、忘れる必要がなかったら、何も、こんなものを、私はのみたくない。

自分を忘れたい、ウソつけ。忘れたきゃ、年中、酒をのんで、酔い通せ。これをデカダンと称す。屁理窟《へりくつ》を云ってはならぬ。

私は生きているのだぜ。さっきも言う通り、人生五十年、タカが知れてらア、そう言うのが、あんまり易しいから、そう言いたくないと言ってるじゃないか。幼稚でも、青くさくても、泥くさくても、なんとか生きているアカシを立てようと心がけているのだ。年中酔い通すぐらいなら、死んでらい。

一時的に自分を忘れられるということは、これは魅力あることですよ。たしかに、これは、現実的に偉大なる魔術です。むかしは、金五十銭、ギザギザ一枚にぎると、新橋の駅前で、コップ酒五杯のんで、魔術がつかえた。ちかごろは、魔法をつかうのは、容易なことじゃ、ないですよ。太宰は、魔法つかいに失格せずに、人間に失格したです。と、思いこみ遊ばしたです。

もとより、太宰は、人間に失格しては、いない。フツカヨイに赤面逆上するだけでも、赤面逆上しないヤツバラよりも、どれぐらい、マットウに、人間的であったか知れぬ。小説が書けなくなったわけでもない。ちょッと、一時的に、M・Cになりきる力が衰えただけのことだ。

太宰は、たしかに、ある種の人々にとっては、つきあいにくい人間であったろう。たとえば、太宰は私に向って、文学界の同人についなっちゃったが、あれ、どうしたら、いいかね、と云うから、いいじゃないか、そんなこと、ほッたらかしておくがいいさ。アア、そうだ、そうだ、とよろこぶ。

そのあとで、人に向って、坂口安吾にこうわざとショゲて見せたら、案の定、大先輩ぶって、ポンと胸をたたかんばかりに、いいじゃないか、ほッたらかしとけ、だってさ、などと面白おかしく言いかねない男なのである。

多くの旧友は、太宰のこの式の手に、太宰をイヤがって離れたりしたが、むろんこの手で友人たちは傷つけられたに相違ないが、実際は、太宰自身が、わが手によって、内々さらに傷つき、赤面逆上した筈である。

もとより、これらは、彼自身がその作中にも言っている通り、現に眼前の人へのサービスに、ふと、言ってしまうだけのことだ。それぐらいのことは、同様に作家たる友人連、知らない筈はないが、そうと知っても不快と思う人々は彼から離れたわけだろう。しかし、太宰の内々の赤面逆上、自卑、その苦痛は、ひどかった筈だ。その点、彼は信頼に足る誠実漢であり、健全な、人間であったのだ。

だから、太宰は、座談では、ふと、このサービスをやらかして、内々赤面逆上に及ぶわけだが、それを文章に書いてはおらぬ。ところが、太宰の弟子の田中英光となると、座談も文学も区別なしに、これをやらかしており、そのあとで、内々どころか、大ッピラに、赤面混乱逆上などと書きとばして、それで当人救われた気持だから、助からない。太宰は、そうではなかった。もっと、本当に、つつましく、敬虔で、誠実であったのである。それだけ、内々の赤面逆上は、ひどかった筈だ。

そういう自卑に人一倍苦しむ太宰に、酒の魔法は必需品であったのが当然だ。しかし、酒の魔術には、フツカヨイという香《かんば》しからぬ附属品があるから、こまる。火に油だ。

料理用の酒には、フツカヨイはないのであるが、魔術用の酒には、これがある。精神の衰弱期に、魔術を用いると、淫しがちであり、ええ、ままよ、死んでもいいやと思いがちで、最も強烈な自覚症状としては、もう仕事もできなくなった、文学もイヤになった、これが、自分の本音のように思われる。実際は、フツカヨイの幻想で、そして、病的な幻想以外に、もう仕事ができない、という絶体絶命の場は、実在致してはおらぬ。太宰のような人間通、色々知りぬいた人間でも、こんな俗なことを思いあやまる。ムリはないよ。酒は、魔術なのだから。俗でも、浅薄でも、敵が魔術だから、知っていても、人智は及ばぬ。ローレライです。

太宰は、悲し。ローレライに、してやられました。

情死だなんて、大ウソだよ。魔術使いは、酒の中で、女にほれるばかり。酒の中にいるのは、当人でなくて、別の人間だ。別の人間が惚れたって、当人は、知らないよ。

第一、ほんとに惚れて、死ぬなんて、ナンセンスさ。惚れたら、生きることです。

太宰の遺書は、体をなしていない。メチャメチャに酔っ払っていたようだ。十三日に死ぬことは、あるいは、内々考えていたかも知れぬ。ともかく、人間失格、グッドバイ、それで自殺、まア、それとなく筋は立てておいたのだろう。内々筋は立ててあっても、必ず死なねばならぬ筈でもない。必ず死なねばならぬ、そのような絶体絶命の思想とか、絶体絶命の場というものが、実在するものではないのである。

彼のフツカヨイ的衰弱が、内々の筋を、次第にノッピキならないものにしたのだろう。しかし、スタコラ・サッちゃんが、イヤだと云えば、実現はする筈がない。太宰がメチャメチャ酔って、言いだして、サッちゃんが、それを決定的にしたのであろう。

サッちゃんも、大酒飲みの由であるが、その遺書は、尊敬する先生のお伴をさせていただくのは身にあまる幸福です、というような整ったもので、一向に酔った跡はない。しかし、太宰の遺書は、書体も文章も体をなしておらず、途方もない御《ご》酩酊《めいてい》に相違なく、これが自殺でなければ、アレ、ゆうべは、あんなことをやったか、と、フツカヨイの赤面逆上があるところだが、自殺とあっては、翌朝、目がさめないから、ダメである。

太宰の遺書は、体をなしていなすぎる。太宰の死にちかいころの文章が、フツカヨイ的であっても、ともかく、現世を相手のM・Cであったことは、たしかだ。もっとも、「如是《によぜ》我《が》聞《もん》」の最終回（四回目か）は、ひどい。ここにも、M・Cは、殆どいない。あるものは、グチである。こういうものを書くことによって、彼の内々の赤面逆上は益々ひどくなり、彼の精神は消耗して、ひとり、生きぐるしく、切なかったであろうと思う。しかし、彼がM・Cでなくなるほど、身《み》近《ぢ》かの者からカッサイが起り、その愚かさを知りながら、ウンザリしつつ、カッサイの人々をめあてに、それに合わせて行ったらしい。その点では、彼は最後まで、M・Cではあった。彼をとりまく最もせまいサークルを相手に。

彼の遺書には、そのせまいサークル相手のM・Cすらもない。

子供が凡人でもカンベンしてやってくれ、という。奥さんには、あなたがキライで死ぬんじゃありません、とある。井伏さんは悪人です、とある。

そこにあるものは、泥酔の騒々しさばかりで、まったく、M・Cは、おらぬ。

だが、子供が凡人でも、カンベンしてやってくれ、とは、切ない。凡人でない子供が、彼はどんなに欲しかったろうか。凡人でも、わが子が、哀れなのだ。それで、いいではないか。太宰は、そういう、あたりまえの人間だ。彼の小説は、彼がまッとうな人間、小さな善良な健全な整った人間であることを承知して、読まねばならないものである。

しかし、子供をただ憐れんでくれ、とは言わずに、特に凡人だから、と言っているところに、太宰の一生をつらぬく切なさの鍵もあったろう。つまり、彼は、非凡に憑かれた類の少い見栄坊でもあった。その見栄坊自体、通俗で常識的なものであるが、志賀直哉に対する「如是我聞」のグチの中でも、このことはバクロしている。

宮様が、身につまされて愛読した、それだけでいいではないか、と太宰は志賀直哉にくッてかかっているのであるが、日頃のＭ・Ｃのすぐれた技術を忘れると、彼は通俗そのものである。それでいいのだ。通俗で、常識的でなくて、どうして小説が書けようぞ。太宰が終生、ついに、この一事に気づかず、妙なカッサイに合わせてフツカヨイの自虐作用をやっていたのが、その大成をはばんだのである。

くりかえして言う。通俗、常識そのものでなければ、すぐれた文学は書ける筈がないのだ。太宰は通俗、常識のまッとうな典型的人間でありながら、ついに、その自覚をもつことができなかった。

＊

人間をわりきろうなんて、ムリだ。特別、ひどいのは、子供というヤツだ。ヒョッコリ、生れてきやがる。

不思議に、私には、子供がない。ヒョッコリ生れかけたことが、二度あったが、死んで生れたり、生まれて、とたんに死んだりした。おかげで、私は、いまだに、助かっているのである。

全然無意識のうちに、変テコリンに腹がふくらんだりして、にわかに、その気になったり、親みたいな心になって、そんな風にして、人間が生れ、育つのだから、バカらしい。

人間は、決して、親の子ではない。キリストと同じように、みんな牛小屋か便所の中かなんかに生れているのである。

親がなくとも、子が育つ。ウソです。

親があっても、子が育つんだ。親なんて、バカな奴が、人間づらして、親づらして、腹がふくれて、にわかに慌てて、親らしくなりやがった出来損《できそこな》いが、動物とも人間ともつかない変テコリンな憐れみをかけて、陰にこもって子供を育てやがる。親がなきゃ、子供は、もっと、立派に育つよ。

太宰という男は、親兄弟、家庭というものに、いためつけられた妙チキリンな不良少年であった。

生れが、どうだ、と、つまらんことばかり、云ってやがる。強迫観念である。そのアゲク、奴は、本当に、華族の子供、天皇の子供かなんかであればいい、と内々思って、そういうクダラン夢想が、奴の内々の人生であった。

太宰は親とか兄とか、先輩、長者というと、もう頭が上らんのである。だから、それをヤッツケなければならぬ。口惜しいのである。しかし、ふるいついて泣きたいぐらい、愛情をもっているのである。こういうところは、不良少年の典型的な心理であった。

彼は、四十になっても、まだ不良少年で、不良青年にも、不良老年にもなれない男であった。

不良少年は負けたくないのである。なんとかして、偉く見せたい。クビをくくって、死んでも、偉く見せたい。宮様か天皇の子供でありたいように、死んでも、偉く見せたい。四十になっても、太宰の内々の心理は、それだけの不良少年の心理で、そのアサハカなことを本当にやりやがったから、無茶苦茶な奴だ。

文学者の死、そんなもんじゃない。四十になっても、不良少年だった妙テコリンの出来損いが、千々《ちぢ》に乱れて、とうとう、やりやがったのである。

まったく、笑わせる奴だ。先輩を訪れる、先輩と称し、ハオリ袴で、やってきやがる。不良少年の仁義である。礼儀正しい。そして、天皇の子供みたいに、日本一、礼儀正しいツモリでいやがる。

芥川は太宰よりも、もっと大人のような、利巧のような顔をして、そして、秀才で、おとなしくて、ウブらしかったが、実際は、同じ不良少年であった。二重人格で、もう一つの人格は、ふところにドスをのんで縁日かなんかぶらつき、小娘を脅迫、口説《くど》いていたのである。

文学者、もっと、ひどいのは、哲学者、笑わせるな。哲学。なにが、哲学だい。なんでもありゃしないじゃないか。思索ときやがる。

ヘーゲル、西田幾多郎、なんだい、バカバカしい。六十になっても、人間なんて、不良少年、それだけのことじゃないか。大人ぶるない。冥想ときやがる。

何を冥想していたか。不良少年の冥想と、哲学者の冥想と、どこに違いがあるのか。持って廻っているだけ、大人の方が、バカなテマがかかっているだけじゃないか。

芥川も、太宰も、不良少年の自殺であった。

不良少年の中でも、特別、弱虫、泣き虫小僧であったのである。腕力じゃ、勝てない。理窟でも、勝てない。そこで、何か、ひきあいを出して、その権威によって、自己主張をする。芥川も、太宰も、キリストをひきあいに出した。弱虫の泣き虫小僧の不良少年の手である。

ドストエフスキーとなると、不良少年でも、ガキ大将の腕ッ節があった。奴ぐらいの腕ッ節になると、キリストだの何だのヒキアイに出さぬ。自分がキリストになる。キリストをこしらえやがる。まったく、とうとう、こしらえやがった。アリョーシャという、死の直前に、ようやく、まにあった。そこまでは、シリメツレツであった。不良少年は、シリメツレツだ。

死ぬ、とか、自殺、とか、くだらぬことだ。負けたから、死ぬのである。勝てば、死にはせぬ。死の勝利、そんなバカな論理を信じるのは、オタスケじいさんの虫きりを信じるよりも阿呆らしい。

人間は生きることが、全部である。死ねば、なくなる。名声だの、芸術は長し、バカバカしい。私は、ユーレイはキライだよ。死んでも、生きてるなんて、そんなユーレイはキライだよ。

生きることだけが、大事である、ということ。たったこれだけのことが、わかっていない。本当は、分るとか、分らんという問題じゃない。生きるか、死ぬか、二つしか、ありやせぬ。おまけに、死ぬ方は、ただなくなるだけで、何もないだけのことじゃないか。生きてみせ、やりぬいてみせ、戦いぬいてみなければならぬ。いつでも、死ねる。そんな、つまらんことをやるな。いつでも出来ることなんか、やるもんじゃないよ。

死ぬ時は、ただ無に帰するのみであるという、このツツマシイ人間のまことの義務に忠実でなければならぬ。私は、これを、人間の義務とみるのである。生きているだけが、人間で、あとは、ただ白骨、否、無である。そして、ただ、生きることのみを知ることによって、正義、真実が、生れる。生と死を論ずる宗教だの哲学などに、正義も、真理もありはせぬ。あれは、オモチャだ。

しかし、生きていると、疲れるね。かく言う私も、時に、無に帰そうと思う時が、あるですよ。戦いぬく、言うは易く、疲れるね。しかし、度胸は、きめている。是が非でも、生きる時間を、生きぬくよ。そして、戦うよ。決して、負けぬ。負けぬとは、戦う、ということです。それ以外に、勝負など、ありやせぬ。戦っていれば、負けないのです。決して、勝てないのです。人間は、決して、勝ちません。ただ、負けないのだ。

勝とうなんて、思っちゃ、いけない。勝てる筈が、ないじゃないか。誰に、何者に、勝つつもりなんだ。

時間というものを、無限と見ては、いけないのである。そんな大ゲサな、子供の夢みたいなことを、本気に考えてはいけない。時間というものは、自分が生れてから、死ぬまでの間です。

大ゲサすぎたのだ。限度。学問とは、限度の発見にあるのだよ。大ゲサなのは、子供の夢想で、学問じゃないのです。

原子バクダンを発見するのは、学問じゃないのです。子供の遊びです。これをコントロールし、適度に利用し、戦争などせず、平和な秩序を考え、そういう限度を発見するのが、学問なんです。

自殺は、学問じゃないよ。子供の遊びです。はじめから、まず、限度を知っていることが、必要なのだ。

私はこの戦争のおかげで、原子バクダンは学問じゃない、子供の遊びは学問じゃない、戦争も学問じゃない、ということを教えられた。大ゲサなものを、買いかぶっていたのだ。

学問は、限度の発見だ。私は、そのために戦う。

（『新潮』一九四八年七月号）

白い手

青山光二

あおやま・こうじ　一九一三—二〇〇八
小説家。代表作に『修羅の人』。織田作之助らとともに同人誌『海風』を創刊。太宰とは、文学を通して深い親交を持った。

太宰治の「情死」の「真相」に触れたい人は、『雌について』という彼の初期の文章を読まれるとよい。独断の様だが私はそう思っている。この文章は「信天翁《あほうどり》」という書物に収められているが、さいしょ「若草」に発表された物で、それは二・二六事件のあった年の五月か六月頃であった。とはっきり記憶しているわけは、私はそれを銀座裏のある酒場（——焼けてしまった）の窓際の椅子に凭《もた》れてフロアスタンドの青いあかりで読んだからで、そして酒場の一隅で雑誌に読耽《よみふけ》るというごとき野暮な真似のかたくつつしむべきである事くらいは充分心得ていながら臆面もなく野暮を冒《おか》したのは、他でもない通りでもとめた新刊雑誌に載っている太宰氏のその文章に、一刻も早く目を通したい焦燥じみた期待に私が駆られていたのであったからで、且《か》つ、その期待乃至《ないし》予感は裏切られずその時私の覚えた眼のさめる様な想いを今だに忘れられないからである。それまでに私は『逆行』『道化の華』『ダス・ゲマイネ』等を読んでいたはずだが、太宰氏の個性に真に触れたと思ったのはこの小品がさいしょであった。のみならず、私自身の暗い苦しい青春にともしびがともった、とそんな風にその時私は思ったほどだ。言わば暗い救いを其処《そこ》に見たのであった。——蛇足を書加えるならば、その酒場ではたらいている一人の少女にひどく肩入れして毎日の様に通いつめていたのであった私は、その日帰りがけに、『雌について』の載っている「若草」を、読んでごらん、と言って当の肩入れしている相手の少女に手渡したものである。少女はそれを読んだであろうが、しかし『雌について』は、こんりんざい女の人には解らぬ文章である。私はそう思うのである。とすると私は、太宰氏の「情死」は女の人にはこんりんざい解りかねる出来事だ、とでも言おうとしているのであろうか？　左様、その通りかも知れない。いやしかし、そんな事はどうでもよい事だ。

＊

太宰氏がしだいに死に向って歩いていた事は、文学を業とする者の間では、殊《こと》にある範囲の者の間ではかなりはっきりと感知されていたのではなかったろうか。そしてもともと死と隣り合わせで仕事をしていた文学者ではあったけれど、『ヴィヨンの妻』『おさん』と近来にわかに仕事の上に死の翳が濃くなりまさり、『斜陽』に総決算のけはい否みがたく、さらに「世界」五月号の『桜桃』にいたっては、あまりにむき出しに、逐《お》い詰《つ》められた作者の位置がいたいたしく血を噴いていた。今までにかつて無く表現が気短かであった。辛うじて「桜桃」というオチだけが、何とも礼儀正しい職業意識の乃至《ないし》は良識の哀しさなのであった。とうとう此処《ここ》まで……、そんな感じであった。むろん我ら、他人事《ひとごと》ではないだけに、爾来死の報知のあるまでの数日間、思えば悪夢の様にこの作品は私につきまとって離れなかった。

＊

昨年一月十二日、織田作之助お通夜の時、かなり酒がはいってから、原稿執筆をしきりにせまっていたF誌の編輯者K氏を撃退する様に、「青酸カリを持って来てくれたら、書く。あの、カプセルにはいったやつね……」と薄笑いしながら言っていた太宰氏。「本当ですね？　本当に書いてくれるんですね？」とあやしい呂律《ろれつ》でなおもダメを押すK氏に、「ああ。青酸カリ。カプセルにはいったやつ」と繰返して、うなずいている太宰氏を、私は傍で笑いながら眺めていたが、彼はやる気だナと思わずには居られなかった。と言うのはその少し前、彼は、「まったく、此処にこう青酸カリでも置いてあれば、ぼくは飲んじまうね……」とそんな事を私に言っていたのである。とは言え、人前ではあくまで苦悩をおもてにあらわさない、座もちのよい彼であった。彼はその時『ヴィヨンの妻』の稿途にあり、今日が締切りだが百枚の予定がまだ三十枚しか書けない、と語っていた。

その日は、畳を替えたとかで、畳屋のことからであったか、世人いっぱんの圧倒してくる生活感情、神経、そういうものを最初から彼はしきりに口にした。「生活力……」相槌《あいづち》を打つ様にそう私が応えると、「そうそう、その生活力、ヴァイタル・フオース、これにはかなわない」と太宰氏は言って、これには私も大いに同感であり、話題の方向はしぜん文壇の生活力派ともいうべきものの方に向ったが、彼はそうしたものを侮蔑するというよりもむしろ、論外とする風であった。ところで私はその頃たまたま、さる異色ある医学者の異色ある診察を受けた結果、私における迷走神経の異常な発達を指摘され、そのため私はすべて積極的生命的な行動を行い得ないのだときめつけられていた矢先であったので、それを私は話し、「あなたなどは恐らく、迷走神経にかけてはぼくの大先輩格だろう」とひやかすと、太宰氏も、「迷走神経か。これアいい！」と面白がっていた。（迷走神経というのは、私の杜撰《ずさん》な解釈によれば、生へのリアクションをつかさどる神経系統の様である。）のちに、太宰氏の同郷の友人である今官一《こんかんいち》氏に遭うと氏は、ちかごろ時おり太宰に会う、と語り、会えば太宰氏が私の事を話題にのぼせて「あの人はぼくに迷走神経を教えた」と冗談まじりに繰返すとのことであった。そして太宰氏の迷走神経は、意外に早く、恨むべき勝利を占めて、私のいわゆる大先輩の名を恥ずかしめなかった次第であるが、さて迷走神経の後輩である私といえども、彼の遺書に書かれていたという「みんないやしい慾張《よくば》りばかり」そのいやしい慾張りの一員たるの例に洩れるものではない、こうして醜く何か物欲しそうに生き永らえている以上は、とかえりみてそう思わざるを得ないのである。

織田の寝棺の前で十数名が雑魚寝《ざこね》した翌朝、太宰氏が起き出た頃には、すでに大半の人が起きて火のまわりに集っていた。すると太宰氏は、身仕舞をして皆のいる手前まで来ると、ていねいに手を突いて「お早うございます」と朝の挨拶をした。その身につい た形の良さ。育ちの良さ。かなわない、と私は思い、こちらの不躾をたしなめられた想いもあってひそかに赤面したのだった。そしてその時私は、『鶴は病みき』の中で岡本かの子が、「浅いぬれ縁に麻川氏は両手をばさりと置いて叮嚀《ていねい》にお辞儀をした。仕つけの好《よ》い子供のようなお辞儀だ」という風に書いている芥川龍之介をふと聯想《れんそう》したものである。……そう言えば前日の夕方、読売新聞できいて来たと言って織田の入院先の東京病院へ太宰氏は駈けつけて来られたのだったが、すでに遺骸はお寺へ運ばれてしまったあとの二階の病室の入口に立っていた私が見ると、太宰氏は脱いだ兵隊靴を提げて靴下ハダシで油をひいた階段をあがって来るのである。正面玄関の廊下への上り際に「土足ヲ禁ズ」という札が立てかけてあるからだったろうが、その辺に上草履の備え付けでもあればともかく、無視されるのをあらかた勘定にいれたうえでの立札だというのが実は、およそ「育ちの良」くない主客同士馴れ合いの、今どきはその方が普通な狙いらしいのであったが。

その様な、まったくその様な「無頼派《リベルタン》」であった太宰治はまた、当然ひどく古風な義理を考える一面があり、織田のお通夜に来なかった坂口安吾氏のことを、「安吾さんはえらい人だけど、でも今日はやはり来なければいけないと思いますよ」と、かなり頑《かたく》なに聞こえる調子で言っていた。私は、坂口さんには坂口さんらしい独自な考え方があっての事だろう、とその考え方の内容はわからぬながらその様に付度《そんたく》する方であり、むしろ却《かえ》って太宰氏の坂口氏を批判する感覚に従いて行けないものを感じ、そんなところにも、生国不明というにちかい私などとは異《ことな》った旧家の血を太宰氏に感じたのである。

まだ読んでいないが今月の雑誌に載っている坂口氏の『私の葬式』という文章には、どうやら氏の葬式嫌いの説が披瀝《ひれき》してある様子で、私には、待ってましたという感じがしないでもないが、安吾さんは果して、太宰氏の葬儀にも姿をあらわさないのであろうか？　いや、こんな疑問はこの雑誌が発行される頃にはおのずから解答済みとなっているべき事柄で、まったくくだらぬというべきだ。だいいち私自身、そんな事はどうでもよいので一向に興味がない。ところで葬式嫌いの坂口氏も、今年二月十日、出版社数社が合同主催の織田作之助一周忌の集いには欣然《きんぜん》参加され、その席で私は、一年ぶりに太宰氏にも会ったのだった。少し遅れて行った私を自席の隣へ招いてくれる太宰氏に、私は何となく兄貴という感じを持った。それも少しおっかない兄貴という感じだ。一つには、蔭でわる口（むろん文学上の意味）を言っているので気が咎《とが》めたのかも知れない。面と対《むか》うとどうにも頭のあがらない相手だった。（死んでしまったとなると、ますます頭があがらない。）

何の話もしなかった。太宰氏はいやにゝ身綺麗であった。そして、ふと見ると、洗い晒《ざら》した様に綺麗な手である。以前どうして気がつかなかったろうと思った。嫋《たお》やかな、という女の手の綺麗さではむろんない、ふっくらした、というのでもない。節立たない、ほとんど現実に生活している者の手とも思えない、おそらくは想い描き得る限りのもっとも綺麗な男の手である。眼の前の卓子の端に置かれたその白い手を、私はしばらく眺めていた。

その夜以来とうとうお終《しま》いまで私は太宰氏に会わなかったが、顔よりも身体よりも、白い手の印象が深く消えがたい。太宰氏の手に別れた、むしろそんな感じだ。最後に彼の右手を、二度と忘れがたいまでに見たというのは私にとって何か偶然でない気がする。あの白い手、あれがもはやこの世にいないのだ。

（六月二十日。以上を書きおえた朝、死体発見の報道を読む。）

（『文藝時代』一九四八年八月号）

稀有の文才

佐藤春夫

さとう・はるお　一八九二―一九六四
詩人、作家。代表作に『田園の憂鬱』『晶子曼陀羅』。太宰が師事。太宰の才能を認め、薬物中毒になったときには病院探しに奔走。太宰から芥川賞を懇願する手紙を受け取ったことも。

芥川賞の季節になるといつも太宰治を思い出す。彼が執念深く賞を貰《もら》いたがったのが忘れられないからである。事のてんまつは一度書いた事もある。当時それをバクロ小説か何かのように読んだ人もあった模様であったので久しく打捨てて作品集にも入れなかったが、この間「文藝」に再録されたのを久しぶりに再読してみて一言半句の悪意もない事を自分で確めたので改めて作品集にも安心して加えた。

あの作品には何の悪意もなくむしろ深い友情から出た忠告があったつもりであるが、今冷静に読んでくれればこの事は何人にも了解して貰えると思う。しかしあの作品は遠慮会釈なく本当の事をズバリと云っている。自分は本当の事なら誰にも憚らず云ってていいと信じている。世俗人ではなく、苟《いやしく》も文学にたずさわる程の人間ならこんな事ぐらいは常識と思っているのに、あまり本当の事を云われたのが太宰には気に入らなかったと見える。見え坊の彼には鏡の前にアリアリと写った自分の姿が正視するに堪えず恥ずかしかったのであろう。そういう見え坊の慚羞《ざんしゅう》や気取が太宰の文学をハイカラに洒脱な、その代りに幾分か弱いものにしてしまっている。

あまりに本当の事を見、本当の事を云いすぎる自分のところへ、彼はいつの間にか出入しなくなってしまって専ら井伏のところあたりに行っていたようである。僕もコワレもののように用心しながらつき合わなければならない人間はやっかいだから、出入しなくなった彼を強いて迎える要もないと思いながらもその才能は最初から大《おお》いに認めていたつもりである。芥川賞などは貰わないでも立派に一家を成す才能と信じ、それを彼に自覚させたかったのが「芥川賞」と題した彼をモデルにした作品を書いた動機でもあった。世俗人や凡庸な文芸人などがそれをどう読もうと問題ではなかったが、太宰自身がそれを自分の読ませたいように読み得なかったのは自分にとって頗《すこぶ》る残念であった。そうしてそれ以来自分のところへ近づかなくなった彼に対しては多少遺憾に思いながら遠くからその動静を見守っていたものである。

昭和十八年の秋、南方の戦線に出かけて行った自分は十九年の春、昭南でデング熱に冒されて一週間ほど病臥した事があった。その時、偶《たまたま》、ホテルの人が枕頭に持って来てくれた改造のなかにあったのが彼の「佳日」という短篇であった。

自分は一読して今更に彼の文才に驚歎した。全く彼の文才というものは互に相許した友、檀一雄のそれと双璧をなすもので他にはちょっと見当らないと思う。尤《もっと》も彼と檀とでは本質的には対蹠《アンチホート》するものがあって、そこが彼等の深い友情の成立した秘密かも知れない。

檀の南国的で男性的に粗暴で軽挙妄動するのに対して彼は北国人で女性的に細心で意識過剰である等々。

自分は病余のつれづれに、いつまでも枕頭にあった「佳日」を日課のように毎日読んだ。外には新聞より読むものがないのだから新聞を拾い読みした後では必ず「佳日」を愛読したものである。そうしてしまいには唯読んだだけでは面白くないから、どこかに文章の乃至《ないし》はその他の欠点はないものだろうか一つそれを見つけてくれようという意地の悪い課題を自分に与えて読んでみた。そうして無用な気取りやはにかみなどの今さらならぬ根本的な不満は別として、その短篇の構成にも文章の洗練の上でも、自分は再読し三読して毛を吹いて疵を求めるように意地悪く、というよりも依怙地になってかかったが結局どこにも欠点と思しいものは見つからなかった。この事は自分の帰ったのを知って会いに来てくれた時、彼に直接話したような気がする――もしそうならば十九年の六月頃が彼に会った最後である。それとも直接話したのではなくて彼から本を貰ったお礼の序《ついで》に書いたのであったかも知れない。それならば二十一年の春ではなかったか知ら、もう記憶の明確は期しがたくなっている。

彼の死は信州の山中にあって知った。何《いず》れはそんな最期をしなければならない運命にある彼のような気がして、折角《せっかく》幾度も企てて失敗している事を今度は成し遂げさせたいような妙に非人情に虚無的な考えになっていた自分は、他人ごとならず重荷をおろしたような気軽るなそれでいて腹立しい変な気がしたのを得忘れない。

「津軽」は出版の当時読まないで近年になって——去年の暮だったか今年のはじめだったか中谷孝雄から本を借りて読んで、非常に感心した。あの作品には彼の欠点は全く目立たなくてその長所ばかりが現われているように思われる。他のすべての作品は全部抹殺してしまってもこの一作さえあれば彼は不朽の作家の一人だと云えるであろう。

あの作品に現われている土地は、彼の故郷の金木《かなぎ》の地の外は全部自分も見て知っているつもりであるが、土地の風土と人情とをあれほど見事に組み合せた彼の才能はまことにすばらしいものである。生前これを読んで直接彼に讃辞を呈する事のできなかったのが千秋の恨事である。

それまでは大方信州にいて出られなかった桜桃忌の七周年に今年、はじめて自分は夫妻で出席して彼の遺孤の成長したのをも見たが、席上求められるままに話したのがおよそ、この文と同じことであった。

（『現代日本文学全集　第四十九巻』月報、筑摩書房、一九五四年）

II　あの日のこと

太宰治昇天

石川淳

いしかわ・じゅん　一八九九—一九八七
小説家、文芸評論家。代表作に『普賢』『狂風記』。織田作之助らとともに無頼派（新戯作派）といわれる太宰の作家仲間のひとり。

一

六月十五日の夜、わたしは大島の旅から船でかえって来て、月島に著《つ》くとすぐ、同行のひとたちとともに有楽町に出て、小さい喫茶店にはいると、そこに来《き》合《あわ》せた新聞社のひとがいきなり目のまえに新聞をひろげて見せてくれた。十六日附である。大島には新聞というものが無いので、それは四五日ぶりの、最初のニュースであった。その新聞を受けとるはずみに、テイブルの上のコップが紙のあおりで倒れ落ちて、うすい硝子《ガラス》が床に欠け散った。そして、わたしは突然太宰治の死のほとんど確認すべきことを知らされた。「情死」という。のちに見たどの新聞にもやはり「情死」もしくは「情死行」としてあった。これは二つながらわたしの耳に熟さないことばである。「情死」とは何か。わたしはこの語の来歴をつまびらかにしない。「情死行」とは何か。行といえば楽府《がふ》の体《てい》である。わたしはいまだ情死行という楽府あることを聞かない。われわれが知らされたことは、太宰君がひとり死を決して、その意志を徹底したという単純な事実である。たまたまかたわらに一箇の女人があって、時刻と場所とをおなじくして死んだとしても、いったいそれがどうしたのか。太宰君の死の意味にとっては、女人の死との関係は無関係にひとしい。太宰君の死という事件のそばでは女人の死はむだな現象であった。しかるに、世のひとのおおむねはもっぱらむだな現象を見ることを好んで、事件の意味を暁《さと》ることをよろこばない。御方便なことに、慣用の「情死」解釈、世間をさわがせたものは世間みずからの悪癖であった。われわれは太宰君の死に接近するためにまず新聞を破ることからはじめなくてはならない。

わたしは喫茶店を出て家にかえる途中、ある酒場に寄った。そこでもまた太宰君に関するうわさが待っていた。スタンドのすぐとなりに声がして、「なに、あれはまた小説のタネにするでしょう。」（もっとも、このときはまだ太宰君の身について一般には生死不明の報道しかあたえられていなかったという事情があった。）声のほうをふりむくと、どこのたれとも知らぬ青二才のしらじらしい横顔が眼にうつった。「バカ野郎。」とたんに、わたしはそうどなりつけていた。酔ったせいではない。その店にはいったばかりで、ぜんぜんしらふであった。わたしがしらふで大きな声を出すなどということは、まったく異例に属する。わたしは非常に腹が立った。青二才のいいぐさが太宰君に対し、われわれに対し、人間一般に対してゆるしがたい侮辱のようにおもわれた。青二才はだまった。わたしもしばらくだまっていたが、やがて青二才に向ってすまなかったといい、それが相手をなぐさめるような調子で、われながらやさしい声がしぜんに出た。いったいどうしたことだろう。しらふのわたしがたれかを叱りつけて、すぐそのあとで、あろうことか、すまなかったなどと、しかもやさしい声を出すとは、これまた異例に属する。青二才はやっと解放されたていで、「ぼくは太宰さんの書くものは高く買っているのですが、あの生活はいけないとおもいます。世間ではそういうふうに見ています。」わたしはもうなにも耳に入れず、青二才の軽薄も、その背後にしょっていそうな「世間」の愚昧《ぐまい》も、すべて心やさしく見て過ぎた。わたしの眼のまえにはただ太宰君の顔があった。ところはへだてても、ここはすでに通夜の席である。わたしは通夜の席をさわがすことをみずから戒めたのかも知れない。あるいは、太宰君は心やさしいひとであったので、わたしもまたしたがって心やさしくなったのかも知れない。何にしても作者の死をめぐって、「世間」の、すくなくともその一部の見解が「情死」であり「小説のタネ」であるということを知らされたのは、歯牙にかけるにもたりないことながら、道ばたで砂ほこりをあびせられたような災難にはちがいなかった。しかし、この「世間」の見解というやつも、ことによると太宰君の「道化」の幻術にかかったものかも知れず、またこの席に於《お》けるわたしの仕打《しうち》もいささか「道化」的であったかも知れない。

　明くる朝、新潮の若いS君が仮寓にたずねて来たので、わたしはS君とともに三鷹に行った。そして、太宰君が身を投じたという水のほとりに立った。ひとはまだ太宰君のなきがらを見るに至らない。むかし遠西のカトリック詩人、はるばる江戸城の濠端《ほりばた》に来て、濠をめぐってあるきながら、猪首《いくび》をのばして、水のおもてに照る一点をじっと見て、Je regarde à mes pieds pour y trouver le soleil.（足もとを見ればそこに太陽がある。）しかし、ここではさみだれの空くもって日の影はどこにも無い。足もとを見れば、ただ白濁の水の、雨に水かさを増して、いきおいはげしく、小さい滝となり、深い渦となり、堤の草を嚙んで流れつづけていた。

二

おもえば、わたしが太宰君とともに酒をのむ機会をもったのはたった四たびしかない。はじめはたしか昭和十四年ごろか。識《し》ることはそれよりふるく、将棋をさしたこともあったが、酒はそのときがはじめてであった。ときに、酣中《かんちゅう》の雑談に、太宰君がいったことばのうち、二つだけ今におぼえている。「真善美ということ、やっぱりいいね。」といい、また「あまり大酒をのむひとは信用できない。」といった。太宰君の発した「善」ということばについては、のちに書く。「大酒」しかじかは、今日からかえりみて感慨をあらたにする。というのは、ちかごろ太宰君が書いた文章の中に、しきりに「ヤケ酒」という悲痛なことばの散乱するのを見るからである。当時右の「大酒」の一条は、もしかすると暗にわたしにあてつけていったもののようにも邪推されるしあるいはまた太宰君みずから観念上の大酒のみたることを戒めていったもののようにも臆測される。

実際の酒量では、太宰君はわたしよりも大酒のみであった。しかし、太宰君の文章にも会話にも、当時はまだ「ヤケ酒」ということばは吐かれていなかった。すなわち、実際上にも観念上にも、太宰君はまだ「ヤケ酒」をみずから意識しなくてはならぬ窮地にまでは追いつめられていなかったのだろう。げんに、自分と酒とのあいだに、よく「大酒」観念をにくむだけの心理的距離を保つほどのゆとりは、太宰君にもあり、またわたしにもあった。何といおう、爾来《じらい》ほとんど十年の時間は「大酒」ぎらいの太宰君をいつか「ヤケ酒」のほうに連れ出してしまった。

つぎはいくさのあいだ、昭和二十年二月はじめ、大雪のふったころであった。雪のあと、吉祥寺の小さい酒場で、ひそかに戸を閉ざして、やはり小説を書くT君もいっしょに、焼酎かなにかのんだ。そのとき何のはなしをしたか、常談のようなことをいあって、あとに記すほどのことはなにも無い。太宰君は陽気にはしゃいでいるように見えた。昼から夜陰におよんで、外に出ると、太宰君はわたしをうちに泊めるといい、おぶって行くといった。これは道の泥濘《でいねい》はなはだしく、太宰君は長靴をはいていたのに、わたしのはいていたのは短靴であったからである。しかしおぶさってあるき出したとたんに、わたし雪にすべって、あわやわれわれは泥濘の中にころげようとした。ときに、霹靂《へきれき》にわかに鳴りはためき、夜天に光り物飛びちがい、井ノ頭の林のかなた、雲を焼いて炎の立ちのぼるのを見た。稲妻のひらめきをあびて、太宰君のからだは軽く、林を縫って精霊の飛ぶに似た。

　つぎは去年すなわち昭和二十二年一月、いくさののちはじめての出逢であった。そのとき、太宰君は川柳点の、惚れたとは女のやぶれかぶれなり、というのを挙げて、これを佳什《かじゅう》とした。文学鑑賞に依《よ》るのか、生活体験に出《い》づるのか、わたしは知らない。しかし、そういう太宰君の眉はあかるく、「女のやぶれかぶれ」の雲がかかっているようには見えなかった。酒ののみぶりもしずかで、ヤケ的なけはいはなかった。

　つぎはやはり去年の夏、これが最後の出逢になった。ビールをのみながら、歓談であった。そのとき、わたしが「われわれのことを自虐だなんていうやつがあるけれども、自虐って何だね。自分を虐待するなんて、かんがえてみたこともない。われわれはずいぶん自分を甘やかしてるほうだろう。きみなんか、そうじゃないかね。」というと、太宰君はふむふむと笑っていた。そして、この歓談のあいだ、太宰君はいくたびとなく、並んでかけているわたしの腿をつねった。それがはなしの合の手のように、またはなにかの合図のように、わけもきっかけもなくつねる。その席にはほかのひとたちもいたが、たれも気がつかない。わたしは酔ったせいか、とくに痛いとも感じなかったのでだまっていたが、家にかえってみると、青いアザができていた。どうして太宰君がこうつねったのか、いまだに判らない。今おもえば、この夏というのは、作品「桜桃」の季節に対応するような夏であったらしい。すると、太宰君はこの席上でもやはり「家庭に在る時ばかりでなく、私は人に接する時でも、心がどんなにつらくても、からだがどんなに苦しくても、ほとんど必死で、楽しい雰囲気を創る事に努力」していたのであろうか。そして、われわれと別れたのち、「私は疲労によろめき、お金の事、道徳の事、自殺の事を考えた」のであろうか。そうとすれば、われわれは太宰君からその「悲しい時」にかえって「おいしい奉仕」を受けたことになる。またそうとすれば、わたしはいよいよこの「『通人』の父」を呼ぶに軽佻なる「自虐家」の称をもってすることのはなはだ当らざることをおもう。太宰君の「心に悩みわずらう」所以《ゆえん》のものは、必ずや神姿清澄、その状とんと「自虐」の泥くささには似なかったにちがいない。わたしはただ力およばず、一夕の「おいしい奉仕」の返礼として、もっと無粋に「自殺」の邪魔をしてやれなかったことを残念におもう。

そののち相見ざることほとんど十ヶ月、太宰君はたちまちにして地上からすがたを消した。裂き捨てられた紙片に「小説を書くのがいやになった」と記してあったという。しかし、小説は元来作者がいやいや書くものである。ただ太宰君ほどの小説家がそれくらいの制作実感を身にしみてもたなかったという法は無い。「書くのがいやになった」という再実感は、けだし転変の妙機だろう。ただ太宰君はこの妙機を踏まえつつ、明白なる意志をもって、みずから水に入ることを選んだ。わたしは水の泡の消えたあとで、死の原因をあれこれと探しまわるあてずっぽうはしない。ひとえに死者の意志を見るのみである。しかるに、世には物ずきなひとがおおく、さっそくことば尻をとって、あるいはウソかも知れない「書くのがいやになった」を恣意に「書けなくなった」とあらためて、「行づまり」と判定を下しているようである。一般に作者の生活には、変化の機会はあっても、「行づまり」という壁はありえない。太宰君はそのような壁に運動をさえぎられることを知らない作者である。このひとを見て、世評は口いやしく、生前には「小説のタネ」といい「自虐」といい、死後には「情死」といい「行づまり」という。笑うべし、無い智慧をしぼって行づまっているのは世評のほうだろう。沙漠には死人の肉を啖《くら》う狼が棲むと聞く。人の世の狼もまた作者のなきがらをとって食おうというだいそれた料簡をもっているのかも知れない。ただ作者の影の走ることは光とともに速いのだから、狼が嚙みついたとおもったものはおおかたおのれの泥足かなにかだろう。それにしても、太宰治という今日に掛替《かけがえ》の無い作者の死に於て、その天稟《てんぴん》も才能もひとしくほろびて、歎すべし、今後いくたびの春秋にひらくべき花は永く絶えた。惜しいね、きみ、太宰君、べらぼうだよ、何というもったいないことをする。

三

「人間が、人間に奉仕するというのは、悪い事であろうか。もったいぶって、なかなか笑わぬというのは、善い事であろうか。」(「桜桃」)

こういう質問の出し方に於て、太宰君は「必死」であった。近作の中にしばしば使われている「必死」ということばは修辞ではなかった。事は日常の瑣事《さじ》に似る。しかし、善と悪との対決に於て死を決するに至ったものの発言である。ここでは、善と悪とはもはや観念上の対立にはとどまらない。行住坐臥《ぎょうじゅうざが》、事の大小を問わず、常に善生活か悪生活かを決定すべき契機に乗りあげたところの、人間の生理がここにある。けだし、芸術家の死を決すべき場所である。

太宰君は、一般に作者は、適度ということばを知らない。したがって、美的生活者ではありえない。またしたがって、美的趣味の何たるかに係《かかわ》らない。さきごろ太宰君は「斜陽」の中で貴族の女の放尿の仕方について記した。あるひとがこれを読んで「貴婦人が庭で小便するのなんぞも厭だった」といった。そのひとはこれを好まないという美的趣味をもっているのだろう。なるほどだれでもおのれの好まないことを好まないと言明する権利はあるにちがいない。しかし、そのひとはさらに「作者がその事に興味を持つ事が厭なのかも知れない。」といっている。「作者がその事に興味を持つ」と見たのは、おのれの好みをもって、逆に他を忖度《そんたく》したのだろう。これはあきらかに見当ちがいである。太宰君はただそのことを書くことを選択したのだろう。必ずやそのことに「興味」はもたず、またそれゆえによくこれを書いたのだろう。ここにこれだけの見方の食いちがいがあると、さきに行ってなお開きが大きくなる。はたせるかな、そのひとはさらに語をついで、「あの作者のポーズが気になるな。ちょっととぼけたような。あの人より若い人にはそれほど気にならないかも知れないけど、こっちは年上だからね。もう少し真面目にやったらよかろうという気がするね。」といっている。年齢の差を援用したのは御愛嬌である。

「ポーズが気になる」というのは、もしそれが気になるとすれば、やはり気になると言明する権利はあるだろう。しかし、「もう少し真面目にやったらよかろう。」というにおよんで、そのひとは太宰君の「必死」の「道化」の何たるかにつき、ついに一片の「興味」ももたずまた一片の理解ももたないことをみずから暴露している。わたしは必ずしもそのひとの眼がなにものをも見ないというのではない。おもうに、そのひとの眼は実際の生活に於て、また芸術の世界に於て、我流で調和の一点をさがしているのだろう。そして、そのひとはそのひとなりの「真面目」のつもりで、みずから見つけたと信ずる調和の上に立って、生活につきまた芸術につき発言し主張しているのだろう。ところで、太宰君にとっては、すべての調和は妥協であった。生理上に於ける善生活と悪生活との対決には、調和の一点は無いはずだからである。このとき、太宰君はどこに立って、いかなる仕方で、発言し主張するか。われわれは太宰君みずからのことばに聴かなくてはならない。

「書くのがつらくて、ヤケ酒に救いを求める。ヤケ酒というのは、自分の思っていることを主張できない、もどっかしさ、いまいましさで飲む酒の事である。いつでも、自分の思っていることをハッキリ主張できるひとは、ヤケ酒なんか飲まない。」（「桜桃」）「自分の思っていること」とは何か。ひとりひそかに「お金の事、道徳の事、自殺の事を考える。」という。こちらの耳のあやまりか、わたしにはこれが「生活のこと、善悪のこと、主張のこと」といっているように聞える。臆測するに、「自殺」の意志とは主張の意志である。「私は議論をして、勝ったためしが無い。必ず負けるのである。」という。そういう太宰君にとって、「自殺」はそれが敗北としか見えないような強引な究極の勝負手であった。すなわち、孤独なる芸術家の最後の自己主張であった。何を主張するか。ここに至っては、善生活はかくあるべしと主張するほかに何も無いはずである。そして、「自殺」を目前にして、「もどっかしさ、いまいましさ」をたたきつけた文字は、太宰君ほどの文才をもってして、なお俗眼にはあたかも表現上の「ヤケ酒」かと誤解されるような痛烈なる形式をとった。その形式の上に太宰君は身ぐるみなだれ落ちた。「如是我聞《によぜがもん》」と題するものがある。ここでは「楽しい雰囲気を創る事に努力する」ことなどはみごとに抛棄《ほうき》されて、もはや「おいしい奉仕」のたぐいではない。これはただ悪生活はかくのごとしということの、例証をもってする弾劾である。たったこれだけのことを書くのに、太宰君は「必死」であった。死を決しなくてはたったこれだけのことすら書けないというところに、太宰君の清潔なる弱さがあった。これは芸術家でなくては断じてもつことを許されない弱さである。けだし、この弱さは地上に於ける善の性格にほかならない。

死の前年に、太宰君は「父」を書いている。（ちなみに、作品の出来上りとしては、これよりも一年後の「桜桃」のほうがよい。あるいは時間的にそれだけ死に肉薄しているせいかも知れない。）

「父」の作者は、「義のために遊んでいる。地獄の思いで遊んでいる。いのちを賭けて遊んでいる。」という。また「私は苦悶の無い遊びを憎悪する。」という。その「義のために」という「義」とは何か。

「それは、たしかに、盗人の三分の理にも似ているが、しかし、私の胸の奥の白絹に、何やらこまかい文字が一ぱいに書かれている。その文字は、何であるか、私にもはっきり読めない。たとえば、十匹の蟻が、墨汁の海から這い上って、そうして白絹の上をかさかさと小さい音をたてて歩き廻り、何やらこまかく、ほそく、墨の足跡をえがき印し散らしたみたいな、そんな工合の、幽《かす》かな、くすぐったい文字、その文字が、全部判読できたならば、私の立場の『義』の意味も、明白に皆に説明できるような気がするのだけれども、それがなかなか、ややこしく、むずかしいのである。」

「義。義とは？　その解明は出来ないけれども、しかし、アブラハムは、ひとりごを殺さんとし、宗吾郎は子別れの場を演じ、私は意地になって地獄にはまり込まなければならぬ、その義とは、義とは、ああ、やりきれない男性の哀しい弱点に似ている。」

太宰君の「胸の奥の白絹」に書かれていたという文字は何か、わたしにもまた「はっきり読めない。」たしかに魔か、なにかの書いた文字だろう。もし魔とすれば、おそらくそれは善悪の観念という魔にちがいない。「男性の哀しい弱点に似ている」ところの、その「義」が「私の立場」だという。「地獄の思いで」といい「いのちを賭けて」という「遊び」が、太宰君の生活であった。「義のため」の生活である。太宰君は善悪の観念という魔に憑かれた生活者であった。そして、「議論」すれば「必ず負ける」という。この地上に於ける善の主張の悲壮なる敗北だろう。太宰君は善の詩人であった。われわれの歴史は、ここに一箇の詩人あってよく「義のため」に遊びよく「義のため」に死せり、と記録しなくてはならない。

この遊びは空間の戦慄であり、この死は時間の切断であった。すでにして、太宰君のからだは水に沈み、なきがらは火に焼かれて、今またこのひとを見るよしも無い。ただ目をあげて……「桜桃」の作者みずからエピグラフに録している詩篇のことばのように、——われ、山にむかいて、目を挙ぐ。

（『新潮』一九四八年七月号）

太宰治氏のこと

石川桂郎

いしかわ・けいろう　一九〇九―一九七五
俳人、小説家。実家の床屋を手伝いながら句作に励んでいた。太宰は、同年の作家として親交があった。

――太宰治……

――太宰、死んだって?

――やったね、太宰……

電車の中、行きずりに、若い人のささやく声を耳にした。聞くまいとしても耳に這入《はい》る。

その朝、私は家を出際に新聞屋の子供から受取った「朝日」を、歩きながら田んぼ径《みち》で、なに気なくひらいた。ビクッとし、立停《たちどま》って、喰いつくように一気呵成に読んだ。うしろに牛車が来て、私は径を立塞いでいた。

太宰氏は明治四十二年六月十九日に生れ「この年に生れた人で、幸福な人はひとりもない、やりきれない星である。」と書いている。実は私も太宰氏と同じ年の酉・一白・

水星。太宰氏の予言どおり、実にやりきれない星を負わされて、生きて来ている。西の一白の男は、お洒落で気が弱く、だからお人好、と暦の後にちゃんと出ているし、私はいちいちその通りで苦情《もんく》はないけれども、太宰という人はまるで異《ちが》う、そんな筈はない。どうしてどうして粘りのある執拗な、芯の岩乗《がんじょう》な人だと私は思い、信じていた。遠く「晩年」のむかしから太宰治の小説を読み作品を通してそう信じていた。そうして佐藤春夫の小説「太宰治」を読むに及んで、ますますその思いを固めた。こいつは大変な大物だ、酉の一白侮るべからず。

ある時、ある雅会の果ての酒席で、私はひとから隠し芸を強いられたことがあり、そういうことにからしき能の無い私は、偶々《たまたま》その時ふところにしていた「女生徒」のある箇所を起ち上って朗読し、サッと一座を白けさせたことがあった。われとわが音読にいささか酔い心地、夢見ごこちで読みすすみながら、私は、座がしんと静まりかえるのを見定め、心窃《ひそ》かにニヤリとし「どうだ」と上眼使いに見渡した途端「はい、ではお次ぎの方」と出鼻を挫《くじ》かれ、まるでもう惨敗のかたちであった。そうしてやがて会も終り、私は一人浮かぬ顔つきのまま、下足の順番を待っていた。と背後に近々と人の擦り寄る気配がして、

「朗読、なかなかよろしかったわ。」

「え……。」

「Kさんは、太宰文学をご贔屓《ひいき》なの？」

「ええ、もう。貴女もですか？」

「いいえ、わたくしは嫌い。饒舌すぎますわ、それに、品がありません。」

男ばかりの雅会に阿容《おめ》ず臆せず、きまって顔を出すその若い女流を、私は平素こう思っていた。流石《さすが》である、立派だ、上流の娘というものは常々人前などで無闇と羞渋《はにか》まぬものらしい。ものに臆しいたずらに羞渋むというようなのは、ひょっとすると貧乏臭い、下品なことなのかも知れない。

けれども、その夜以来私は、その女流の起居振舞一切、することなすこと俄《にわか》に下品に見えて、もう、てんでいけなくなった。彼奴《あいつ》のは、羞渋まねえんじゃなく、単に図々しいだけさ、つまり場知らず。紅一点とは、何も褒め言葉と限った訳ではありません。雄ばかりの中の雌一匹、黒っぽい色の中の紅いしみ、それだけじゃあねえか。なんだ、あのハンドバッグの中の矢立《やたて》は。

正直なところ、私はそれまで、さのみ太宰贔屓だった訳ではない。女流に太宰治を貶《けな》されて俄かに性急に、そうなった、けして私怨ではない。朗読の失敗は私の地声のせい、それとこれと混同している訳ではなく、小説という作品を、太宰という作家を、遊び半分ちょいと歌俳諧をひねる位の女小児に、厭《きら》い、品がありません、などとやられたのが腹が立ったのである。

以来私は、新聞広告を見、新本古本屋を漁り、手当り次第太宰治を買い込んで読んだ。金の無い時は時計万年筆を入質して、如何《いか》に困ろうが、太宰治だけは古本屋に運ばなかった。思えば、妙な意地を張ったものである。ひょっとすると私は窃かに女流を好きだったのかも知れない。

するうち私は、なんとなく太宰治という人に会って見たくなり、いやいや太宰という人は、見識らぬ読者などに軽々しく会うのを厭がる側の人に違いない。と思い直し、その気になればと思う二三の紹介者を頭に泛《うか》べながら、つい行かずにしまった。

ところがある偶然な機会から、私は太宰氏に会ったのである。戦争も終りに近い年のある夜、私は五反田の河上徹太郎氏邸を訪ね、人並みな身長の私が、見上げる様に背の高い瘠せた人、それにもう一人肥《ふと》った人を紹介され、前者が思い掛けず太宰氏であり、いま一人はあの「オリンポスの果実」の田中英光氏であった。

多少硬くなって、私は膝をすすめた。この男は、と河上氏が私を指し、

「K君。俳人で、且《かつ》、床屋の名人。」

?という幽かな表情が、狼狽とも羞恥とも困惑ともつかぬそれと共に太宰氏の眉宇にひらめき、私は、やってるやってると思った。主客の前には一升瓶が二本、胴の太い角瓶が一本、それにビール瓶が二三本据えてあり、私に盃が差された。

田中氏は普通のせびろ姿、太宰氏は黒無地のいささか野暮ったい、郵便配達でも着そうな詰襟服で、ひどく猫背にみえた。もっぱら田中氏が談じ、もうその頃は連日連夜の空襲騒ぎで、街の国民酒場という奴さえ姿を消していたから、こうした席で落付き、豊富な酒瓶を並べるだけでも、もうどうにも楽しくて仕様がねんだ、田中氏はそんな面持《おももち》

であった。芸の皆無な若い妓がお客の間にはさまった様に、つい手もなくニヤニヤしていた私に、田中氏が言った。

「太宰さんはね、自分ところの娘さん、それも四ツ五ツの幼児をつかまえてね（君、お行儀が悪い。インブが、それ覗いています。さあ隠しましょう、お客さんが困る）なんて言うんです。大変なお父さんです。」

けれども私は、それを可笑しくも不思議にも思わず、太宰治の小説のどこかの頁をひらいている様な気持で、却《かえ》ってしんみりと聴いていた。御主人も太宰、田中両氏もグイグイと浴びる如《ごと》く飲んだが、私を除く三人の主客はとろんともしない。忽《たちま》ちにして一升瓶、続く一升瓶が空になり、更に角瓶に手をそめた頃、先《ま》ず最初にやや酔態をみせたのは御主人であった。いつものでんで怪しげな巻舌になり、軀が左右に揺れはじめた。とその時、どうした反跳《はずみ》からか、御主人の手が太宰氏の頰ぺたを、バチンとやった。前後の経緯《いきさつ》などというものは無く、それはまったく、ものの反跳というより他ない感じだった。拙い、これは、皆《み》んな多少にもしろ酔っている。私は咄嗟《とっさ》に、次に当然起る筈の太宰氏の行動に備えて、河上氏を庇《かば》おうとした。太宰氏が怒り、田中氏が荷担したら、御主人はひとたまりも無し、と思ったからである。一瞬座が白けた。けれども、ぽこんと其処《そこ》だけ穴のあいた様に、太宰氏は黙っていた。こころもち顔を俯《うつむ》向きに、ぶたれたところを軽く手でおさえて、黙っていた。私にはそれが随分長い時間に思われたけれども、やがて太宰氏は、静かに、むしろやさしい声で言った。

「河上さん、どうして、何故、ぼくをぶったの、ね、なぜ？」

御主人は、眼をすえて、太宰氏の顳のあたり、いや何処《どこ》を見ているのか解らぬ。残る二人、田中氏か私が、どうしても何か一ト言口にせねばすまぬ羽目に立った。

「太宰さん、いまの、あんたがいけなかった。」

田中氏が、これも静かに労わるように言い、それから私に対して、ね、そうでしたね、と苦しそうに笑った。私は、なにもお応え出来なかった。いや、口の中では、酔って人をぶつ人は嫌いです、そう言いながら、それが声にならぬ程に、どうしたはずみかジーンと眼頭が熱くなり、自分にも説明のつかない一種の感動から、俯向いてしまった。太宰氏は、それから幾度か、盃を置くごとに「河上さん、どうして、何故？」と繰返し、じわりじわり河上氏に迫っていたようである。朝までそうして繰返していたかも知れない。

夜半の一時近く、お定まり空襲警報が鳴り出し、私は狼狽《あわ》てて自転車で家に帰った。私は私の街の忠実な防空郡長だった。

後日聴くところによると、太宰氏達はその晩、ほとんど徹夜で飲み明したそうである。翌朝田中氏と連れ立って帰った太宰氏は、三四日して再度び河上家を訪ね、その折は袴姿で玄関に立ち、

「河上さん、この間の晩は、どうしてぼくをぶったの？」

と言い、静かに穏かに、けれどもそのまま座敷へは上らず帰った。という噂、嘘かほ

んとか知らぬが、そんな噂を耳にし、私は窃かにそれを真実と信じた。一度しか会わない太宰氏よりも、作品の中の太宰氏の方を、私はどうしても贔屓目にするからである。

太宰氏の三鷹町の住居に近く有名な飛行機工場があり、爆弾による空襲は、連日執拗をきわめた。けれどもどうした理由からか、太宰氏はその三鷹町を離れなかった。怖い怖いと嘯《うそぶ》きつつ根を据えた様に動こうとしない、そういう噂をハラハラしながらもたらす知人が幾人かあった。やがて太宰氏が罹災したという噂、疎開先の甲府でもやられ、どうやら郷里の津軽に落付かれたという噂は、終戦後になって耳にした。

太宰氏の戦後の小説、新潮に載った「嘘」にはじまる「男女同権」「親友交歓」「父」「母」「メリイクリスマス」「ヴィヨンの妻」「眉山」其の他随想集に到るまで、私は悉《ことごと》く読んだ。同じものを幾度も読み、読むたびに惹付けられ、わけても「父」「ヴィヨンの妻」に心の底まで揺られる思いがした。私には出版社や雑誌の編集員に知人がいて、太宰氏の実生活の面まで折にふれ耳に這入るから、それに私自身それはもうお話にならぬ貧乏（太宰氏その人は、ちょっとも貧乏をしないが）なので、私は、太宰氏の「父」「ヴィヨンの妻」を通じて、私の妻や子供達の眼に映る「私」を考える、胸の潰れるほどの思いで、考える。


きょうで六日になる。依然太宰氏は行方不明のままだ。上水べりに履物と持物が置かれてあったからといって、死んでしまったと決めることはあるまい。死ぬつもりで家は出たが、途中でフッと気が変り、莫迦莫迦しくなって、こっそり家に帰る。奥さんや子供さん達大喜びだ、それがいい。――私は電車の中、歩きながら、ひとりで呆《ぼ》んやりと考えている。(二三・六・一八)

(『愛』一九四八年七月号)

太宰治を憶う

宮崎譲

みやざき・ゆずる　一九〇九―一九六七　詩人。太宰と同年同月同日生まれという縁で付き合いが始まった。太宰は出会いの顚末を『同じ星』と題する随筆に書き残している。

太宰治の死体が発見され、仕事部屋を借りていた「千草《ちぐさ》」で検屍を受けている間、雨に濡れながら井伏鱒二氏と私達は表に立っていた。太宰治の恩師であり、彼の結婚の仲人でもある井伏鱒二氏は、太宰が結婚する時ネ、一札入れてあるんだといった。それは太宰治は放浪・孤独にたえかね結婚してもし家をすてるようなことがあったら、私を狂人として絶交してくれという文章だそうである。

今朝それをとりだして読んできた、という井伏氏の沈痛な面持に、私はうなだれた。その太宰治が妻子を残して、一女性と、人喰川に入水死を遂げたのである。

彼の文学に親しむ程の人ならば、彼の生への焦燥、死を賭している苦悩を、読みとっていることであろう。

だが彼のああした死について、私は疑問を抱いている。健康も相当害していた。しかし、あと半年や一年は生きることができたであろう。この夏も信州の山の温泉に旅行する日どりまで決めてあったのである。

恐らくは、泥酔の果て、冗談のような、サッチャン（山崎富栄さんのこと）とのトラブルに駒がでて、不本意な死に引きずりこまれたのではないだろうか。泥酔の彼の遺書などは、ほんとうの死に対してはたいした意味をもたない。彼は陰惨な冗談で、そうしたものを書き捨てるのである。

土堤をすべり落ちる瞬間、ハッ、と冷たく覚め、驚愕と苦悩の抵抗を続けたのではないだろうか。現場の、草はむしれ、深すぎる土のえぐれた跡を見て、私は慄然と、流れに落ち悶絶するまでの太宰治の動顚した苦痛を思う。

「おしゃれ童子」や「火の鳥」を書いた彼。

＊

宮崎さん、独りで泣くことありませんか？　たしか去年の十一月頃だったと思う。サッチャンと、もう一人若い男と四人、「千草」でしたたかに飲み、自宅にかえるという太宰治と皆表に出た。若者は足許もさだかでなく彼にからみつき、サッチャンにからみつき、醜態であった。彼は閉口して、駅まで連れていってあげなさい、とサッチャンにいいつけて煙草を一箱にぎらせた。

それから、私は彼を、おくって家にゆき、彼が冷酒を台所からコップに二つなみなみとついで持ってきたのを飲みだしたが、彼も私も、もう飲めなかった。彼は、一寸御免、といって床の間に頭をのせて目をつむり、掌を顔にあててひくい涙声でそういった。

＊

私が彼を知ったのは九年前である。「デカダン抗議」という短篇を読み、私はその一篇で、尊敬などというよりも、ほれこんだといった方が適切な、関心を抱くようになった。その短篇は当時私の模索している文学の型態をいかんなく発揮しているものであると思われた。私は自分自身の心の奥にもやもやしているものを、えぐりとり、さらけ出してもらったような驚きと、共感と、快い敗北の感動をうけた。

私は銀座でひどく酔って彼に手紙を書いた。一緒に飲もう、都合のよい日時を知らして下さい、という意味のものであったかと思う。同年同月同日の生れという者同志は、こうも、ものの感じ方や性格が似ているものであろうかと思ったのであった。私は花の中で一番、薊《あざみ》の花が好きなのであるが、彼も薊のとげとげした中に抱かれているやわらかい牡丹刷毛《ぼたんばけ》のような花をいっとう愛していたということを、彼の死後「千草」のおばさんにきいた。

人一倍傷《きず》つきやすい魂を抱いている彼が荒々しい時代にもまれもまれて生き悩んだ苦痛が私にも切なく同感される。

＊

太宰治の死がいまだに私には実感されない。すべり落ちた現場の、抜けた雑草、えぐれている土肌をみても、お通夜をし、お葬式に参列しても。

なんだか仕事先の山の温泉か、海辺の旅館から、騒がせてすみません、などと、はにかみの文字を秘めた手紙がひょっこり配達されてきはしないかなどと、その死がはっきりした現実であることが百も承知でありながら、なんだかふっと、そんな気がしたりして変にさびしくなったりする。

お葬式もすみ一段落した太宰家で、新潮社の若い婦人記者達と、そうしたことなど話していると、廿二の記者が、

「人間失格」のなかのネ、関西訛《なま》りの女給、

「こんなの、おすきか?」

「お酒だけか？　うちも飲もう。」

サッチャンが、こうした感じの女性だったら今日の太宰さんを死なせはしなかったろうといかにも残念そうに、「こんなのおすきか」とつぶやき関西訛りの女をいとおしむ、とてもやさしい表情をして語るのであった。

＊

老年というものを味《あじわ》うことなく彼は去った。

含羞屋こそ骨がらみのおしゃれ心をもっているものである。

恐らく彼は老年を恐怖したであろう。
四十歳、それは彼の場合、決して、早くもなく、またおそくもなかった。
彼は身をもって人間の聡明を立証した。
いまは、清涼な世界に憂鬱もなく、苦悩もなく、五月雨を聴く無明の静謐にすむ彼に、
私はなにを語ろう。
馬糞、鉄粉、泥ほこり、むっとする人間臭、うずのうずの灼熱の、恐ろしい夏の汗みどろの、涙とためいきの、
あなたのすむ世界のこちらがわ、
なまぐさい生地獄にあえぎながら、
私はあなたになにを語ろう。

（「あとがき追悼」『雌に就いて』杜陵書院、一九四八年）

刃渡りの果

伊馬春部

いま・はるべ　一九〇八―一九八四
劇作家。太宰の『畜犬談』には、「伊馬鵜平（伊馬春部以前の筆名）君に与える」と記され、主人公のモデルとされる。太宰とは同人誌『青い花』からの仲間であり、同じ井伏門下生。

なにかあわただしく、雨ばかりに明暮れた感じの六月――その尽くる日、早くも街頭には、「人間失格第二回」の文字を浮き出した展望七月号が並んでいた。白い表紙に、コバルト色のその意匠には、すがすがしい季節感がみちていて、私は地下鉄道のフォームで不覚にも泪《なみだ》をこぼした。「太宰治」という文字を見つめていて、くやしさにどっと襲われたのだ。その次には莫迦野郎と思った。なぜ生きていなかったのだ。死ぬことはないじゃないか。こうして作品だけが、初夏の街頭にいきいきと躍り出ているなんて、あまりに悲しいことではないか。

私は去る十八日、それは彼がまだ一向に私たちの捜索線上に現れてくれなかった頃、求められるまま次のような一文を急いで綴った。

太宰の思い出など書けるものか。

私は生きていることを信じているのだ。遺書が何だ。遺留品が何だ。投身したと信ぜられる玉川上水から彼の下駄が上ったといって、それが死んでいることの証拠にどうしてなるか。

二月ごろ訪ねたとき、原稿の筆をぱたりと捨てた彼は、

「やあ実に好調だね……、どんどん書けるんだ。」

と言った。「……まるで呉服屋の番頭と同じだよ。編輯者が来ると、どの柄に致しましょうと、選ばせるくらい作品がたまったよ。」

そう言って、さっそく薬罐《やかん》で酒を沸かさせた。

「おい、食通を発揮しようじゃないか。」

私はひょいと思いついて新橋駅前で買って来た小田原かまぼことくさやを出した。こんな俗なもので、ひとつ彼の意表に出てやろうといういたずら心である。

「こっちはこのわただ。食通先生の御光来というので、特別に用意したんだ。大いにやろう。」

(もちろん、この日は前以《も》って打合せておいたのであって、「……八日こちらも好都合、時間は早いほどよろしく、二時から三時頃までに、れいの仕事部屋においで下されたく、御待ち申しております……」というような葉書をもらっていたのであった。)

そういう調子で、われわれはその日、大いに酔った。彼の為事《しごと》もからだも好調だということもうれしかったが、それ以上に私を喜ばせたのは、その好調の因が私の手紙によ

るものらしかったからだ。ある作品について部分的な批評——私は彼に対してはいつもそれしかできなかった、思想などそんな高《こう》まいな精神には触れず、いつも細部の描写や叙述をばかり雑談的にあげつらっていた——をしたのだが、

「あれをもらって、読み返してみたが、君の言う通りだったよ……」

と、きわめて明るくにこにことして、それから元気が出て、調子が出たと言うのだった。そうして私に向ってこんなことを、こんなにはっきり言ったのははじめてであった。

しかもそれは、「斜陽」や「ヴィヨンの妻」発表後のことである。あれだけの快作をつぎつぎに生みながら、なお私のようなしがない者の言うことに一喜一憂するのかと思ったら、私は涙のにじむほど、彼の為事が、生活が、しみじみといとおしくなって来るのであった。ぎくりと厳粛なある断層をみせられた気がして、この作家はいつも刃渡りをしているのだと思った。

ひき抜かれた大刀。その上を、頰をほころばせ、あるいは眉をしかめて渡っているのである。しかもその刃は、無限軌道の如く、行く手に光っているのであろう。——そんな刃が見えては寒気がするので、私は彼に劣らず盃——というよりは湯呑み——をあげた。もうろうとした眼の底に、その刃の光りをおし包んでしまおうと思ったのである。

「おい、食通だ、食通だ……」

彼も、私との水入らずということが非常に安楽であるらしく、その頃は編輯の用事の人も去っていたが、お膳の上に並べられたいろいろのものを、そう叫びながらむさぼり

食べた。なにかの随筆にも書いていたが、もう十年も前に、食通とは大食漢のことを言うのだそうだという定理を発見して、二人とも大きに安心し、酒をのむ席でもへんな気取りはやめて、大食らいすることにきめていたのである。

その日も前もって用意していたらしく、古本屋からでも見つけて来たらしいぼろぼろの婦人雑誌の附録のちゃんと折ってあったところを開けて、「鍋料理のいろいろ」という項を示すのである。たしか、客をしたあとの残り物はすべて一つの鍋に投げ入れて、ごった煮にすると、おのおのの味のかもし出す味は人工も及ばぬほど深味のあるもので、また大へんお経済的なお料理でございますというような、いずれは何とか女史執筆の実に馬鹿げた記事であった。なるほどこれはうまそうだねと洩らすと、彼は悦にいって、やっぱり君は食通だよと、いつまでもいつまでもげらげらと笑うのであった。――その太宰が、ほんとに死んでしまっていたのなら、今度は僕の方が、げらげらとわらってやる……六月十八日。

こういう文章であったが、新聞掲載は彼の死が確認された後であったので、前後の私のはかない希望を述べた部分は削りとられてしまっていた。

思えばこの日のわらいごえを最後に、彼は私に永久に、訣別してしまったわけである。その後も四月に一度、五月に一度、お互いに会う日をきめては電報や何かで断りあっていて、ついにそのままになってしまったのである。「展望」や「朝日」の連載のことをきいていたので、邪魔したくない考えもあったのだが、そんな遠慮をせずおしかけて行くべきだったと、それがくやまれてならぬ。私でも行けばなにか気がまぎれはしなかったろうか。ともあれ最近の四カ月あまりの彼を全然しらなかった私は、突然のことに、とまどいするばかりであった。私以上に会っていなかった旧《ふる》いつきあいの人たちは、なおのことであったろう。

つい二三日まえ、九州から出て来た一人の友人が、こう言った。

「私にはまだ太宰さんが死んだとは思えません。これまでの太宰治に訣別するために、津軽の山の中にでも入ってしまったのではないでしょうか。そうして何か大きな為事をして、何年か何十年か経って、そのときは太宰でなく津島修治として出て来るのではないか——そんな想像をしていました。こういうことは太宰治にならあってもいいような気がする。そしてその為事は、聖書の改訳かもしれない、そんな気さえしていました……」

ある年少の友は、やはり九州から便りを寄進して、名人であるがため、名人の位に対する恐怖症だったのだろうか、名人恐怖症は危険ですと言って来た。

いずれも私の気持ちに通う。もう少しぐうたらに生きられなかったものか。彼はあまりにも誠実すぎた。刃渡りばかりしすぎた。大あぐらをかいて、行く手に光る刃は横目に見てくれていたらよかったのである。私は六十歳の太宰治が見たかったのだ。（七月一日）

（『文藝時代』一九四八年八月号）

性得の宿命——『晩年』へつながる純潔

沙和宋一

さわ・そういち　一九〇七―一九六八
東奥日報社記者、作家。文芸誌の集いで学生だった太宰と出会って以来、『ヴィヨンの妻』連載など親交は長く続いた。

太宰治が死んでから、きょうで二十四日目である。一昨夜から私は追悼の文章を書こうとおもい、ヒロポンをのみ、夜明けまで机でねばったが、いわば肯定と否定が頭のなかにこんがらかり、徒《いたず》らに反古《ほご》をつくって、長嘆息するばかりであった。が、今夜は書く。

太宰治の死が、新聞社の人によって拙宅にもたらされたとき、軽い病気で私は床《とこ》に就《つ》いていたが、一瞬、愕然とし、しばらく経っておちつき、『とうとうやったか』と思った。『ヴィヨンの妻』や『斜陽』で、太宰は私達誰もがまぬがれなかった戦時の重圧下の喘《あえ》ぎを道化と逆説とあるいは戯作による韜晦《とうかい》でしのいだ境地から処女作『晩年』の境地にかえって本腰に踏みだした観があったが、読んだ直後の私の印象では、『晩年』の純粋さそのままとは受け取れなかった。この作品にころりと参れば、太宰は読者に済まないような気がするだろうと思ったからである。流行のことばでいえば、アルチザンというやつが、どこかで作品を濁しているものがあると邪推した。いや、邪推ではないかと、ふと、ぎくりとしたのは、そのあとで彼の親戚にあたる小舘保《こだてたもつ》氏から、太宰の、くらい、鬼気迫るようなさいきんの生活の実態を聞いた瞬間であった。月収二十万円を伝えられるこの流行作家は、たった二間《ふたま》のろう屋《おく》に住み、玄関は水が流れこんで、靴の置場さえなく、その部屋はみじめな雨漏りがしていたという。しかも太宰は、日夜友達とともに酒をのみ、友達のなかにはかれの知らぬ人間も交り、『生きている限りは、ひとに御馳走をし、伊達な着物を着ていたい』(玩具)の貴族主義は金銭のことで思い煩《わずら》うのに堪えられなかった様子がみえたという。この世ながらのこれは地獄図だ。やはり『晩年』であった。私は、『斜陽』のなかの、デカダン、作家をとりまくインテリの一群が、ギロチン、ギロチン、と、うたいながら泥酔する光景が、そのまま太宰の私生活だったのを知って、愕然とし、はじめておのが『邪推』を知った。太宰治は死んだのだ。『ああ、とうとうやったか』と、だから、私はこころおろおろ痛嘆したのであった。太宰治は、かれ自身の性得《しょうとく》の宿命に殉じたのである。その絶対の純潔さは『貴族』なんかではない、地主でもない。庶民の生き方を生きようとする私にも、私の立場をしかと守ったうえで、あやかりたい。わがものとしたい境地なのであった。

死後二十四日目。かれの死をかれの内側から理解し、その必然性をうなずき、かれを讃える文章は、大方、出揃ったようである。太宰の追悼会をやろうという若いひとたちの、かれへの一応の理解、彷徨する者のかなしい共感、また、ある場合には、幼い善意と虚栄心がいりまじる催しも、各地でもたれているようである。しかし、いまの私には、『追悼』などという、陳腐な言葉が、他人行儀で、甘くひびく。死後二十四日目。私は太宰の死をつぎのごとく結論するものである。かれはやっぱり、死んだほうがよかった。太宰が死んでくれて、日本の文学はおおらかに進歩する。切り拓くべきものを切り拓く。大いなる客観的真実の確立。太宰のかれ自身のいや応なしの歴史的限界においての、芸術家としての清さ、高さ、あるいは深さをないがしろにして、階級隆替の公式主義をあてはめようとする『ブルジョア文学最後の夕映え』式の、自分を棚に上げた概念論がでてくるとすれば、私はそれにも抗議したい衝動に駆られるのだが、かれを知り、憎しみの裏打において愛し、惜しんだうえで、何よりも、私たちは、太宰の死を高く超えなければならぬと思う。

処女作であり、いわば終焉の書であった『晩年』が思い出される。かつていくたびも死を思い、いくたびもその実行に敗れ、ついにかれは公約を履行した。かかる太宰文学形成の根本的な秘密は、したがって『晩年』以前にもとめられる。一九二八年、弘前高等学校内の学生社会科学聯盟《れんめい》。研究の自由を守ろうとして破れた二九年の学校ストライキ。同年以後の青森地方の綜合文芸雑誌『座標』における大藤熊太の筆名による長篇『学生時代』『地主一代』の没落の悲歌。日本共産党シンパサイザー。三〇年情死未遂。三二年五・一五事件を契機とするファッショの擡頭《たいとう》につづく暗澹たる時代を類稀なするどい感受性で受け容れた時間をへての『晩年』の誕生——このくさぐさの過程を解明することが、かれの文学、および人間、そしてその死を明らめるカギとなるであろう。

太宰の死は、かれの作品に書かれなかった世界にこそ、その真相が究められると私は思う。かれは、なぜ、真実を道化に装って語らなければならなかったか。はにかみを武器にして、みずから傷つく作家となったか。悪徳をつよく前面に押し出して、倫理を力説しなければならなかったか。かれは、なぜ、真実を真実とし、倫理を倫理とし、はにかみを契機に自己を克服するていの、正面切った文学と相容れぬ世界に入って行ったか。ここにかれを死にみちびいたものがあったのではなかろうか。太宰治の死は、常識への敗北である。民衆のもっている強靭な生活の倫理、その流れ、いわば歴史への敗北である。歴史のいたましい犠牲だともいえる。親子、夫婦、友人、世間の月並だが無視できぬ諸関係、あるいは義理に責められて原稿を書かされ、あるいは七十万円の不当きわまる税金を払わなければならぬ現実の社会的人間が、かれ自身をほろぼさずにはやまなかったのであろう。かれはそれに敗北した。肉体を亡《ほろぼ》すことによって、エゴイズムに徹したという限りにおいては、べつな意味で、勝ったともいえる。しかし、かかる勝利は、太宰治ひとりで終止符を打ちたいものである。

金木町の兄さんのところに疎開していたころのかれの言葉をいちいち、いま、思い出す。まじめな顔をしてレーニンの革命家的偉大さを讃えたかと思うと、『ぬるま湯に浸ったような』（これは私の言葉）公式主義的なある教師を嗤《わら》った。きわめて常識的に社会主義への肯定が根本にあり、しかもなお社会主義と対決せざるを得ぬ逆説的な生き方のいみじさを垣間《かいま》みたような気がした。僕はアナーキズムだよと太宰はいい、セルゲイ・エセイニンが好きだというのに心惹かれた。十月革命に参加して、革命成就とともにわが命を絶ったこの『農村の最後の詩人』に、太宰治は、きっと血縁に似たものをかんじていたのかも知れない。そのエセイニンの詩を、私はかれの霊に捧げよう。

空は鐘
月は古
母はふるさと
おれはボリシエヴイク。
全人類の幸福のために
おれはお前の死を
よろこび、歌う。　（上田進訳）

――七月六日――

（『月刊東奥』一九四八年八月号）

仙台・三鷹・葬儀（抄）

戸石泰一

といし・たいいち　一九一九―一九七八
編集者、小説家。大学在学中から太宰に師事した、太宰の最も若い弟子のひとり。戦後、八雲書店に職を得、『太宰治全集』を編んだ。

十九日の夕方、東京に着いた。新聞社に勤めている友達から、いろいろと様子を聞きたいと思って、省線にのると、「屍体が発見された」という新聞の見出しがすぐ目に入った。やっぱり……これでもう間違いはない、……と思った。心のどこかでは、まだ大丈夫と思っていた所もあったのだ。ガタガタと沈みこんで行くような気持だった。

友人と二人で三鷹に向う。吉祥寺に下車したのが十時半頃。井の頭公園は真暗。木立がシインと静まりかえって人一人通らない。雨が本降りになって来た。シトシトと身体にねばるようにふって来る。何度となく太宰さんと渡った万助橋。上水は夜目にも白く濁って、水かさをまして、恐ろしい程の速さで流れていた。上水、ここにもよく散歩した。夏の頃、私が、ここで泳ごうかと云ったら、太宰さんは、真顔になって、

「ここは人喰川と云って、入ったら最後、絶対に上れないんだ」

と、ひどく私の乱暴を叱ったことがあった。春先のことだったか、木下利玄の歌を説

明してくれて、軍艦がどっしりして動かないっていうのを「八幡ゆるがず」って表現しているんだ。どうだ素晴らしいだろうとまるで自分の歌のようにその立派さを云っていながら、突然絶叫に近い悲鳴をあげて、私の肩にだきついたので、私も吃驚《びっくり》すると、道傍の古縄を蛇とまちがえたのだった。それもこの辺だった。それからまた、ある夜、呑んで帰る途中、この上水を歩きながら煙草をすおうとして、マッチがない。ふと見ると、傍の二階から戸をあけて外をながめている男がいる。

「マッチ貸してくれませんか」と、太宰さん。

「本気ですか?」

「ええ。煙草喫《す》うんですがね。」

「ほうりますよ。お持ちなさい。」

二人の問答のあまりの素直さに、私がむやみに感動したりした晩もあった。

道はひどくぬかっていた。路地をまがって一番奥、ポンプ井戸のそばの生垣にかこまれた、太宰さんの小さな家。玄関をあけてすぐが六畳間。——あの頃、太宰さんは、ここで仕事しておられた。——その玄関からの上《あが》り口《ぐち》に雨がもって、乱暴にぬぎすてられた靴の上に、しぶきを飛ばしていた。六畳間には、豊島与志雄《とよしまよしお》氏、伊馬春部《いまはるべ》氏、それに出版社の若い人達が四五人（若い女達も交えて）話していた。

太宰さんはもうお骨になって、その六畳の左奥にある床の間の上の白布をかけた机の上にあがって居た。線香立。蠟燭。「新円寂　太宰治之霊」と書かれた紙をはった真新しい白木の御位牌。御骨箱の上に太宰さんの写真と、吉岡堅二が蓮の華を書いた上に濃い墨色で「わが身一つの夏にあらねど」と太宰さんが書いている色紙。それが額に入ってかざられてあった。廿日。午後七時から御通夜。六畳と四畳半の間の襖をとって皆坐った。廊下にも。葬儀屋が立派な台をもって来て、花をかざり、御供物をあげ、電灯の燭台、行灯《あんどん》で明るくした。写真も、全集にのっている頬に手をあてた随分寂しいのと取《とり》かえた。お骨は、昨日にくらべると、ずい分天辺の方にのしあげられた。何だかよそよそしく他人のようになってしまった。三鷹の禅林寺（鷗外の墓のある寺だそうである。）から若い坊さんが来て読経する。関という詩人が、詩を読み、伊馬氏が氏にあてて遺書の傍に残しておかれた色紙の左千夫《さちお》の歌を詠んだ。

「池水は濁りににごり　藤波の影もうつらず　雨降りしきる」

廿一日、くもり空。豊島与志雄氏葬儀委員長、井伏鱒二氏副委員長。十一時から読経、豊島氏、亀井勝一郎氏（「文學界」代表）の弔辞。焼香。井伏氏等弔辞。N・H・Kの録音班や新聞記者連が、右往左往する。午後一時から一般焼香。午後二時頃、豊島氏と親戚の方が挨拶をされる。参列者約三百。文壇人は、豊島、井伏、伊馬、亀井、山岸《やまぎし》（外史《がいし》）、今《こん》（官一《かんいち》）、丹羽氏、石川（淳）、外村、渋川、上林《かんばやし》、小田、青柳、田中（英光）等の諸氏。若い作家や、評論家は一人も見えないようであった。

今年から小学校に通っている園子ちゃんは、引導を渡す坊さんの「喝！」という大声を聞いて、

「お父ちゃん、お酒のむなって叱られたの。」と奥さんにいったそうである。

次の日から偉い人はめったに現われなくなったので、私達は六畳間に大きくなって、あの頃の太宰さんとの馬鹿話を語りあって、ゲラゲラ笑いあった。

「随分肴《さかな》にされたから、今度はこっちで先生を肴にしなくちゃあ。」

私たちは、太宰さんの声色を使って太宰さんの真似をして「馬鹿な奴だ。」「馬鹿な奴だ」と罵りあいながら随分笑った。太宰さんの坐っていない六畳間はやたら広々した感じだった。（六月二十七日夜）

（『東北文学』一九四八年八月号）

III 死を悼む

太宰治先生に

田中英光

たなか・ひでみつ　一九一三―一九四九
小説家。太宰に師事する無頼派（新戯作派）のひとり。代表作の『オリンポスの果実』は、太宰の序文を得て刊行した。太宰の死に衝撃を受け、その一年後に太宰の墓前で自死した。

ぼくの気持では、太宰さん生きていらっしゃるのと、まだ同じなので、いつもの調子でお便りします。生前、太宰さんはよく、「太宰治論は自分がいちばんよく書いている」といっておられました。ぼくたちを、そのように思い、他人の書いた、「太宰治論」の（道化のマスクの下の哀しき面持《おももち》を発見せり）といった、批評文は一切、バカにしていました。ぼくはむしろ、そうした批評家の重々しげな仮面の下に、（イワンの馬鹿の鋤にとりついた、一匹の小悪魔）が発見できるだけなのです。

お葬式の当日、ぼくは今では兄弟弟子みたいに懐かしく思われる、小山清君と一緒に、（当分、太宰さんの事は、新聞雑誌に書きたくない）と話し合いました。共同通信の大竹さんも、ぼくのもとにお見えになり、（なにか太宰さんのことを）というお話でしたが、当分、（太宰さんの死に触れたくない）とお断わりしたのですが、いまは、あなたの肉体の死、（文学的には少なくとも、ぼくたちの生きている限り、太宰さんは生きておられます）を回《めぐ》っての、あまりの悲喜劇は、思わず、（王様の耳は驢馬《ロバ》だ）と叫ばずにはいられなくなったのです。

（相変らず、田中はバカだ）と、太宰さんの、面白そうなお顔がみえるようですが、できれば見せて下さい。肉体と文学、そのように、あなたを二つに分けて考えることも、いまのぼくには苦痛です。

丁度、あなたの投身が、新聞紙上を賑《にぎ》わした頃、東京新聞の文化欄に、大井広介《おおいひろすけ》という批評家が、（田中は、太宰を傷つけている）とヒドイことを書いております。いつ、どこで、どんな風にとも書いておりません。しかし、想像すると、それは、あなたによく似た、作家をモデルとした、私の小説のことらしいのです。小説的事実と、現実的事実を一緒にしている、フウテン批評家のことなぞ、ほうっておく積りでしたが、それに、あなたの死が、オーヴァーラップしているのが、私には、少し苦しいものがありました。しかし、それに抗議することは、あなたをダシにするみたいだし、（こっちは、それどころじゃないヨ）という気持でほうっておきましたが、世の中には、全く大井式フウテンが多過ぎます。みんな、偽善者のような悲しみで、あなたの死を汚してしまったとしか思われません。

あなたの好きだった、豊島さん、古田氏、宮川剛ちゃんなどを除くと、いつも、あなたの嫌っていた連中が、新聞なぞに書き立てられるのを喜び、（我こそ、太宰の理解者）という顔で、あなたのお宅から、「千草《ちぐさ》」まで、大威張《おおいばり》で坐り、ムシャムシャ、ガブガブ、ペラペラといった具合でしたので、ぼくはただ悲しかった。ぼくはただ、(弱虫の大バカ野郎)と、ワイワイ泣きながら、あなたを罵り続けてきました。あなたは自殺してはならなかった。あなたが、現在の苦痛を、必死に切りぬけられたならば、ぼくは、あなたこそ、世界文学史上に残る、大作家になるひとと、昔から信じてきたのです。(あなたの自殺は、よく、なかった)と、優しく言ってくれたひとはまだいない。亀井さんなぞ、例の、マタイ伝十章、「身を殺して、魂を殺しえぬものを恐れるな。身と魂とを、ゲエナにて、滅ぼし得るものを恐れよ」というところが、あなたの創作方法になっていたと、お得意で、ラジオの弔辞に吹きこんでいましたが、亀井さんは、この(人間は恐れるな、しかし、悪魔は恐れよ)という、キリストの言葉を、どんな風に、あなたの死と結びつけて、解釈したものでしょうか。

(あなたに忠告できなかったのが、残念)と御霊前にいう、ある先輩もいましたし、(女と別れればよかった)という、あなたより年長の弟子もいましたし、(サッちゃんが、あなたに毒酒を飲まし、道連れにしたのだ)と誠しやかにいうデマまで、あちこち拡がっています。

そう、それから、あなたが生きていらっしゃれば、ぼくとふたりで、畳を叩き、お腹を抱え、引っ繰返っての大笑いが、沢山、出そうな珍談がずいぶん、ありました。ぼくは、山岸さんが、猿股を二枚穿《は》き、米沢から駆けつけ、開口一番、(死体はまだか、上がらねば、これ、この通り、用意してきた)というのをきくなり、吹出したくて堪《たま》らず、ヒョイと、あなたの顔を探し、グシャリと泣きだしてしまいました。

ぼくは、あの間、お酒ばかり飲み、二度ほど、「千草」から追出され、とうとう、お通夜の晩にも、御遠慮。うちでひっそり、我慢して、仕事を続けていました。昭和十五年頃、あなたは、私に、（生活は秩序正しく、真白きシーツの上に眠れ）と忠告して下さった言葉が思いだされます。

お葬式には、あなたの文名への嫉妬で、火の玉になっている連中も多く、毎月、十九日あなたの誕生日と、死体発見を記念し、会をやるとの話も聞きましたが、私は、その会員のメンバーになる気もしません。織田作の死の時、あなたのいった言葉（織田を殺したのはおめえたちではないか）

それと同じ言葉がいま思い出されます。ぼくを笑い、恥ずかしめた、若い編集者たちが、どうして、あなたの死体を、自分たちで見つけなかったのでしょうか。

ぼくは、あなたの御霊前で、（きっと、先生よりも立派な作家になってみせます）と誓いました。あなたと、お別れすると、ぼくは完全にひとりぼっち。

右からも左からも、大家からも編集者からも離れ、悪口をいわれるだけの孤独な作家になりそうですが、そのほうが嬉しい。愚劣な先輩や、無智な編集者に取囲まれていた、あなたが、哀れで堪りません。

奥様のお話では近く、あなたの三鷹の家も引払われるとのこと。そうして、あなたのお骨は、サッちゃんと別に、あなたの生前、ひどい愛憎を持っておられた、青森県金木《かなぎ》町に葬られそうです。ぼくは、あなたの死にも、お葬式にも行かない積りでしたが、やはり、つい、フラフラと行ってしまう。そのうち、お墓参りにもゆかせて下さい。

ぼくは、あなたの死の一因に、(民衆から孤独になった)作家の不安を身にしみて、感じたものです。けれども、あなたの死を漫画化し、〈肉体文学亡《ほろ》ぶ〉と描いた、アカハタの連中もひどく憎みます。君たちは本当に、(民衆の中に根を降ろしているのか)そうした意地悪さで、愛される党になれると思うのか。

頽廃作家、ニヒリスト、実存主義者、肉体作家。あなたの上に、いろいろなレッテルを貼るのは、みんな嘘だ。あなたは、(誰よりも民衆を愛し、そして憎んだ)あなたは、太宰治文学というものを、少なくとも、日本文学史上に残して死なれたと思います。けれども、(自殺されないのが、いちばんよかった。ぼくは歴史の手で殺される日まで長生きして、死んでから、お逢いして、再び、例の大笑いを、あなたとの間に、笑いたいと思います)

あなたが、「虚構の春」で採録された、ぼくの長い手紙のような調子で、いつまでも、ダラダラ同じことを言い、そして、なにか、大切なことだけ言い落した感じ。

あなたの文学は、これからイヨイヨ、生命力に溢れ、生き続けるでしょう。ぼくも、エピゴーネンといわれたって、糞食らえ。あなたがぼくの中に残して下さった、文学の根を懸命に育ててゆく積りでおります。

最後に、もう一度。弱虫の大バカ野郎の太宰さん、どうして、自殺なんて、バカな真似をしたのです。

私は、この小文でまた、太宰さんを傷つけたかしら。万一、傷つけたにしても、太宰さんは、今まで、それを何度となく許して下さったものです。

いまは、つかれていますが、そのうち、死ぬまでに、ひっそりと、あなたの想い出を二、三百枚書いてみたい。ぼくは、あなたほど、誠実な作家には、もはや、二度と逢えない気がします。


（『東北文学』一九四八年八月号）

苦悩の末

野口冨士男

のぐち・ふじお　一九一一―一九九三
編集者を経て小説家。代表作に『徳田秋聲傳』『かくてありけり』。太宰文学へ深い理解を示していた。

「いま、そこの屋台で太宰が飲んどったよ」

私が新宿でゴロゴロしていた時代と言えばもう十四、五年も以前のことだが、私の巷《ちまた》で識《し》り合《あ》った友人の一人は大の太宰ファンで、瞳を熱っぽく輝かしながら言った。太宰氏がまだ「新進作家」となるかならぬ時分のことである。太宰氏には、そのころからすくなからぬ心酔者があった。「ダザイズム」という珍奇な造語を教えてくれたのもその友人であった。

「そうかい、何処《どこ》に」

とさえ私が言えば、彼は得々として私をその屋台の前に連れて行って、のれん（か、或はヨシズ）の蔭からでも、太宰氏の姿を見せてくれたことだろう。しかし、私は、竟《つい》に一面識もなく終ってしまった。たった一度、巻紙に毛筆でしたためた書簡を頂戴したというだけの浅い縁であった。が、それが何であろうか。面識、そんなものは何でもありはしない。私たちはジイドにも、マンにも逢ったことはないが、それがジイドやマンを識らぬことではない。私は太宰氏の見物人となることを放棄して、読者に終始したことを、今ではむしろ満足に思っている。

新聞紙には、事件を聞いて太宰家に集まっていた友人諸氏が、太宰氏の死因を「わからない」と語っていた由、報じられていたが、私は、そんな筈などあり得ぬと信じる。

「ほんとうは、僕にも判らないのだよ。なにもかも原因のような気がして。」

とは『道化の華』で、大庭葉蔵が未遂に了《おわ》った情死の原因をたずねられたとき、友人にむかって応えている言葉だが、太宰氏はすぐその後につづけて、「葉蔵はいま、なにもかも、と呟《つぶや》いたのであるが、これこそ彼がうっかり吐いてしまった本音ではなかろうか。」と書いている。おそらく今度の死因もまた、太宰氏にとっては「なにもかも」であったのだ。太宰氏の近作の読者なら、すぐにもわかることである。まして友人の方々がそれを「わからない」筈など、絶対にあり得ないと思う。

「人非人でもいいじゃないの。私たちは、生きていさえすればいいのよ。」という『ヴィヨンの妻』の結びの言葉に、「生への執着」を読み取るような読者は、太宰氏の魂に無縁の人だろう。

「人は誰でもみんな死ぬさ。」

とは、『ダス・ゲマイネ』の、これもまた末尾にある言葉だが、私は戦後に於《お》ける最も傷ましい二人の死者として、太宰氏とともに織田作之助氏の名を想起する。織田氏の死は「苦闘の末」であったが、太宰氏の死は「苦悩の末」と言えるかもしれない。先刻、折からの降雨を衝《つ》いて私のところへ訪ねて来てくれた人の話では、今朝方屍体があがった、抱き合っていたそうだ、ということであった。私は真相を知らぬが、そうとすれば、女の人にとっては本望だったろう。しかし、太宰氏はどうであったか。女性にしてみれば、太宰氏の存在がなければ死にまでは至らなかったかもしれぬ。しかし、太宰氏にとっては、あの女性がなくても、死は不可避の必然であったろう。

「山は、のぼっても、すぐまた降りなければいけないのだから、つまらない。どの山へのぼっても、おなじ富士山が見えるだけで、それを思うと、気が重くなります。」

「情死」——いやな言葉だ——と聞いたとき、なにより先に私の脳裡にうかんで来たのは、不思議にこの言葉であった。『富嶽百景』中の一節である。

（『文藝時代』一九四八年八月号）

太宰治の死（上）

柴田錬三郎

しばた・れんざぶろう　一九一七―一九七八　小説家。代表作に『イエスの裔』『眠狂四郎無頼控』。井伏鱒二、佐藤春夫に師事する太宰と同じ日本浪曼派のひとり。

太宰治氏の情死が伝えられた。この事件は、ジャーナリズムの鋭角に最大の刺激を与え、少くとも文学に関心をもつ世人の耳目をそばだてるに足りるであろう。そしてこの後数ケ月にわたって、太宰治およびその作品が夥《おびただ》しく論じられるであろう。僕自身にとっても太宰氏のこの異常の死は多大の衝撃であった。しかし、衝撃のただ中にありながらも、不思議にも、太宰氏の死について、誠に明りょうに確言しうることが一、二に止まらないのは、作家である僕たちは、すでに氏の死を近い将来として予想していたからであろうか。

一体、作家の中には、死期迫るとそれが意識すると否とにかかわらず、驚異的な仕事をする例が一、二に止まらない。古くは、岡本かの子がそうであり、近くは織田作之助が記憶に生々しい。死霊につかれたというと少々大げさであるが結果から考えると必ずしも誇張とはいえぬようである。太宰治氏の最近の仕事ぶりから思うて、彼もまたこの殷鑑《いんかん》に習うのではないかと懸念していたものは少くない。（もっとも、情死という最期は、誰人も考えおよばなかった）ただ、太宰治氏の場合は前二者と違ってすでに年少にして、今日あるを予期できた、と敢ていえぬことはない。

僕の記憶に誤りなければ、太宰治氏はこれまでに、すでに三度自殺を企てている、第一回は年長の人妻と海に投じた（女は死んだ）。第二回は山中でくびれようとした。第三回は温泉で服毒せんとした。では何ゆえかくも太宰治氏は自ら死を急がんとしたのであろう、一言にして尽せば、時代的宿命というよりほかない、その時その際における仔細は、後日の太宰治研究の丹念なる調査にまつべきであろう、ただ前二回の絶望と虚無の行為より推し測って、僕たちは、最近の太宰氏が、しばしば喀血しつつも、酒をあおり、書きまくっていた事実を、ついに断崖に立った姿として眺めていたのであった。もちろん常識人のよくなしうるところではなく、また一部文学者仲間からも理解し難い無謀の挙とみなされていた。さよう、氏自身は、酒をあおることも、書きまくることも、少しも愉しくはなかったに相違ない。全く業苦《ごうく》さながらの虚無感に陥りつつやったであろう。しかし、この自ら生命を縮める行為は喀血して絶対安静して、病臥して天井のフシ穴を見上げている状態よりも、幾パーセントかましであったろう。いってみればこういう無謀は、世間には通用しないが、文学者としては、むしろ驚嘆の目をもって納得される性質のものである。

誠に文学者という代物は奇怪である。例を外国にとっても文学者の生涯は健康なる家族の子女の範として語るべきものは甚《はなは》だ稀である。例えばボードレールを見よう、中学生の時は教師と喧嘩して殴合《なぐりあ》いをやり廿歳にして放蕩無類（ママ）の生活を送り、家族会議の結果、外国旅行を命ぜられしばしば姦通を試み、丁年に達して父の遺産を得るや、栄華豪奢をほしいままにして、忽《たちま》ちのうちに蕩尽、その後は、なし得る限りの負債を背負い、この負債に後半生を悩まされつつも、阿片中毒となりついに頭脳を犯され、全身麻痺の果て、絶望と苦もんのうちに逝ったのである、このボードレールの略歴を見せただけではは世間の円満な紳士淑女をしてまゆをひそましめるに役立つだけではないか。

太宰治氏また然《しか》り。学生でありながら年長の人妻と姦通して、あまつさえ心中を企て、女は死し彼は家から勘当をうけ、つぎに一緒になった女は、他の男と姦通し、しかも彼自身は腕をこまねいて傍観していたし、最近は、入ってくる稿料の悉《ことごと》くを飲んでしまい、家族（妻と三人の子供）を捨てて顧みず、戦争未亡人と恋愛し、喀血しつつも毎夜紅灯《こうとう》緑酒《りょくしゅ》の巷をさまよい（氏は一級酒あるいは高級ウイスキー以外は口にしなかった）雨降れば十数ケ所も漏るぼろ家屋に平然として住み、しかも敢えて道化の仮面を装って「子よりも親が大切」と書いて公表する——かくのごとき作家を、世人の誰と誰が共感をもって宥《ゆる》すであろうか。

実際、この履歴のそっくり逆をやったならば、世の師表たり得ること間違いないのであるから——

僕は、ここに明言する。戦後文学の一主流となった絶望文学（椎名麟三、船山馨、梅崎春生ら）がかりに十九世紀帝政ロシア末期と似通うとするならば、太宰治氏こそ日本文壇にあってただ一人十九世紀フランスの天才的なる名状し難きあの永劫の苦悩を受けついだ作家である、とあえていえば知的アリストグラシイの最後の剣をふりかざし、失われ行く「至上善美」泯《ほろ》び行く「高貴」への切なる思慕の凄惨な逆説的表現こそ、太宰文学であるのだ。僕は、最も苦痛の抵抗の中に太宰治氏の死を路傍で縊死自殺をとげたジェラァル・ド・ネルヴァルに結びつけずにはいられないのだ。ダンディズムの犠牲者とはこれをいうのである。

（『夕刊新大阪』一九四八年六月十六日号）

小事

武田泰淳

たけだ・たいじゅん　一九一二―一九七六
小説家。代表作に『ひかりごけ』『富士』。同じマルクス主義からの転向者として太宰に共鳴する部分を見た。

私は太宰さんに一度も会ったことがない。しかし彼のことを常に考えつづけて来た。彼の死によって、この考えつづけることが、うすれ、中断されるかどうか、まだわからない。そして、いずれにしても、彼のことを考えなくなるからには、また考えないでいられるからには、私自身、よほど覚悟し、よほど変化せねばならぬと思う。だいぶまえに佐藤春夫先生を訪問したさいに、先生と奥さんは、太宰さんの話をされた。リュウとした和服であらわれたこと、はずかしがりのことなど語られる言葉には、彼に対する愛情がにじみ出ていた。私はその時二回目の訪問で、二回とも友人につれられて行き、ろくに口もきけないでいた。そして僕などは永久に、このような愛情をえらい作家からもらえまい、という予感がした。昭和十八年に私が『司馬遷』という書物を出したとき、先輩が二人まで、お前のあの文章は太宰の真似をしたな、と言われた。自分には全くその意識がなかった。しかし、そう言われても口惜しくはなかった。それはたぶん私が当時の彼を好いていたからであろう。私の友人の竹内好《たけうちよしみ》君が『魯迅』を書いた時、その跋《ばつ》文《ぶん》をたのまれたので、私は竹内君が太宰さんを好いていたことを書きそえた。そのあとで太宰さんの『惜別』が発表され、彼はその序文で、竹内君の『魯迅』にふれており、かつ竹内君が彼に注目しているのを悟ったむねを記していた。つまり彼は、少くとも私の書いた跋文を読んでくれたわけだ。おそらく彼は、私の文章など、それ以外何も読んだことはあるまい。少くとも読んだためのあらわれは全くない。これから先、読んでくれたり、会ったりする機会はあったかもしれぬ。それらのことに関しては少しも残念でも何でもない。ただ、あの跋文の、それもホンの一部に、まだ生きていた彼が気をとめたこと、そのような愚にもつかぬ小事が、やはり、まだ生きている私の記憶にとどまっている。

（『文藝時代』一九四八年八月号）

太宰の死について

中野重治

なかの・しげはる　一九〇二―一九七九
小説家、詩人、評論家。プロレタリア文学の旗手として知られる。代表作に『歌のわかれ』『斎藤茂吉ノオト』。

太宰が死んだと新聞に出たときわたしは必ずしも信じなかった。しかし死骸が出、ともらいもすみ、ほんとうに死んだことになった。やはり太宰は自分の藝術を尊重することが足りなかった。文学者としての自尊心が十分大きくなかったと思う。

死ぬ前に太宰は論争をしている。中野好夫、渡辺一夫などを反駁《はんばく》し、志賀直哉を反駁しているが、それを見ると、そこに闘士のたましいが欠けている。相手を反駁しながらその相手に自分を認めてほしいという弱気な下ごころをあらわしている。のみならず、この弱気な下ごころそのものすら認めてほしいという気持ちを出している。相手とたたかうならば相手を死なせねばならない。論争の副産物として、相手が首をくるというようなところまで相手を追いこまねばならない。相手にはちょっと傷つけ、自分は傷をしないですまそうというような態度は論争者のものといえぬ。つまり文学者のものといえぬ。

太宰には才能があった。美しいものを求める心があった。しかしそれを、百姓のように営々と働いてつくりだす鈍重な根気にかけていた。なぜかというと、彼は、彼の軽蔑していた営利的文壇をどこかで恐れていた。世間から馬鹿にされることを恐れていた。この恐れのあまり、彼を強める文学の母胎に帰ることを忘れていた。神経質な病人が、しょっちゅう検温器をはさんだり、カルテをぬすみ見したりしながら、ちゃんとした養生のほうはなおざりにするのと似たところがあった。俗世間に対立しながら、どこかで俗世間に甘えているところがあった。文学に進むものは何ものにも甘えてはならない。たたかい進まなければならぬ。

（『文学新聞』一九四八年七月五日号）

太宰治を偲ぶ

大西巨人

おおにし・きょじん　一九一六―二〇一四
評論家。一貫してマルクス主義の立場を堅持した。代表作に『精神の氷点』『神聖喜劇』。

「二度、自殺をし損《そこな》った。そのうちの一度は情死であった」（『逆行』）――三度目の真実、ついに自殺を全うしたのか。一生まともに物を云わず、云い得なかったこの作家、おのれの言行のひとつひとつに註釈を附さねばならなかった「二十世紀旗手」にとって、この「自殺」だけがもはや自己註釈を必要とせぬ唯一の仕事ではなかったのか。『晩年』以来久しい愛読者であった、そして太宰の著書二十数冊を所有する私は、この作家の死を知り、芥川龍之介の所謂《いわゆる》「我我に平和を与えるものは眠りより外《ほか》にある訳はない」「茫々たる人生の中に佇《たたず》んで」いる思いひとしお深いものがあるけれど、自殺した太宰治を哀悼しようなどとはつゆ考えまい。「水は器にしたがうものだ。――こうしてお互いに生きているというのは、なんだか、なつかしいことでもあるな。」（『ダス・ゲマイネ』）という言葉がたとえ真実であろうとも、「三度目の真実」、いや実地には五度目か八度目か知らぬ、死に果てた太宰は祝福されるべきであり、哀悼されねばならぬのは、かえって生き残った・生きなければならぬ私たちであるのではないか。

この世の真実を逆説としてしか語り得ず、逆説としてより表現し得ないこの世の真実を凝視し続けた作家の悲劇は、追い詰められた自殺において「見事な」キャタストロフィを完成し得たとせめて私は「不謹慎に」書くことで、私自身を納得させておこう。四、五日前に読んだ『展望』六月号の『人間失格』のいやな後味を、今日の私は不吉な予感であったかのように思い返しながら、「婦人と家出」に関連してスプリング・ボードという語を、やはり「不謹慎に」思い浮かべている。これが真実不謹慎であったならば、私の気持はどんなにか軽かろう。

私は、私自身作家のはしくれとして、更には小市民インテリゲンチャ階級の作家の一人として、太宰の愛読者の一人であったものとして、『晩年』の作者の死に深く心を揺ぶられざるを得ないままに、怱卒《こつそつ》・支離滅裂のことを記した。私の頭には「芸術＝芸術家の宿命」という忌わしい言葉と共に、たとえば次の文章などもないことはない。「アンドレーエフは一九一九年フィンランドにおいてソヴィエト政権の最も和睦し難い敵として死んだ。彼はロシヤの資本主義化に関連して『批判的に思惟する個性』から、いやいやながら地主・ブルジョア国家に奉仕する『専門家』に転化した、二十世紀インテリゲンチャの典型的代表者であった。彼は封建的・ブルジョア的文化に反抗し、『絶対的自由』と『完全なる幸福』との名においてすべての権威・因襲を否定したが、彼はプロレタリアートの立場に移り得ず、革命運動に対しても否定的態度を取った。彼の絶望的悲観主義、無政府主義的虚無主義の社会的根柢がここに見出される。」——けれども、ともあれ私は、太宰の屍を超えて進まねばならぬ。

（『夕刊フクニチ』一九四八年六月十七日号）

やむを得ぬ滅亡——太宰治の死

桑原武夫

くわばら・たけお　一九〇四—一九八八
フランス文学者、評論家。代表作に『ルソー研究』『「宮本武蔵」と日本人』。

太宰治自殺のニュースは私を驚かした。しかし、私は驚いてはいなかった。美しい紅葉が散ったのを見て、ひとは驚く。しかし、紅葉はずいぶん赤くなっていた。芥川竜之介の死がさけがたいものであったように、太宰治の滅亡もまた痛ましくも已むをえなかったのだ。

彼の心には虚無があった。しかし、それはニヒルとかシニックとか訳すべきような意志的なものでは決してなかった。人間社会の空しさを確認して、そこから外に向って破壊的に働きかけるというようなものではなく、彼の虚無は何か大和風の、やさしく、動かぬものであった。我のつよい彼は、そのやさしい虚無を社会から絶縁することによって、風にあてぬようにはぐくんで来た。それはむつかしいことであり、もとよりそこに悩みのあったことは認める。しかし、しょせん彼の描き出す世界はまわり灯籠で、それがいかに繊細な模様を心づくしの美しい影としようとも、太宰治はその中で燃えるロウソクであった。その純白の良質の細身のロウソクは、燃えつつ動かなかった、動きえなかった。そして今までにも風は幾度もそれを消しかかった。

己れのロウソクをともせ、という誤解をまねきやすい言葉が戦後流行した。太宰治はつとに己れのロウソクをともしていた。ただ、それは美しい影絵をうつし出すが、人々の心に火をうつすものではなかった（ロウソクの火も大火事を起しうる。彼はそれを信じたくなかった）。戦前戦中、彼のまわり灯籠はいわば軒につるされ、ひそやかに美しかったが、戦後文壇の中心にすえられ、衆人環視の中で回転することになった。そして現実に対する鈍感さによって、または他人のテーゼによって、辛うじて支えられたような戦後の作品の群にあきたらぬ青年たちは、太宰の美しい反抗に親近性を感じて、カッサイした。しかし、このことは彼の火を大きくすることを要求し、その要求をつっぱねるほどに強くはない彼は、ついにロウソクの両端に火をつけざるを得なくなり、事ここに至った、と推測される。

「光」という雑誌にのった『饗応夫人』という短篇がある。戦争で夫をなくした純真で裕福な未亡人が、人にご馳走するのが何より楽しみ、というよりそうせずにはおられないのだが、ふと夫の旧友の変な男にかかりあい、それが毎日仲間をつれて飲み食いにきて、夫人はその饗応づかれで血を吐くが、しかもやめられぬ、という筋だが、これは「新潮」五月号の『如是我聞《にょぜがもん》』という、中野、渡辺両教授に対する、ややシドロモドロの反駁《はんばく》文の中にも、文学の本質は心づくしのお料理だと説いているところと思い合わせてみて、彼自身の投影であろうと思われる。織田作之助は文学を将棋にたとえ、太宰治は料理にたとえる。私はそのたとえの余りの小ささに不満だが、ともかく太宰の文学は心づくしの料理にはちがいなく、変なものを食わせてかげでイヒヒと笑うようなことはなかった、できなかった。彼がこの絶筆で、某氏のこのイヒヒ説にふんがいしたのは同情できる。また志賀直哉氏が「文藝」で『斜陽』の貴婦人が山出しの女中のような言葉づかいをするという非難をしたのも、夜の文学を昼の好みで論じたにすぎず、「もう少し真面目にやれ」というのは太宰のロウソクを知らぬ残忍な言葉であった（佐々木、中村両氏が威光に押されて、はっきり指摘していないのは、つまらぬ）。

しかし、さきの『饗応夫人』にみるとおり、太宰の文学の底には日本風のあきらめがただよっている。そうしたあきらめをもちながら反抗を言うので、それは捨身になるの他はなかった。意匠に新旧はあっても、葛西、嘉村《かむら》、織田、太宰みなそうで、伝統への反抗の困難、したがっていよいよ反抗の必要性を覚《さと》らされるのだが、このあきらめを基礎とするかぎり、虚無といっても、太宰の愛したかのボードレールのごとく、その作品を「憂鬱と理想」と名づけることはできず、批評家に対する反発は『人間失格』のごとき意識的なインテリ向き漫才、そこにいかに悲しみがたたえられていようとも、漫才となるの他はないのである。そして生への意志ある者はあのように自己を馬鹿にすることはできない。

「小説を書くのがいやになったから死ぬ」、これは気の毒な、芸術のための芸術家の誠実の言であろうが、自己に対する誠実を人生に対する誠実に結びつけるという至難の事業、それをあきらめるなら芸術は才能ある芸術家にとって易しすぎるのである。豊島与志雄《とよしまよしお》氏は、これは単なる情死とみたくないといわれたが、私は芸術家への女の殉死などという言葉に反発する。また林芙美子さんが、太宰をいたむ詠嘆をつらねながら、残された夫人に対して何一つ言葉をかけていないのは、女性としていささか怠慢のように思えた。私は彼には一度しか会ったことがない。彼の自殺はいたましい。しかし同情してはならぬのである。

（『河北新報』一九四八年六月二十一日号）

水中の友

折口信夫

おりくち・しのぶ　一八八七―一九五三
民俗学者、国文学者、歌人。代表作に『死者の書』『古代研究』。太宰は折口を尊敬しており、人づてに聞いた折口による評を喜んでいたという。

いつまでも　ものを言わなくなった友人――。
もっとも　若かったひとり――。
ただの一度も　話をしたことのない
二三行の手紙も　彼に書いたことのない私――
しかし　私の友情を　しずかに　享《う》けとっていてくれた彼を　感じる。

――友人の死んだ時
私は、嵐の声を聞いた。
若い世間は、手をあげて迎えるように
はなやかに　その死を讃えた――。

老成した世間は、もみくしゃになった語で、
渋面を表情した——。

一等高さの教養を持った人だけが——、
何げない貌《かお》で
ただ　その姿を　消ゆるにまかせるだろう——。
そう言う　この国の為来《しきた》りを
彼は信じて　安らかになったに違いない。

若い友人は　若いがゆえの
夢のような業績を　残して死んだ。
これればかりは、
若くて過ぎた人なるが故の美しさだ　と言う思いが——、
年のいった私どもの胸に　沁む——。

何げない貌で死んで行ったが——
　ほんとうに　遠く静かになった人
もういつまでも　ものなんか言おうとしないでもよい。

私の眶《まぶた》を温める　ほのかな光りを　よこしてくれ

＊

私などが、太宰君の本の解説を書いて見たところで何の意味もないことである。故人作物の批評や、案内の類の書き物は、手近いところに幾らもあるのだから、そんな点では、私如《ごと》きは、手を空しくして眺めている外《ほか》はない。それでも生前、口約束のようなことを、人をとおしてしてあり、その作物をこんな風に見ている者もあると言うことだけは、故人に知っておいて貰《もら》おうと思うたこともあるのだから、謂《い》わば書くべき義理がない訣《わけ》でもない。それで、世の人のすなる評判記の類に繋りなく、勝手な感想の二三枚も書いて、故人をくやむ心だけを、その後、知りあいになった遺族の方々の前に表したい――そう思うて書こうとする訣、全くただ何となく、書いて見るだけのことである。

故人についての知識は、一から十まで、故人の友だち伊馬《いま》春部《はるべ》から得たもので、その書き物も大方、あれを読め、これを読めと言っては、春部の持って来てあてがった物から得たのである。だから相当に読んでいても、こう言う事をするのに、ひけ目を感じる訣である。今度出るのは、「桜桃」「人間失格」、それに「ヴィヨンの妻」――皆故人の名を、その時々に、一段ずつせりあげた作物である。

だが私は、ああ言う変質風な性格や、慾望ばかりを描写したものが、太宰作風の全体ではないと始終考えているものだから、こう言うとりあげ方は、外の本屋の傑作選という風なものについても、よい気がしなかった。これでは、太宰君が可哀相だ——、そんな風に思うて来たものである。だから、角川の文庫の並べ方についても、あまりぞっとしない気がしている。そんな訣で、せめて「竹青」を入れてくれ、と希望を述べたくらいである。

津軽を知らない人は、始終曇ってばかりいて、人々も重くるしい口ばかりきいているように思うかも知れぬし、また故人の作物評にも、そう言った「人国記」風な概念がまじって来ているようである。ところが実際の津軽は、広々とおだやかで、人も上品な暮しにあこがれることを忘れてはいない。この事は、おなじ地方根生《ねお》いの文学を書いた北畠《きたばたけ》八穂《やほ》さんや、深田《ふかだ》久弥《きゅうや》氏のもので見ても訣《わか》る。もっと手取りばやいことは、あの優雅な弘前の町を、一わたり歩いて来ることである。

何だかふっと、私の頭を掠《かす》めて、「清き憂い」と言う語が、浮んで来る。これが、津軽びとの性格の裏打ちになっているような気がする。こんなことを言うと、買《か》い被《かぶ》りだと笑われそうだし、また人間そう一概に、言えるものでないことも訣っているが、尠《すくな》くとも太宰君は、そう言う人だった気がする。文学者は、芸術の選民なのだから、彼がそう言う人だった、と思う私の考えを、間違いだと断言の出来る人はない筈である。その作物を見て、私はいつもこの清き憂いに、心を拭われるように感じていた。それなればこそ、顔も見たことのない、また顔も見ないでしまったこの友人の作物を見ることを、喜んで来たのであった。だから世間の人の言う彼の評判へ向けて、私の感じはいつでも、いこじな対立を守って譲らなかった。

「ヴィヨンの妻」や「人間失格」も、こう言う範疇に入れて、私は見ていた。平気になって考えると、私の思いの中の太宰は、とくの昔に、ある部分は、変って行っていたようである。こう言う経歴からすれば、私の考えることなどは、あてになったものでない。小説乃至《ないし》戯曲などいう文芸に、ずぶの素人である我々からすれば、若いこの人の作物は、随分驚くに堪えた経歴が、織りこんである。われわれが終生それから離れない世間の生活の上に、虚構の生活——ということばがわるいが——文学者の希求《けぐ》の生活と言ったものが出て来ている。誰から許されて、そんな生活をした訣でもないが、それを積んで行く自由を持ってるように、彼らはどんどん別途の生活の方へ分岐して行く。以前は、こんな生活を、簡単に詩人的だと称えたものだが、今では、もっと輪をかけた形に、ひろがって来ている。太宰君の文学者としての生活を見ると、いつか作物の上の生活が、世間の生活から、ぐんと岐《わか》れて行ってしまっている。自分だけ守る生活というものを、極度に信じた事から、ただ一途《いちず》に、自分の文学を追求して行った。謂わば、筆は生活追求の為に使われていた。そうして段々、深みに這入《はい》りこんだ彼だった。私などは、それに気のつくことが遅かった。斜陽の「新潮」にのりかけたのを見て、はじめて太宰君が何に苦しんでいるか、ということをおおよそ知ったくらいのものである。現実の出発に先じて、虚構が出発していたのである。虚構というと、とりわけ誤解がありそうな作物だから、文学が先に出ていると言い替えてもよい。平易に、文学的作為と言うような語をつかってもよい。斜陽の現実よりも、斜陽の虚構の方が先に発足している。そうして展開する虚構の後を追って、現実が裏打ちをして廻った。――私はこう言う風に後を追って考えている。――事実と全く関係のないことだが――あの小説の女主人公のようなものを、幻像を持った作者が、偶然少し誇張を加えれば、幻像にぴったりするような女人を知ることになる。それが、文学志願を抱いた娘なんかであって、自分の閲歴に近いことを小説体に書いた手記風の書き物を持っていた。――そう事実を設定して見れば、説明がし易い。その女性に相当知り合いになった彼が、手記を借りて読む。小説の上の生活は、これから出発する。それと共に、虚構の生活は、先へ先へと踏み出して行く。そうした生活を註釈するように、或は確実性を持たせる為の様に、小説の上の娘との交渉が進んで行く。謂わば、科学者の行う実験のように、彼においては、生活の実験が行われて行くのである。

――私は斜陽の発表を、次々に見ている中《うち》に、ふっとそんな気が起った。小説の終末が作者の現実の中に留るか、更に虚構の世界にはみ出して行ってしまうか、この二つが頭に浮んで来た。だが、どちらも作者の考えとは喰い違ったことになる。これはどうしても、作者の肉体が限界になる。肉体の強靭がものを言って、虚構を征服してしまわねばならぬ。そうでなければあぶない事になる。こんな危殆《ひあい》な感じが心を掠めたものだったが、何分実際に作者に行き逢っていない。知っているのは、春部の話して聞《きか》す太宰君だけである。友人を清く見せることが、自分の生活のよさを示すことだと思う癖が、一群の青年にあるのだから、春部も、そういう風の太宰君だけを語って、私の太宰観を清くすることに努めていた。だから、勘のわるい私には、太宰君の運命をつきとめて考えることが出来なかった。また、出来たところで、どうなるものでもなかったが……。その間に太宰君は小説を超えて、――或はまだ著手《ちゃくしゅ》しない小説の為に、中年と若年の間に彷徨している男と、若い女との恋愛を実験しはじめていたのであった。この未著手の小説は、作者の体力の為か、現実としても未完成に終ったが、あの境をのり超えてくれれば、それはそれでまた、そうした男女関係に一つの解決が与えられたのであろうのに――。太宰君は勉強家で小説の源頭の枯涸《ここ》することを虞《おそ》れて、いろんな古典を読んだ。そうしてその効果は、いろんな形で、その作物の上に現れている。この書物の上に彼の積んだ経験は、我々安んじて眺めることが出来る。だが、世上人としての経験は、学生と文学者以外になかった君である。言わば懐子《ふところご》のような一生だった。もっと経歴を積んでくれねばならなかったのだ。ところが流行作者としての生活が、彼を、家と為事場《しごとば》と、それから心を養う為の呑み屋とから、遠く離れて遊ぶことを許さなかった。ただ彼は勉強した。からだを摺《す》りへらすばかりに努力した。彼の積んで行く経験が、彼の健康を贖《あがな》うことの出来ぬところまでせりつめて行った。

そこへ、太宰君の内に、早くからいた芥川龍之介が、急に勢力を盛り返して来た。悲しんでも、尚《なお》あまりあることである。

（『人間失格・桜桃』解説、角川文庫、一九五〇年）

地獄の周辺

花田清輝

はなだ・きよてる　一九〇九―一九七四　文芸評論家。『二つの世界』では、太宰、安吾らの文学を批評。代表作に『アヴァンギャルド芸術』。

わたしのまわりには、無数のほろび去った人びとが、まるで生きているもののように、右往左往しながら、それぞれ何事かを口走りつつ、ひしめきあっており、ダンテ風にいうならば、あたかもかれらは、暗黒の空で絶えず渦をまきながら、唸り声をたてている、旋風にまきあげられた無数の砂のようだ。たしかにここは地獄の周辺であり、そうして、かれらは亡霊であった。しかし、わたしは、たぶん、もっとくわしく、かれらを検討してみるべきであろう。はたしてかれらは、死んでいるにもかかわらず、生きているようにみえるのであろうか。それとも、生きていながら、死んだもののようにみえるのであろうか。あるいはまた、生きてもいなければ、死んでもいないのであろうか。いや、こういう疑問は愚かである。要するに同じことではないか。つまるところ、かれらは、戦争中から戦後にかけて、風のまにまに漂っている亡霊にすぎないではないか。

あなたは、わたしを過ぎて、嘆きの町へはいる。あなたは、わたしを過ぎて、永久の苦悩のなかへはいる。あなたは、わたしを過ぎて、人民のあいだで、完全に失われる。──地獄の門の高いアーチの上に彫りこまれたこれらの言葉は、おそらく亡霊たちにとって、戦後への入り口においても、読まれたはずであった。しかし、それがなんであろう。なるほど、そこで一つの古い世界がおわり、そこから一つの新しい世界がはじまるらしいが、結局、亡霊にとっては、風にのって漂う以外に手はないのだ。あるいは、戦争中と同様、空にむかって濛々《もうもう》と舞いあがり、下界を見下しながら、遊びたわむれることもできるかもしれない。──亡霊たちは、そう多寡《たか》をくって、平気で戦後の世界へはいってきたかにみえる。

思うに、亡霊にとっての絶対の不可能事は、二度とふたたび死ねないということであった。その点、神や悪魔もまた、同様の弱点をもっており、それゆえにこそかれらは、天国や地獄のあきあきするような単調な風景にとりかこまれ、退屈きわまりない亡霊たちの相手をしながら、自殺することもなく、十年一日のように、感激のない毎日の生活に耐えているのであろう。もっとも、わたしは、終戦直後、たくさんの亡霊たちの自殺した事実を知らないわけではないが──しかし、それは、むろん、自殺でもなんでもなく、この世におけるがごとく、あの世においても、楽観的なやつと、悲観的なやつと──亡霊にもまた、二種のタイプがあり、その悲観的なタイプの連中が、たぶん、例の地獄の門の言葉を、あまりにも文字どおり受けとったためであろう、もはや生きているもののように振舞うわけにはいかないと思い、いかにも亡霊然と、不意に地獄の底深く、消え失せてしまったにすぎなかった。したがって、こういう亡霊たちは、やがて時がくれば、持前の楽観性のゆえに、消えたくなかったのか、消えそこねたのか——現にわたしの眼前で活発に動きまわっているかれらの仲間に合流すべく、どろどろという太鼓の音を合図に、突然、ふたたび姿をあらわすことはたしかである。

戦争中、すでに亡霊となっていた人びとに、戦後、あらためて死ぬことができないのは当然のことであった。とはいえ、戦後の死は、戦争中、生きてもいなければ、死んでもいなかった人間——あるいはまた、神に反逆したわけでもなく、さればといって神に忠実であったわけでもない。ただおのれ自身のためにのみ生きた天使のむれにたいしてもまた、断じて許されていたわけではなかった。すくなくとも、ダンテにおいてはそうである。地獄の周辺で、熱風に吹きまくられた沙漠の砂のように、空を蔽《おお》いながら悲鳴をあげていたのは、主としてかれらの亡霊にほかならなかった。『神曲』は、かれらに、天国や煉獄の椅子はもちろん、地獄の椅子すらもあたえていない。そこに、こういう亡霊たちの深い悲しみがあった。かれらは必ずしも天国の祝福を望んでいるわけではない。せめて一度でもいいから、地獄の業火に焼かれてみたくてたまらないのだ。

最近、自殺した小説家の魂もまた、おそらくこのような亡霊のむれに属しているであろう。戦後、みごとに死ぬことができるほど、かれは、戦争中、潑剌《はつらつ》と生きていたであろうか。最初、かれは正真正銘のデカダンのような顔をしていたとはいえ、途中——戦争のあいだにいつのまにかヒューマニストに変貌していたのではなかろうか。したがって、かれの最後の苦悩は、人間失格にではなく、むしろ、デカダン失格にあったのではないか。戦後のデカダンスが、戦争中のモラルのアンチ・テーゼとして受けとるべきことはいうまでもないが——しかし、それの否定の対象である、われわれをがんじがらめに縛りあげていたモラルには、一般に考えられているように、単に亡霊共の非人間的なモラルばかりではなく、さらにまた、そういうモラルに対抗するささやかなバリケードとして、人間性の名においてひそかにわれわれのつくりあげてきた、きわめて生ぬるいヒューマニズム——戦争にたいして反対もしなければ、むろん、支持もしない——したがって、ほとんどエゴイズムとえらぶところのない、われわれ自身のモラルもあった。たぶん、自殺した小説家の最も反発を感じたのは、かれのなかに巣くっていた、そのようなヒューマニストの微温的な魂——ダンテにならっていうならば、神にも、神の敵にも嫌われる、いやしい魂であったであろう。しかし、安心するがいい。われわれの大部分は、皆、あなたのような煮えきらない魂の持主ばかりである。この世で三界に身のおきどころのなかったあなたは、もしも『神曲』の報告が正確なら、おそらくあの世でも、三界に魂のおきどころのない存在であろう。とはいえ、あなたは、さびしがる必要はいささかもない。わたしの独断によれば、あなたのいるらしい地獄の周辺こそ、あの世では最もにぎやかな場所にちがいなかった。

さて、そこで、以上によってもあきらかなように、今日、われわれが死ぬことによって、堂々と地獄の門を通過し得るためには、戦争中、われわれの生き方が非のうちどころのないほど立派なものであり——すなわち、われわれに、さまざまな亡霊に悩まされることがあっても一歩もしりぞかず、夜明けが近づき、霧のうすれるように亡霊の消えてしまうまで、粘り強く闘争していた経験がなければならなかった。しかし、こういうと、あるいは読者にははなはだ不可解な気がするかもしれない。そうして、次のように、早速、反問されるでもあろう。グリムの物語の勇敢な主人公は、無事に化物屋敷で夜をすごせば、約束どおり王女と結婚し、やがて王様になるはずだ。しかるに、戦争中亡霊にたいして、それほどはげしい闘争を試みた人びとが、すでに朝になったいま、どうしてわざわざ死ななければならないのであろうか、と。いかにも尤《もっと》もな懐疑である。しかし、われわれの主人公の運命は、おとぎばなしの主人公のそれのように、必ずしもめでたし、めでたしでおわるものとはかぎらない。もしもかれが、真夜中、亡霊との闘争においで発揮した勇敢さを、日の光りの漂うところでも、なお依然としてふりまわしたり、みせびらかしたりするとすれば、やがてかれは影のうすい人物になり、王様になるどころか、かれ自身、亡霊の仲間いりをしなければならなくなるのである。要するに、戦後においては、戦争中の闘争の方法が、方法として、あまりに過大評価されたり、固執されたりしてはならない。あらゆる闘争が、合法的に組織され、統一されなければならない現在、われわれの主人公の方法は、無数の亡霊を敵にまわしてきたたえあげられた孤軍奮闘のたまものであり——したがって、すこぶる機動性に富み、八方に睨みをきかすことのできるすぐれた一面もないではないが——しかし、また、その反面他よりの制肘《せいちゅう》を考慮にいれず、もっぱらおのれの創意や個性にもとづいてつくりあげられた方法である結果、ともすれば全体の闘争を分散化させ、それを壊滅状態におとしいれる危険があった。これは単に方法にとどまらない。かれの性格にしてもそうである。戦争中の闘争は知らずしらずのうちに、われわれの主人公の性格を、建設的なものから破壊的なものへ変えてゆき、かれをして、もつれた糸を解きほごし、混沌としたもののあいだに脈絡をみいだす忍耐よりも、鋏を用いて、一挙にそれを切断する果敢さのほうをえらばせるようになる。かくて、われわれの主人公は、戦争と戦後とのあいだにできた、かれの越えることのできない「亀裂」のゆえに——いまだに鳴動をつづけながら、地盤の上昇したり、下降したりしている、すさまじい「亀裂」のゆえに、ついに組織者として失格するのである。おそらくかれの心の眼は、そういう「亀裂」に、荒涼とした地獄の風景を夢みるでもあろう。

ともあれ、戦後、この種の人物だけに死ぬことが許される。なぜなら、戦争中、たしかにかれは生きていたからだ。そのころ、すっかり死んでいたものも、半死半生であったものも、今日、もう一度死ぬわけにはいくまい。かれらは亡霊として、戦後の世界へはいってくるだけである。

（『群像』一九四八年九月号）

太宰治は生きている

土井虎賀寿

どい・とらかず　一九〇二―一九七一　哲学者。訳書に『ツァラトゥストラかく語りぬ』。太宰とのただ一度の出会いは強く印象に残った。

太宰治の死が、少くとも外観上、単なる自殺ではなくて、情死という形をとったことの当然の結果として、それは、センセエショナルな、ジャアナリズムの一つの主題となると同時に、社会倫理の問題として、とりあげられようとしている。特に太宰は、生前、廃頽文学の指導作家の一人という風に、世評の上では考えられていた。戦後の道義の廃頽を慨嘆していたこの邦の思想界の大家《たいか》達。道学者達は、太宰を有力な一代表者とする所謂《いわゆる》廃頽文学を、戦後の最も不健康な現象の文学的表現として、排撃してやまなかったのである。社会がそのような文学様式を、排撃するということは、その社会の健康な本能をものがたるものであって、結構なことだと云《い》わなければならない。しかるに、敗戦後の混乱した社会は、社会そのものが、全体的に廃頽的であって、社会はむしろ、所謂、廃頽文学を歓迎するものの如《ごと》くに見えた。従って、廃頽文学を排撃するものは、社会そのものではなくして、却《かえ》って社会の上に自己の世界をきずく、指導的なインテリゲンチヤ達であるという変態を示した。敢《あえ》て変態という。なぜであるか。ノーマルな社会にあっては、社会は安定した秩序と伝統をもち、この秩序と伝統の保持に対しては、きわめて敏感であり、きわめて強硬である。そのような情勢にあっては、たとえば、形而上的な立場から見て非常に大きな含蓄をもつ思想であり、現象であると考えられるものも、現在の社会秩序と社会伝統に矛盾する危険をもつかぎり、敏感にえらび出されて悪名を負わされ虐殺されないではすまない。社会がそのような態度をとるとき、社会以上の位置に自《みず》からの世界をもつインテリゲンチャ達は、むしろ自から社会に反逆しても、高い形而上的現象を擁護しようとする。こういう姿が、何か新しい神の問題をひっさげて現われる新しい時代の若ものたちに対する、社会とインテリゲンチャ達との関係のノーマルな姿である。然《しか》るに、敗戦という有史以来未曾有の混乱期に於《おい》て、われわれが今、目前に見出すものは、この上なくアブノーマルな姿である。悪名を負わされ、廃頽文学とよびなされるものたちが、若い、新しい時代の青年作家たちであることは何時の時代ともかわらない。ただノーマルな時代にあっては、新しい問題をもつ青年達に悪名を与える筈の社会というものが、現在のわれわれの場合には、そのような審判者の位置から逆に裁かれるものの位置に転落して、社会そのものが廃頽という悪名を背負ってしまう。結局審判者は、社会ではなくて、社会以上の世界をもつ筈のインテリゲンチャ達である。社会に抗して、青年たちを擁護し、新しい問題の展開を待望する筈のインテリゲンチャ達が、そのような青年達と社会とを一括して裁判しようとしているのである。悲しみ、苦しみ、絶望し、模索しつつ、やっとのことで生の祈願を胸の底にいとおしむ青年作家たちが、新しい神をはっきりした姿に刻み上げるまえに、相ついで虐殺される。彼等をきびしい審判にかけて虐殺の刑に処するものが、直接に社会そのものでなくて、高い精神水準を代表する高名の文学者たちであり、大家たちであるというところに、この邦の戦後の現実のアブノーマルな変調がある。事実、志賀直哉がある座談会の席上で何気なく「きたならしい」と一言いわゆる廃頽派の作家達を一括して批評したことが、――思いも及ばぬ大きな波紋を青年作家たちの神経に深刻な形で喰い入らせて行ったのである。かつての「文学の神様」のこの一言が、これほどに青年作家たちの神経を深く傷つけようとは発言者自身もおそらく予期出来なかったであろう。この一言にかなしいプロテストをしながらまず、織田作之助がたおれ、今また、太宰治がみずからを殺した。大家の一言がこれほどに大きな圧力をもつ、ということは、相ついで仆《たお》れていった若い時代の、たよりない弱さを物がたるものに相違ないけれども、同じ時代を生きるわれわれにとっては、仆れゆく仲間のはかないもろさのなかに、包まれている、切ないかなしさを、美しい真実だと思い込まないではいられない。弱さをむちうつ前に、そういう形でしかプロテストしえない時代の悲しさを、ほめたたえないではいられない。大家のたわいない一言に、時代の挽歌をうたいながら、みずからの生命の犠牲をもって答えるほかに手がないということ、――ここにわれわれの時代の絶望的なレアリテがある。われわれの時代の自信は絶望でしかなく、プロテストは自殺でしかありえない。ニイチェは人間を定義して、――『もっとも弱き動物がもっとも強き動物になったところに、人間がある』とかいた。われわれの時代の強さは、われわれの時代のたよりない弱さに腰をすえる、絶望的な覚悟をかためることによってのみ用意される。『最も弱き動物が、最も強き動物となる』――このような生成過程に人間存在を見ようとしたところに、ニイチェの思索のもっとも深き叡知がやどり、われわれの時代の苦悶にうったえる、生の祈願が含蓄されている。倫理をたて、モラルをもとめ、規範でしばるまえに、まず人間の現在の現実というものに、絶望的な足場をおろすということがニイチェの危機的な覚悟であった。あらゆる伝統的な権威を無視し破壊して、『大地の上にたつ』覚悟を固めたことが、ニイチェの危機の思想であった。大地の上にたつということは、決してかりそめの覚悟ではない。凡《あら》ゆる天上的な原理を全面的に否定するということは、なみなみならぬ覚悟である。それは、『神の死』ということを、みずからの存在理由とする覚悟である。あらゆる伝統の神を殺して悔いぬ覚悟である。このような覚悟によって、はじめて、『大地の上にたつ』ことが、可能になる。

凡ゆる理想をふりすてて、ひたすらに、絶望的な現実だけをみずからの世界とし、みずからの足場とする覚悟を固めることが、大地の上にたつことである。それ故に、大地の上に立つ人間存在は、『羞恥』のためにみずからの現実を直視するにたえぬみずからの目によって、みずからを、直視せねばならぬ。みずからの絶望的なみにくさの前に羞じらいつつ、目をふさごうとするみずからの目そのものを、大きく見ひらいて、まっすぐに、みずからの、この絶望のみにくさをはっきり、みずからの瞳にうつしとらなければならぬ。大地の上にたつ人間は、絶望的な自己のみにくさを、このような羞恥の鏡によって、二重三重に拡大し、深淵化する人間存在に他ならない。みずからの醜さをもっとも正確にうつし出し、もっともきびしく審判する精神の鏡をもつ人間存在が、ニイチェ的人間存在、大地の上にたつ人間存在である。

このように絶ゆることなく、あらゆる刹那に自からの醜さを直視し、審判し、刑罰する人間存在ほどに、弱く、たよりなく、はかない存在はありえない。彼は外敵の襲撃がやってくるまえに、みずからの手でみずから自身を、うちたおし、虐殺しようとしているのである。外敵の一言が、たわいなく彼をうち仆したように見えたのは、実は、それにさきだって、彼が、みずからを仆す努力をつづけていたことの証拠でしかない。リルケはかつて、動物たちをつくづくとながめていると、――突然にやってくる、堪えがたい肉体の苦痛のために、今にも彼等がきくに堪えぬ、大きな叫び声をたてはすまいかと、ハラハラした切なさにおそわれる、とかいた。羞恥に裏づけられた人間存在は、いつ叫び出すかわからない切なさを湛えている。

しかしながら、羞恥は、これほどにも外にむかって無抵抗な、内にむかって内攻的な人間存在を、うらづけながら、そのことの後にかえって、――『最もつよき動物』になることを可能にする原理である。みずからの醜さと弱さの現実を、可能な限界にまで直視しえた人間は、この現実を転換し、この醜さをのりこえて、みずからを新しき神に高めゆくべき運命をになう。絶望の極限は、血路の発見でなければならない。あらゆる人間は、本質的な無知の故に、ふみまよう。ふみまよった極限に、もはやとりかえしのつかぬ窮地におちいる。絶望はあらゆる人間の運命である。しかしながら、絶望は、みずからの現実への切迫した否定の情熱である。あらゆる肯定と、自己是認の根拠をうばわれた、絶望という情熱は、その故にこそ、深くうちにこもった情熱のエネルギーである。この情熱のエネルギーが、当然に、その蓄積されたエネルギーのマキシマムにあって、必らずどこかに血路を見出して、奔流するのである。ふみ迷った絶望の極限に、思いがけぬ天上の光りが、さし入ってくる、——とゲエテは語った。人間は神からさまよい出ることによって、はじめて、生きた神に出あうことが出来る。

太宰治は、織田作之助の第一印象を、「これほどにもかなしい男があろうか」と思われたという風にかいている。「かなしい男」というのは、みずからの存在理由を、みずからの頭脳で否定し、この世に生きることを羞じ入った人間の姿である。ずうずうしく、のさばって、役者めいた大げさな身振りをしながら、心のなかでは、みずからのはかなさに、切ない泪《なみだ》を流している人間の姿である。可能性の文学を、天国のようにあおぎ見ながら、二流文学論をひっさげて、大見得《おおみえ》をきる織田作之助のなかに、太宰は、みずからと同類の、かなしい道化をみいだしたのである。

太宰は道化の文学の創始者である。みずからの滑稽な姿を、はっきりうつし出す鏡をすてさることの出来ぬ、ドン・キホーテが、道化の文学である。「思いにふける技術をもった人間は、語りつつ沈黙する。友人達のなかには、このような人間の仮面が、彼のかわりに、彼として通用する。彼は、友人達の心の記憶の中にさえ、彼自身ではなくて、彼の仮面をのこして死んでゆく。」とニイチェはかいた。太宰の道化はどこかで、このニイチェの仮面に通じている。

道化と仮面、——この二つのけじめに生死の別れめがある。羞恥によって仆れるか、羞恥によって起ち上るか、——この二つの別れめがある。もっとも弱き動物の故に、息絶えるか、最も強き動物に転換するか、——この二つの別れめがある。太宰が死骸になるか、太宰が永遠に生きるか、——この二つの別れめがある。

道化は、一つの身振《みぶ》り狂言である。かなしい人間自身が、みずからの肉身の身振りで、道化を演ずるのである。仮面は、かなしい人間自身の表情と身振りから絶縁された客体的な物質である。仮面には、かなしい人間の肉身の血は通っていない。道化は、かなしみの主体主義であり、仮面はかなしみの客体主義である。道化は、みずから自身を社会という外的の玩弄物に化する。みずからのかなしさを、社会のもの笑いの犠牲として提供する。仮面は、逆に、みずからならざるにせものを、社会の前に露出して、社会の目をちらつかせ、かくして社会そのものをもてあそぶ。道化は、社会の玩弄物となって、みずからの目を社会の目にかさねあわせ、社会とともに、みずからの切なさを嘲弄し、虐殺する。仮面は、社会をみずからの玩弄物と化し、仮面を嘲笑し、侮辱する社会そのものを、見下しつつ、微笑する。道化は、みずからの悲しさを、社会のために犠牲とし、仮面は、社会の愚かさを、みずからのかなしさへの供物とする。道化は社会と共にみずからを食いつくす。仮面は社会の愚かさをくいつくして、みずからの悲しさを養い育てる。くいものにする。かつて高山樗牛《たかやまちよぎゆう》は、「むしろ源氏となりて興《おこ》らんより、平家となりて亡《ほろ》びんかな」とかいた。芥川龍之介の辛辣な批評があって以来、高山樗牛は永遠に文学青年たちから、しめ出されたようであるが、僕には、この一言の故に、樗牛が中学の時代以来忘れがたい先輩であり師匠である。このような樗牛に、これ程心をとられるということは、僕の心の中にこの邦の絶望的な抒情の伝統が息づいていることを証明する。「平家となりて亡びんかな」というのは、疑いもなく、この邦の絶望的な抒情である。親分子分の仁俠の世界にさえ、このような抒情がしみこんでいる。少女たちのゲンマンにさえ、この絶望の抒情が動いている。ヨオロッパ人をおどろかせる「情死」という現象は、まさにこの絶望の抒情の精華であるといわねばならぬ。道化とは、この邦のこの絶望の抒情の象徴でなくて何であろう。道化の文学者、太宰治の心中には、その故にこそ、「情死」というものがらんまんと花さく桜花のような、華々しいうつくしさをもって、憧れの天国をきずき上げていたのである。ヨオロッパの精神伝統は、けっして、道化のように、みずからを犠牲にして、おろかな社会を、祝福しようとはしなかった。「平家となって亡びる」ことは、けっしてヨオロッパ精神の天国ではありえない。「源氏となって興る」散文的な現実性が、ヨオロッパ精神の、伝統の本質である。いかなる手段、いかなる策略、いかなる欺瞞にうったえても、生きぬき、征服し、のりこえて行こうとする、積極性が、ヨオロッパ精神の原理である。仮面は、このような積極的な生の祈願から生れ、しらじらとした散文レアリズムを象徴するものである。

鷗外の名訳になるリルケの『家常茶飯《かじようさはん》』。あの作品の中に出て来る画家は、淋しい生活の途中で出会った女の人に夢中になってしまって、――自らの少年時代の思い出を細々と語り聞かせ、青年時代の経歴を物語り、更には将来の夢の天国を語りつづけて飽くことを知らない。静かに微笑しつつ黙って聞き入っていた女の人は、やがて静かに立ち上ってこんな風に申しましたね。――あなたの言葉のように真実をこめて物語るということは、そのまま現実に生活することにほかなりません。あなたはあなたの過去と現在のみならずあなたの将来までを私の前で生活して見せて下さったのです。あなたはあなたの一生を生活なさいました。だから、あなたと私とのこれからの愛情の生活も、既に生活されてしまったのです。私ども二人の将来の生活というものは、もう既に済んでしまいました。私どもの生活には最早《もは》や生活の余地がございません。私どもは、だから只今悲しいお別れをしなければなりません。

僕は太宰とのただ一度の出会いを思い起すごとにこのリルケの女の人の言葉を考え合せないではいられない。人間の心というものがあまりに充実した作用をする時節には、あまりに時間がふくれ上って、一生涯の生命の含蓄を吸い寄せてしまうものである。三四時間のあいだに僕と太宰とは語るべきことを語り尽してしまった。ただ一回しか会ったことのない太宰は僕にとって友人とは云い難い。僕の方でどれ程心を傾けた惚れ込みようをしたにしろ、太宰の愛情がその千万の一ほどでも動いたとは信じ難い。だから僕は、友人づらをして太宰の追悼会に出たり、葬式に行ったりしようとは思わなかった。一回しか会う因縁のなかった僕が、太宰の友人達に立ち交って深刻に悲しい表情をする姿など——思って見ても消えも入りたい恥しさである。

僕は太宰が生きていると思った。どこか遠くへ、北海道へでも逃げ出したのだと思った。僕は太宰を探す旅に出た。北海道までの旅費など思いもよらぬ貧しさの僕は、信濃から甲斐にかけての遍歴に出た。ただ独りの旅路が、途中から愛する女人と二人旅に変った。生きた太宰との出会にはずむ心の旅路が、いつともなく太宰追憶の巡歴に変った。悲しいドン・キホーテの武者修業である。しかし、ドン・キホーテはどこまでもドン・キホーテである。僕は今でもなお生きた太宰との出会いを信仰し、祈願しつづけている。あの、ただ一回の出会いの途中で、急に太宰が立ち上って、何をするかと目をみはっている僕の目の前で、部屋の窓から、シャアシャアと小便をした、そして、ふりかえりざま、立ちはだかった姿勢のままで、——「鶴の一声」とピンピンはねかえるような発声で、叫んだあの声。この「鶴の一声」が今でも、僕の耳の底にはちきれそうな太宰の生命のエランをひびかせつづけているのである。太宰と僕との歓談の途中に来あわせたある編輯者が、僕にむかって、原稿をかいてくれと云い出したので、「太宰がかけと云えばかきます。太宰にうかがいをたてて下さい」僕がこう云った瞬間に、太宰は、急に立ち上って、僕らに背をむけたまま、シアシアと小便をしたのである。そしてふりむきざま、あの「鶴の一声」をひびきわたらせたのである。「僕にうかがいをたてるより、もっとすてきな手があるよ、土井君が立ちどころに、千枚でも二千枚でもかく手があるよ、T・Y先生！　鶴の一声！」太宰はこういったのである。この「鶴の一声」が僕の耳の底に生き生きとひびきつづける限り、僕の太宰への信仰と祈願は動かない。僕の耳の底に、生命の弾力がやどるかぎり、太宰は永遠に生きている。生きた太宰との出会いは、この僕の聴覚に、根拠づけられた信仰告白である。僕はこのような、聴覚のドン・キホーテでありつづけることを、みずからの宿命だと観念している。このドン・キホーテは、太宰の道化をうけつつ、仮面の形而上学をになって立ちはだかっている。道化の抒情は、仮面の散文によって、うけつがれる。道化の告白は、仮面の詩と真実によって伝統される。太宰は生きている。世間と新聞記者によってみつけ出された太宰の死骸は、どこかで、やすらかに太宰をねむらせ、休養させている。しかし、死せるライオンはライオンでない、と初歩論理学が教える。やすらえる太宰は、ねむれる太宰である。生きた太宰が、太宰の生命であり、太宰の実存である。太宰は生きている。僕の聴覚のなかに、太宰は生きている。「鶴の一声」――生きた太宰に、死ぬことはゆるされない。自殺も、情死も、ゆるされていない。「鶴の一声」――この中に、太宰は永遠に生きている。

（『文藝』一九四八年九月号）

Ⅳ 太宰とわたし

酒徒太宰治に手向く

内田百閒

うちだ・ひゃっけん　一八八九—一九七一
小説家、随筆家。代表作に『冥途』『百鬼園随筆』。

　太宰治君には会った事もなく、その人に就《つ》いて格別の興味をもつ様なかかわりもなかったが、今年の早春「小説新潮」一月号の口絵に載っていた同君の写真を見て急に好きになった。写真で顔を見るのも初めてであったから、こう云う人かと思って見る好奇心もあったけれど、お酒に酔ってすっかり吹き抜けになったその御機嫌の顔つきが、昔から云いふるした酒の徳と云うものに形を与えて具象化した様なので、見ているこちらの気持まで陶然として来る様であった。お酒はいいとか悪いとか論ずる事もない。過ごして困る事もあるが、またこう云う太宰君の様な境地に行かれるのもお酒のお蔭である。

　写真の場所は何となく見覚えがある様であったが、後で聞くと銀座裏の酒場ルパンだそうで、そこなら私も一二度行った事がある。太宰君はそのスタンドの前で脚の高い椅子を二つ並べた上に広広と安坐し、大袈裟な靴の靴底を物物しく正面に向けて太平楽を並べているらしい。その様子に何のこだわりもなく、不自然な感じが少しもない。酔態の写真は馬鹿馬鹿しかったり、時にはにがにがしく思われたりするものだが、そう云う所がないのは、あぶなっかしいスタンドの椅子の上に晏如《あんじょ》としている当人の気持が、お酒に対してすなおだからだろうと思われた。酒の徳を太宰君の吹き抜けの気持が体する事が出来てこの神品の様な写真になったのだと考えたりした。

その写真の載った雑誌が届いてから間もなく、私の小屋に東大の出隆《いでたかし》博士が来た。出先生は焼け出されて以来長い間学校の研究室に寝起きしていたのだが、今度阿佐ケ谷駅の近くに居を卜《ぼく》し家族を呼び寄せて研究室を這い出した。就いてはお立寄り下さいと云いたいが、そう云ったってどうせ来やしないだろうと云った。私が海山越えて阿佐ケ谷などと云う狐狸の棲み家の様な所へ行きたくはないが酒をととのえて待つなら千里を遠しとしないと云ったら、自分は御存知の通り駄目だが、この頃は忰が大分行ける様になった。太宰治君のお弟子で手を上げているからお相手をするだろうと云う話から、思いも寄らない太宰治君の名前が出て来たので、先日来まだ目の前に髣髴している「小説新潮」の写真の件を出博士に披露して更《あらた》めてその好さを褒めた。

三月三日のお雛祭に御馳走によばれて行く家は阿佐ケ谷の駅から歩いて行って若狭ノ国へ出そうな程遠方である。どうせ同じ方角の道順だから行きがけに出博士の新居を玄関先まで訪れようと思って出かけた。

大博士が玄関に出て来て上がれ上がれと云ったが先を急ぐから今日のところは失礼する。息子さんもそこに顔を出してこんな事を云った。太宰さんの酔っ払っている写真をお褒めになったそうですが、父からそのお話を聞きましたけれど、それより先に太宰さんが先生を褒めているのです。いつか同じ「小説新潮」の口絵に琴を弾いて居られる写真が載っていたでしょう。あれを見て太宰さんはひどく好きになって激賞して居られました。

その写真と云うのは「小説新潮」の第二号に載った私の撫箏《ぶそう》の図である。そんな物が雑誌の口絵に出されて気恥ずかしい様な思いであったが、茲《ここ》に意外の話を聞いて咄嗟にこれは一献《いっこん》しなければ納まりがつかないと考えた。

私は出博士父子に云った。それはちっとも知らなかった。そう両方で褒めているのを、打っちゃっておいてはいけない。何しろ出家《いでけ》を心棒にした不思議な縁だから、あんたの所でわしと太宰君とをよびなさい。出かけて来てあの吹き抜けの先生と一献しよう。これは面白い事になって来た。

それから百日許《ばか》りたったが未だ出さんからの御案内に接しない。その内に太宰治君の悲報が新聞に出た。右の話が生前に同君の耳に伝えられたか否か知らないが、若《も》し聞いていたのだったらその席を済ましてからにしなかったのは怪《け》しからん事である。しかし私に取っては一盞を交わした後にこう云う事になったら一層哀情の苦痛に堪えなかったであろう。

(『小説新潮』一九四八年八月号)

友人相和す思い

林芙美子

はやし・ふみこ　一九〇三—一九五一
小説家。代表作に『放浪記』『浮雲』。『ヴィヨンの妻』の装幀・装画は、太宰から懇願された林の手による。

太宰さんが死んでいるとはどうしても思えない。晩年に四回ほど訪問を受けて、淋しいひとだなと云う印象は受けたが、あのような死にかたをするひととは考えられなかった。

私と太宰さんが、彼の晩年において親しくなったには一つの理由があった。織田作之助さんの亡くなったあと、上京中の織田家の親族会議につらなったのは、東京方としての作家は、太宰さんと私であった。

織田作之助さんの若い奥さんである昭子さんの問題で一寸悶着がおきて、席上はただならない空気になり、若い夫人は泣き出してしまった。焼場から戻った骨壺がその席の出窓のところに置いてあった。突然いたたまれなくなった太宰さんが、「それでは、夫人を私達で引き受けましょう、ねえ、林さん、そうしましょう」と、きっぱり云い放ってぐいとそこにあった盃に並々と酒をついで太宰さんは飲んだ。

夫人をあずかる事になったのは結局私の方であったが、あずかると云った、太宰さんは二間《ふたま》きりの部屋しかない小さい家で、奥さんも子供さんもあってみれば、結局、昭子夫人の落ちつき場所と云うものは私の家しかない事になる。その上、何も話しあったわけではないけれども、まさか、昭子夫人を太宰さんにめんどうをかけさせるわけにもゆかないので、大変困った話ではあったが、私が昭子夫人を引き取る事にして、ついに一年半ばかり、昭子夫人は私の家の食客となった。太宰さんは、これを大変済まない事に思われたのか、正月も紋付の羽織袴でみえて、血気にはやってまことに申しわけないと、あやまりに来られた。

四回とも訪問は朝の十一時、そして、夜はぐでんぐでんに酔うまでの飲みぶりで、十二時近い東中野への道を、家のものが駅まで送りとどけるのである。いいかげんで、昭子夫人を追い出して下さい。人の情けと云うものにはきりがあるものだ、いくら、あずかると云っても、こう長くべんべんといるてはありませんよと、昭子さんにも皮肉たらたらであった。昭子さんは江戸ッ子で、気っぷのいいひとで、金はなかったが、少しもめそめそしてないのが私の気に入った。それに仲々の美人で、家の中が陽気であった。

私は太宰さんに、死を共にするような女性のある事も知らなかったし、東北のいい家の息子さんだと云う事も知らなかった。一度、三鷹の太宰さんの御宅へたずねて、太宰夫人と玄関でおめにかかって、奥さんが私の作品を愛読しておられると聞いて、非常にはにかんでしまった。いぶせき小家に住む太宰さんを仲々おしゃれな人物だなと思った。

私はまた、太宰さんに乞われて、ヴィヨンの妻の本の装幀を引き受けたが、太宰さんは非常によろこんで、ヴィヨンの妻の本を三冊も下すったのにはそのよろこび方がうなずけて嬉しかった。

家へ見えると、客間よりも茶の間がいいと云って、私の老母相手に、将を得るにはまず馬を射よですよ、ね、おばあさん。と云った工合で、その頃新聞小説に追われて、ろくに相手もしなかった私を哀れだと云って、夜更けまでに相当の酒を飲むひとであった。私は太宰君の甘ったれやとずけずけ云った。今日は最も僕の厭な奴が来る日なンですよ。ここへ一日かくまって下さいなどと冗談を云う人であった。

その太宰さんのきらいな部にぞくする共同の知りあいなぞがひょいと私のところへ訪問して来ようものなら、太宰さんは首をちぢめて、ああ何たる私は不運な男なンでしょうと、本当に参った風に主人のアトリエに逃げ込んでゆく。仲々おせじがうまいので、主人の絵をまるでセザンヌのようだと讃めるので、家の主人《あるじ》はすっかり、太宰ファンになり酒飲みのきらいな主人も太宰さんだけは別格にあつかっていた。

太宰さんは、私には甘ったれる程甘ったれた人である。私もまたそれを許していた。夜は怖くて一人では歩けないような話をきくと、正気でそんな事を云ってるのかしらと思ったりもしたが、あの位淋しい淋しいの言葉を吐気出《はきだ》すように云いつづける人は珍しい。仲々の毒舌家ではあったが、根の心をなすものはまことに気弱なガラスのようにもろい感じの人であった。早く林さんのお宅に上るようになっていればよかったですねとも云われた。――織田さんの場合もそうであったが、織田さんの方から私は訪問を受けた。昭子夫人と同行してみえて、その時は始めて会った太宰論や、坂口論が出た。全く、スタコラさっちゃんなる存在は私も昭子夫人も知らなかった。何時《いつ》だったか、夜更けの自動車のなかで、昭子夫人と私の真中に太宰さんがおさまり、さかんに、昭子さんに心中しましょうかと云う話をしていて私は冗談に聞き流していた。

太宰さんが亡くなって、三鷹へ行き、太宰さんの奥さんに逢った時、奥さんは、昭子さんをあずかっていたら、困った事になっていたでしょうと云われた。その時始めて、太田静子さんの話も出て、これも私は吃驚《びっくり》してしまった。

その太田静子さんから、これから小説を書きたいけれども、みてほしいと云う手紙が来た。なまけものの私は返事も出さないでいる。書きたいのならひとりでどんどんお書きなさいと云った気持ちで、新潮のM氏や、婦人朝日のT氏にそれとなく彼女の仕事をみて上げて下さいと頼んでおいた。

私は、太宰さんの奥さんの文章を八雲の全集のなかの月報のようなもので読んだが、これは誰のよりもしっかりした名文だと感心した。地味なきびしい文章であった。

太宰さんが我家の茶の間に残したくちぐせの唄がある。風と柳に吹き流し、チョンチョンと云うつぶやきと、男純情を小声でうたいながら、タンサンの粉をコップに入れてウイスキーを混ぜて飲むくせ。

酒量は、朝十一時頃より、夜の十一時頃までにウイスキーならば二本。酔ってもあみあげ靴をちゃんとはいて、足音もなく、まるで浮いているみたいに軽く家のものと歩き出す人であった。太宰治はまれにみる日本風なハイカラな人物である。――寒い頃の夜更けだったが、太宰さんが帰えったあと、一時頃に坂口安吾さんが、誰かと二人でトントン私の家の門を叩いた事があった。主人と、丁度来合わせて泊っていた文藝春秋のT氏が、二人で、深夜の訪問はお断りしますと云いに出て貰《もら》ったが、太宰さんを引きとめて、坂口さんとともに夜を明かして飲めばよかったと残念に思う。

一家の主婦になっている以上は、仲々思うように、友人相和すと云った機会をのがしがちで残念である。みんな、遅かれ早かれ、こんな死をそれぞれ迎えるのだけれども、生きている人間社会のきゅうくつさと云うものは私達のようなものには生き辛い。

いまに私も、そのうち幕をさげるようになるかも知れない。本当に生きて書きつづけると云う事は難業苦業である。

（『文藝時代』一九四九年七月号）

私の遍歴時代（抄）

三島由紀夫

みしま・ゆきお　一九二五―一九七〇
小説家、劇作家。代表作に『仮面の告白』『豊饒の海』。太宰嫌いを公言しており、唯一度対面した際のエピソードは秀逸。

太宰氏を訪ねた季節の記憶も、今は定かではないけれど、「斜陽」の連載がおわった頃といえば、秋ではなかったかと思われる。連れて行ってくれた友人はと云うと、矢代《やしろ》静一《せいいち》氏と、その文学仲間でのちに夭折した原田氏ではなかったかと思うが、それもはっきりしない。

私は多分、絣《かすり》の着物に袴というような恰好で、ふだん和服など着たことのない私がそんな恰好をしたのは、十分太宰氏を意識してのことであり、大袈裟に云えば、懐ろに匕首《あいくち》を呑んで出かけるテロリスト的心境であった。

場所はうなぎ屋のようなところの二階らしく、暗い階段を昇って唐紙《からかみ》をあけると、十二畳ほどの座敷に、暗い電灯の下に大ぜいの人が居並んでいた。あるいはかなり明るい電灯であったかもしれないのだが、私の記憶の中で、戦後の或る時代の「絶望讃美」の空気を思い浮べると、それはどうしても、多少笹くれ立った畳であり、暗い電灯でなければならないのだ。

上座には太宰氏と亀井勝一郎氏が並んで坐り、青年たちは、そのまわりから部屋の四周に居流れていた。私は友人の紹介で挨拶をし、すぐ太宰氏の前の席へ請ぜられ、盃をもらった。場内の空気は、私には、何かきわめて甘い雰囲気、信じあった司祭と信徒のような、氏の一言一言にみんなが感動し、ひそひそとその感動をわかち合い、又すぐ次の啓示を待つ、という雰囲気のように感じられた。これには私の悪い先入主もあったろうけれど、ひどく甘ったれた空気が漂っていたことも確かだと思う。一口に「甘ったれた」と云っても、現在の若い者の甘ったれ方とはまたちがい、あの時代特有の、いかにもパセティックな、一方、自分たちが時代病を代表しているという自負に充ちた、ほの暗く、抒情的な、……つまり、あまりにも「太宰的な」それであった。

私は来る道々、どうしてもそれだけは口に出して言おうと心に決めていた一言を、いつ言ってしまおうかと隙を窺《うかが》っていた。それを言わなければ、自分がここへ来た意味もなく、自分の文学上の生き方も、これを限りに見失われるにちがいない。

しかし恥かしいことに、それを私は、かなり不得要領な、ニヤニヤしながらの口調で、言ったように思う。即ち、私は自分のすぐ目の前にいる実物の太宰氏へこう言った。

「僕は太宰さんの文学はきらいなんです」

その瞬間、氏はふっと私の顔を見つめ、軽く身を引き、虚をつかれたような表情をした。しかしたちまち体を崩すと、半ば亀井氏のほうへ向いて、誰へ言うともなく、

「そんなことを言ったって、こうして来てるんだから、やっぱり好きなんだよな。なあ、やっぱり好きなんだ」

――これで、私の太宰氏に関する記憶は急に途切れる。気まずくなって、そのまま匆々《そうそう》に辞去したせいもあるが、太宰氏の顔は、あの戦後の闇の奥から、急に私の目前に近づいて、又たちまち、闇の中へしりぞいてゆく。その打ちひしがれたような顔、そのキリスト気取りの顔、あらゆる意味で「典型的」であったその顔は、ふたたび、二度と私の前にあらわれずに消えてゆく。

私もそのころの太宰氏と同年配になった今、決して私自身の青年の客気を悔いはせぬが、そのとき、氏が初対面の青年から、

「あなたの文学はきらいです」

と面と向って言われた心持は察しがつく。私自身も、何度かそういう目に会うようになったからである。

思いがけない場所で、思いがけない時に、一人の未知の青年が近づいてきて、口は微笑に歪《ゆが》め、顔は緊張のために蒼《あお》ざめ、自分の誠実さの証明の機会をのがさぬために、突如として、「あなたの文学はきらいです。大きらいです」と言うのに会うことがある。こういう文学上の刺客に会うのは、文学者の宿命のようなものだ。もちろん私はこんな青年を愛さない。こんな青臭さの全部をゆるさない。私は大人っぽく笑ってすりぬけるか、きこえないふりをするだろう。

ただ、私と太宰氏のちがいは、ひいては二人の文学のちがいは、私は金輪際《こんりんざい》、「こうして来てるんだから、好きなんだ」などとは言わないだろうことである。

（「私の遍歴時代」『東京新聞』一九六三年一月十日～五月二十三日号より）

ある日のこと

小沼丹

おぬま・たん　一九一八―一九九六
小説家、英文学者。代表作に『懐中時計』『椋鳥日記』。太宰と同じ井伏鱒二門下生のひとり。

玄関の格子戸が開いていて、白い暖簾がゆれている向うに、窓際の机に向っている太宰さんの横顔が見えた。玄関の左手の壁に――仕事中につき御遠慮下さい、とか半紙に書いて貼ってある。声をかけちゃいけないかしらん、と思っていたら太宰さんが此方を向いて、やあ、と云った。

それまでに、井伏さんのお宅で何遍も同席したことはあるけれども、三鷹に太宰さんを訪ねたのはこのときが始めてである。もうはっきり憶えていないが、ともかく、何か友人のことで用事があって出掛けたのである。大きな陶器の筒が灰皿になっていて、それに溢れるほど烟草の吸殻が這入《はい》っている。その上にまた吸殻を重ねて、太宰さんと暫《しばら》く話をした。窓の外に、コスモスが咲いていたような記憶があるが、違うかもしれない。用事の話がすんで帰ろうとしたら、一緒に出よう、女房が留守だけどかまわない、と太宰さんが云った。尤《もっと》も、家を出て一町《いっちょう》ばかり行ったら、乳母車に子供さんをのせて帰って来られる奥さんに会った。

この日、僕は太宰さんのお伴をして新宿に行った。太宰さんはハイネックのジャケツを着て、裾に留金のついたスキイのズボンみたいなのを穿《は》いていた。それに下駄を突っかけながら、女房なんて亭主にこんな恰好させといて平気なんだからやり切れない、とか云ったのがちょいとおかしかった。

そのころ、太宰さんは「花火」と云う短篇を発表した。それが気に入っていると云った。

——君も芸術家である以上、書き出しと最後の数行を読んでくれれば判る筈《はず》だ。

新宿で太宰さんが、君少しはあるかね？　と訊ねた。少しはありますと云うと、じゃ最後の店を出しなさい、と云った。それから三四軒酒場をまわって最後に裏通りの屋台店に行った。最初の店で、太宰さんは僕に盃をくれようとして——君、僕は肺病だけれども、それでもかまわないかね？　と云った。

飲みながら、太宰さんとどんな話をしたか、大半は忘れてしまった。が、記憶に残っているのはモオゼを書きたいと云ったことである。それから、新聞配達をしている人がいて、この人はいいものを書くと云った。あとで判ったが、小山清さんのことであった。井伏さんの話が出て、井伏さんは立派なストオリイ・テラアであって、その意味では井伏さんは厭がるかもしれぬが芥川の系統を引いていると云った。太宰さんがなくなってから想い出話をしているとき、このことを話したら、井伏さんは眼をパチクリさせて妙な顔をされた。

――おかしなことを云う奴だな。

芥川の話のついでに太宰さんはこんなことを云った。芥川の自殺を、独身のとき自分は無礼なことだと思っていた。妻子を残して勝手に死ぬとは無責任極まると考えていた。しかし、自分が結婚して子供も出来て見ると、却《かえ》って安心して死ねる気がして来た。芥川の自殺を肯定出来る気がして来た、と。

終電車で帰るとき、太宰さんはつまずいて下駄の鼻緒を切った。僕の下駄を穿くようにすすめても一向にきき入れないで、座席に坐ると、いろいろ鼻緒をいじくっていた。この太宰さんの姿が妙に僕の脳裏に強く刻みこまれている。どう云うわけか判らないけれども。（昭和三十一年三月）

（『太宰治全集　第六巻』月報、筑摩書房、一九五六年）

太宰治と私

丹羽文雄

にわ・ふみお　一九〇四―二〇〇五
小説家。代表作に『親鸞』『蓮如』。太宰と同じ三鷹に住む文学者の自死に対する見解は興味深い。

三鷹駅の近くに引越して三年、ついに一度も太宰治に逢わなかった。彼は会合などに出て来る男ではなかった。彼に逢えたのは、太平洋戦争がはじまった翌年、博文館の招待で五六人の作家が落合《おちあ》った。その時が最後になっている。ずうっと以前、「新風」なる雑誌を出そうとして、二十何人の新進作家が時々より集まったが、その時に一二度彼を見かけたものである。しらふの時の太宰は、ろくろく相手の顔をながめない。絶えず逃れるように目を伏せていた。それがいったん酒がはいると、口を利くようになる。おかしな奴だと、私は思った。

太宰に関しては、改造社の誰かに、こんな話をきいた。改造社が前の新橋にあった頃だ。三階建木造の、靴ばきで歩くようになっていた。或る時、社長の山本実彦氏が歩いてくると、袴をつけた文学青年がいきなり廊下に土下座して、どうか自分の小説を採用してくれと、額を床につけぬばかりに懇願、歎願、最大級の表情で訴えたというのである。山本社長は驚いた。編輯部に話すと、編輯者がとりあげなかった。後日太宰の小説が改造にのったとき、山本社長は記憶していて、あの男も一人前になったかと述懐したということを私は伝え聞いた。面白い話だと思った。

太宰らしいやり方である。人をくったやり方である。腹の中では、舌を出していただろう。手段は選ばない、己の小説がのれば、成功である。常識人にはとうてい真似られないことをやってのける太宰を、えらい奴だと私は思った。

太宰治と山岸外史《やまぎしがいし》は、親しかった。それが数年前に絶交をした。そういえば、太宰治には、己につっかかってくる友達というものはなかったようである。あれば、とうに絶交をしている。山岸にはひさしぶりに逢ったが、太宰論をやると言っていた。おそらく誰よりも太宰をよく知っている評論家だから、よいものが出来るだろうと私は期待している。

太宰治という人間が、とうとう私には判らなかった。いろいろと解釈が出来る。そしてそれが一つ一つ妥当しているように思う。それでいて、うまく摑えられないのだ。小説だけの太宰なら、私にも一つの解釈はだせる。しかし、彼の日常のふるまいを、地域的にもくわしく聞かされている私には、最後まで彼の作品がすなおによみとおせなかった。

志賀さんに、くってかかっている。何もそれほどくってかからねばならないのか、おかしい。志賀さんのような階級の人にくってかからねばならないのなら、自分の生れた環境にこそ牙を向けるべきであろう。彼は青森県知事の弟であり、盛岡の多額納税者の出であると聞いている。どういう事情があるか知らないが、彼は決して成上りものではなかったからだ。

人の悪口をいうことを、日々のたのしみにしているような人間も、こまったものである。聞き手がしっかりと批判力のある人ならともかく、三鷹の場末の小さな喫茶店のおかみや、女給や、そこらの果物屋の主人を相手に、喋りちらしているのでは困る。その果物屋が私の家に出入する。まったく聞くにたえない悪口雑言を、私の上に加えていたという。死んでからやっともらした果物屋の話だから、誇張ではあるまい。朝、昼、晩と、おでん屋に通い、そこの美しい娘さんに惚れ、その人に体よく逃げられてしまうと、今度はその人の友達の、心中相手の女と親しくなったのだそうだ。せまい三鷹の町だから、人々は太宰の行動をくわしく知っている。そうした人々には、太宰の高貴な苦悩が少しも判らなかったのであろう。私の立場、作品が太宰にやっつけられるのは、判る。しかし、人身攻撃にわたる必要はあるまい。志賀さんに対しても、はなはだしい人身攻撃を如是我聞《にょぜがもん》でしているという話である。それも彼の場合には、おかしくないのであろう。まことに羨しい人間である。

太宰は二十五歳で「晩年」を書いているが、最近は段々と若返ってきていたようである。若さの傍若無人ぶりを、さらけ出していたようだ。二十五歳当時の太宰は、もっと人間がすなおだった。

やはり私には、太宰という人間が判らないために、こんな解釈しか下せないのかも知れない。

或る中学五年生が、ボードレエルをはじめてよんで、自分の生涯の目標を、ボードレエルに置くのだと心をきめた。その中学生が、「あなたには、太宰治の心の奥の美しさ、彼の苦悩が判らないのです。判らないような生活環境にいるからです」と私をきめつけた。

福田《ふくだ》恆存《つねあり》の太宰治論をよんだが、惚れきっているので、読者の私には、かえって太宰がうまくつかめなかった。太宰の一顰一笑《いっぴんいっしょう》も、福田恆存には意義ふかく映っている。このような批評家を一人でも持ったということで、太宰はもって瞑すべしであろう。

彼の死体が上る前日、私ははじめて太宰の家へおくやみにいった。聞いてはいたが、あまりにひどい家なので、びっくりした。太宰には稿料や印税がはいっていないならともかくも、奥さんは、魂から青ざめた人のように蒼い顔をしていた。奥さんはきちんと両手をつき、今度の騒ぎで人さまに迷惑をかけたことを、くりかえしてわびた。併せて平常のことまでも云々された。しっかりと落着いていた。私は、感動をうけた。三鷹の人々は、一人のこらずこの奥さんに同情している。太宰はこの平凡な、常識的な解釈をふみにじっている。そこに、彼の文学を立てていたようである。しかし、大衆の常識的な、平凡な解釈の中にも、太宰がもとめた真実にくらべて、決して劣らない真実なものがひそんでいる。彼は結局、それをうけ入れるほど神経が強くなかったのではあるまいか。

太宰について、いろいろの人が書いている。どれも似たようなものだ。どれも嘘は書いていない。しかし私には、どれも半分は誇張のように思われる。豊島《とよしま》さんだったか、彼の読者は好きになるか嫌いになるより他はないと書いていたようだが、彼の文学ほど中間の読み方が必要な文学も、また少ないのではないか。惚れこんでもいけない。頭から否定してもいけない。批判力が必要だ。彼の文学ほど、良い意味でも悪い意味でも影響を与えるものは稀だからだ。と私は考えている。

他人は太宰治をどう解釈しようと、私は、彼の奥さんを見舞った折にうけた印象を、自分の解釈のポイントに置く。

太宰は三鷹の安田銀行に、預金通帳をつくりに来ていた。私の妻と偶然に一しょになった。今年の所得税については、私と同時に、税務署に異議の申立をしていた。それを私は、税務署の人に聞いた。朝から晩まで異端的にふるまっていたのではない。結構私たちと同じに娑婆人らしい心をつかっていた彼である。私は微笑で、いまそれを思い出している。

（『暖流』一九四八年九月号）

太宰治の魅力——ひとつの個人的な回想

江藤淳

えとう・じゅん　一九三二―一九九九
文芸評論家。代表作に『海は甦える』『漱石とその時代』。

私にとって、太宰治の名は、戦後の一時期の個人的な想い出とわかちがたく結びついている。私は彼を識《し》らなかったし、彼の愛読者でもない。私はひとりの批評家としてこの作家の作品に対したことはない。将来もそうすることはないだろう。

それは私が太宰の作品を評価しないからではない。彼が私の軟弱な部分、当時中学の下級生であった私の、もっとも柔軟な部分にある痕跡を残していったからである。あまりに個人的な回想をもてあそぶのは批評家の仕事ではない。そして私は、太宰治に関するかぎり、私のもっとも個人的な生活に投げられたひとつの影として以外に、語りたくはないと思う。

この作家のことを想うたびに、私は三つの情景を想い描くのがつねである。ひとつは彼が不自然な死に方をした日の、藤沢の駅前広場である。その頃、湘南中学に通っていた私は、白々とほこりっぽい街並をいそぎながら、これはただの文士の情死事件ではない、ひとつの時代が終り、別の時代がはじまることを告げている象徴的な事件ではないか、と考えていた。それは自分が歴史のなかに存在していることをありありと実感させる指標であった。芥川龍之介の自殺が、当時の青年に及ぼした衝撃はこのようなものだったろうかと想像して、私はひとりで昂奮していた。

もう一つの情景は、その頃たしか一高の教授だった江口朴郎《えぐちぼくろう》氏の応接間である。江口氏は湘南中学の卒業生であり、同時に私の従姉の夫であった。私たち、つまりその頃急激に社会科学に関心を抱きはじめていた生徒たちは、週に一度ぐらい、マルクス主義の研究会を開いていた。その指導的なメンバーのなかに石原慎太郎がいた。育ちの良さそうな蹴球部の選手がこの種の会合を指導するなどというのはおよそそぐわない話だが、これがさほど珍奇ではないような雰囲気がその頃にはあった。ある週の研究会を江口氏のところでもちたいといいだしたのも、おそらく石原である。

そのとき、私たちは、今から考えれば噴飯もののような公式論を激越な調子でしゃべりつづけた。私たちは芥川についてしゃべり、太宰についてしゃべった。私たちの公式論のなかでは、彼らの自殺はパラレルなものであり、新しい時代に負けたものの悲喜劇であった。江口氏は苦笑しながら、痩せて、空腹で血色の悪い中学生の議論に耳を傾けていた。しかし、彼はあえて私たちの言葉を否定しようとはしなかった。昭和二十三年はそういう時期であって、自分が歴史のなかに存在していることを知った私は、このとき、自分と歴史とをへだてているあらゆるものに強い否定をあびせたい衝動にとらわれていたのである。こんな研究会には我慢がならない。実践運動をはじめなければだめだ、と私はひそかに思っていた。

最後に私は、祖母の通夜をしたときのことを想い出さずにはいられない。祖母は太宰より三ヵ月ほど前に、死んだ。そのとき、彼女の枕元には鋭い光沢をはなって輝く抜身の懐剣がおかれ、座敷には誰かが手折って来た桜の枝が一杯にかざられた。大人たちは深更になって、皆寝た。私ひとりが夜っぴて伽をしながら、かすかに漂う屍臭と香のかおりを嗅いでいた。

『こころ』の〝先生〟にとって、明治天皇の死が時代の終末をものがたるものだったとすれば、私にとっては、祖母の死は個人的な事件だったとはいえ、自分が強い反撥を感じながらそれにもたれかかっていたあらゆる旧《ふる》い価値の崩壊の象徴であった。彼女は貴族ではなかったが、どの貴族にもまして貴族的な女だったと私は思う。彼女のなかには、鹿鳴館の頃のハイカラの精神と、古風な武士の娘の精神とがまじりあっていた。早く母を亡くした私は、かなり長い間このような祖母に育てられた。彼女の屍骸は五尺に足りなかったが、それは父よりも、叔父たちよりも、誰よりも重々しい権威に満ちていた。それがいま崩れおちていく、と私は思った。このような祖母は、ある意味で太宰治の『斜陽』の「お母さま」を思わせないでもなかった。しかし、私には、「お母さま」よりむしろ祖母のほうが、毅然とした貴族らしい価値を代表していると思われた。『斜陽』についての私の最大の不満は、この作品が貴族を扱いながら充分な品格をもたない、というところにあったからである。そのためにこの作品は充分に悲劇的でもなければ充分に喜劇的でもない、要するに感傷的なのだ、といわざるをえないように思われた。しかし屍臭をまじえた強烈な感傷性、そこからほとばしり出る否定的な衝動は、その後自ら意識する以上に、私のまだ柔い精神に喰い入っていたようである。無頼の生活に身を投じて、カストリとヒロポンに耽溺するためには、私は幼なすぎたし、潔癖でもありすぎた。むしろ私は、当時横行していた太宰信者たちに反感すらいだいていたのである。だが、のちにある友人にいわれて気がついたことであるが、その頃の私は客観的には太宰の「毒」にあてられていたもののひとりだったのかも知れない。私の価値が崩壊したように、一切の価値もまた急速に崩壊すべきだ、という焦燥は、私を一時も去らなかった。

《古来一流の作家のものは、作因が判然していて、その実感が強く、従ってそこに或る動かし難い自信を持っている。その反対に今の新人はその基本作因に自信がなく、ぐらついている。》というお言葉は、まさに頂門の一針にて、的確なものと思いました。自信を、持ちたいと思います。

けれども私たちは、自信を持つことが出来ません。どうしたのでしょう。私たちは、決して怠けてなど居りません。無頼の生活もして居りません。ひそかに読書もしている筈であります。けれども、努力と共に、いよいよ自信がなくなります。

私たちは、その原因をあれこれと指摘し、罪を社会に転嫁するような事も致しません。私たちは、この世紀の姿を、この世紀のままで素直に肯定したいのであります。みんな卑屈であります。みんな日和見主義であります。みんな臆病な苦労をしています。けれども、私たちは、それを決定的な汚点だとは、ちっとも思いません。
いまは、大過渡期だと思います。私たちは、当分、自信の無さから、のがれる事は出来ません。誰の顔を見ても、みんな卑屈です。私たちは、この「自信の無さ」を大事にしたいと思います》

太宰がこの文章を書いたのは昭和十五年である。これは朝日新聞の文芸時評で長与善《ながよよし》郎《ろう》が太宰の作品を酷評したのに対する反論であって、いつの時代にも先輩作家が新人についていうことばは変り映えのしないものだということの一例であるが、私にはこのような自己肯定はかなり安易なもののように思われた。逆に、ほかならぬ太宰治の魅力は、彼がおそらくこういった次の瞬間に、「卑屈」は「決定的な汚点」であり、「自信の無さ」は「自信」に劣るという強い嫌悪感にとらわれざるをえないような人間であるところから生れるのである。同じく無頼派と呼ばれながら、太宰と坂口安吾とをへだてるものがここにある。坂口はリアリストであったが、太宰はロマンティシストであって、彼の心情の方向は滅亡にあった。私はその頃、太宰治を通して日本浪曼派をのぞみ見、あるいは日本浪曼派のみをのぞみ見ていたのである。

だから、世の太宰信者とはちがって、私はできうるかぎりマルクス主義の実践運動に接近するところに、自分が彼からうけついだ滅亡の論理を実現する道があるように感じていた。私の家は、徐々に、しかし着実に崩壊への道を辿っていた。それは具体的には戦争以来住んでいた鎌倉の家を他人手《ひとで》に渡すということであり、東京の場末の壁も満足にない家に引き移るということである。私たちの家族は「大過渡期」の只中にいて、「卑屈」であった。なぜなら、そこには不承不承に一切をうけいれてなしくずしに崩れていくという受身の姿勢だけがあって、すすんで滅亡をひきうけるという気概がなかったから。すくなくともその気概は、私の父や彼の同時代者たちにはなかった。

私は滅びようと願った。すでに旧い価値が顚倒しているからには、そのなかに属している自分は完全に滅亡し去らなければならない。それはおそらく同時に「革命」のなかに再生するということでもある。滅亡の速度より、一層速い速度でほろびなければならない。そこにこのような時代に際会した若者の誠実さがあると私は信じていた。そのころ私は湘南中学から都立一中に転校した。

今の私には、それ以後のことを書き連ねる気持の余裕がない。ただ、ここでいえることは、飢えて絶望的になったハイエナのように、太宰治の作品のなかに屍臭のみを嗅ぎとろうとしていた私が、決してこの作家を理解してはいなかったということである。滅亡――再生の直線的な過程だけをみつめていた当時の私には、かりに倫理や美はあっても宗教はなかった。そして、太宰はもっとも美しい数行において、かならず宗教的なにものかに近づく作家なのである。私には「愛」が欠けていたし、「生活」も欠けていた。太宰もそのいずれをも欠いていたが、すくなくとも彼はそれらを求めている自分を識っていたのである。

宗教はおそらく倫理の終ったところからはじまる。そして「美」の屍臭を嗅ぎつけ、自らの正しさに対する信念がそのままもっとも卑小でこっけいなものだということを認識するところからはじまる。世の評家のいう太宰の「道化」とか「演技過剰」とかいうものは、ほとんどすべての宗教がその底に秘めているこのような逆説を、自らの実生活上の行動の上に展開しようとしたところに生じたものだったろう。この逆説の論理を内在的に発展させず、もっぱら外在的に発展させて破滅したという意味で、太宰は私小説家の伝統を継承するひとりであった。しかし、この逆説の存在に気がつき、ナルシスティックな、自己完結的な倫理の制約のなかからぬけ出そうと試みたという意味で、彼は志賀直哉とも、ほかのどの私小説家とも異なっていた。つまり彼はそれだけ人間的であり、他者の存在を識っていたのである。

　もしこのような彼が、中学生の私をひきつけたあのロマンティックな衝動を制御しうるほどに強かったら、と思うのは今の私の考えである。実際の彼には、宗教的な価値の認識とロマンティックな滅亡への意志とが中途半端に混合している。それが彼の作品から時に品格をうばい、時にそこに不必要な感傷性をそそぎこむ。彼は、不分明な、重いもやのように多様な問題を背負ったまま死んだのである。

　現在の私のなかには、あの、日本が激しく変ろうとしていた頃、柔い粘土のように可塑的だった自分の精神におしつけられたロマンティックな衝動が依然としてのこっている。それを私は半ば恐れ、半ば肯定する。そして同時に、慶應義塾の英文科の教室で、「ロバード・オヴ・シシリイ」という中世の教訓的なバラッドを厨川文夫《くりやがわふみお》教授に習ったとき、突然私のなかに湧きおこった強い感動のことを私は忘れない。ロバードは傲慢なシシリイの王であったが、天使に試みられて自分が実は宮中の道化役にもおとり、犬と変りのない卑小な存在であることを知る。この認識に到達したとき、天使ははじめて彼をゆるす。……なぜなら、そこにだけ人間が人間的であるということの智慧があるから。私は厨川教授の美しい中世英語の朗誦を聞きながら、そのとき、ふと長い間ひもどかなかった太宰治の全集の巻頭にあった作家の顔を想いうかべた。このイメイジは私の精神の空白を埋め、私を充実させた。このとき、私ははじめてこの作家の直面していた深い淵をのぞきこんだような気がした。それは私自身のなかにもある、暗い淵であった。

私はほとんど七年をへだてて、太宰治という特異な作家の魅力をかたちづくっている二番目の要素を発見した。まことに、いかに遠くからであれ、ひとつの決定的な時期の典型的な精神にふれるということはおそろしいことである。いまだに私は太宰のある鈍感さや図々しさが我慢できず、やがて私は夏目漱石のなかに自分の先駆者をみいだすようになったが、私の家が急速に崩れおちていった頃、太宰治を耽読したということの痕跡は、おそらく生涯私から消え去りそうにない。不思議なことであるが、彼の作品は私の個人的な体験のなかにしまいこまれた作家のイメイジにくらべれば、どこか影のうすい、現実感を欠いたものにすぎない。そうである以上、私はこの文章を書きおわってもなお、自分にとって親しい個人的な回想に固執したく思うのである。

（『近代文学鑑賞講座　太宰治　第十九巻』角川書店、一九五九年）

太宰治、追悼

埴谷雄高

はにや・ゆたか　一九〇九―一九九七
政治評論家、思想家。代表作に『死霊』。太宰の『晩年』に「やっと僕たちの代表が出た」と共感したという。

私はただ彼の顔見知りだった。私の友人達が彼の友人でもあったので、会えば挨拶したが、たちいって文学論など交わしたこともなかった。私の印象には骨の太い大柄な彼の顔立や首筋や指先などが鮮やかに残っている。私が知っている或る大工が彼と同じような骨太な骨格でやはり青森出身だったので、あの地方にはこのような純農民的ともいえる体格が多いのかとその点ばかり印象にのこった。彼が失踪してからそれまで空梅雨だろうといわれていた天候が急変して侘しい雨が降りつづいた。雨のなかでの彼の捜索が古風な蓑装束で行われているのを新聞で見た。二間に足らぬ位の幅に過ぎぬが日頃から流れが速く小さな渦さえ諸方に捲いているあの川は、私の家からあまり遠くない。蓑をつけたひとびとはその雨のなかで長い竿を流れのなかに差しこみ、探っていた。私の印象にのこっているあの骨格の太い彼があの竿の先にかけられるかと思うと胸が痛い。だが、そうした追憶は親しかったひとびとがするだろう。また、彼の作品の位置づけも多くの批評家がしてくれるだろう。私がここに記すのは、彼の死は確かに自殺に相違ないが、とともにやはり殺されたのだといったような気分の起る一つの印象だけである。あのやぶれかぶれな姿勢を保ちつづけることに殆《ほと》んど全力を費やさせて彼を日本的な小天才にとどめさせた周囲をちょっと見渡してみたいだけである。

ひとの眼を凝《じ》っと覗きこむということは或る種の職業に馴らされたものでないと出来がたい。こいつは嘘をついてるか真実を述べているか、本物か贋物かという識別意識のみがそこにあって、例えば日頃罪人を眼の前にしている司法官とか、それが職業か或いは信念になっている或る種の人間鑑定家にしかそんな眼付は出来がたい。そんな鑑定家達はすべて、自身が狂いもなき正確な衡量器であって識別こそすれ識別されるものでないとの信念をもっているのであるから、その判定に何か異論でも出そうものなら必らず威猛高にやりこめられる。そして作家というものは大体こんな鑑定家達にとりまかれているものである。というより、作家のまわりにはそうした鑑定家達の眼しかない。そこにはコロンブスの発見の眼もダ・ヴィンチの発明の眼も許されない。作家は絶えずひととひとのなかにのみ置かれている。そして、哀れな作家は一般のひとびとと同じように一瞬ちらとしか相手を見ない。同質であるか同質でないかを感じとるだけだ。それはこの世で恋人を選択してしまう一瞬に似ている。そして、それが一種の選択であるとはいえ、その場合、選択されなかったものがやがて嘘つきになり贋物になってしまう訳なの

でないことによって、やっと作家たる品性を保っている。

てれたあげくやぶれかぶれになった彼の姿勢を思うとき、そこにはさまざまな変装をした司法官達の姿が浮んでくる。どういうわけかいかめしくかまえた鑑定家達と彼の対坐の図が浮んでくる。最後までそうした相手とばかり対坐しなければならぬ彼の姿勢は可哀想だ。最初の自殺から最後の自殺へ至るまで、彼を押し潰そうとしたのはそんな人間鑑定家達の眼であり、彼がはねかえしつづけたのはそんな人間鑑定家達の衡量器であったと思われる。凝っと覗かれたときに起る対他意識というものは勿論対自己意識とのコムプレックスなのであって、てれた表情からやぶれかぶれの姿勢へ推移するまでにははりつめた精神の度合を絶えず調べつづけていなければならなかっただろう。そうした緊張に較べれば、死ぬことなど彼はなんとも思っていなかったに違いない。だが、嘘という言葉にかこまれた渦のなかでそれとのみ闘わねばならなかったことは最後までやりきれなかったことだろう。贋物だとか本物だとかいう人間鑑定が唯一の価値判断をなしているところではとうてい天才は育たぬのだ。

（『芸術』一九四八年八月号、「衡量器との闘い」改題）

V 太宰の文学

太宰君を憶う——一愛読者として

尾崎一雄

おざき・かずお　一八九九—一九八三
小説家。代表作に『まぼろしの記』。同人誌『青い花』に太宰の『ロマネスク』が発表された際には、いち早く取り上げ激賞した。

今月の初め、ある雑誌に太宰君について小文を書く約束をした。どうせ僕には、ある作家乃至《ないし》作品を向うに置いて、客観的に批評検討するという興味はなく、その太宰君についての一文も、長年の読者としての僕がこの頃太宰君について多少の不満や気がかりを感じている、それを率直に書いて太宰君に読んで貰《もら》おうというつもりのものに過ぎなかった。

ところがそれから一週間ののち、思いがけないことになったので、不満も気がかりもどこかへ飛び散り、啞然としている次第だ。

大体僕の書こうとしたことは、太宰君が生きていて、作家として仕事をつづけていてくれてこそ意味があるので、今となっては、もう無駄ごとに過ぎないのだから、気抜けせざるを得ない。

だがしかし、前と違った気持から、漠然と何か云って見たい気が無いのでもない。それで本誌と約束したのだが――。

二三日前、浅見淵《あさみふかし》から便りが来て、その中にこんな一節があった。（浅見には無断で持ち出すが、許せ。）

――考えてみると太宰君は此度のことが無かったとしても、いつか矢張《やは》り同じことを決行したのではないかと思います、自分をすかしすかし今日に至ったのでしょうが、マンネリズムからの脱出が却々《なかなか》うまくゆかず、つい疳癪を起したのではないでしょうか、今日の活動といえども結局第一創作集「晩年」に含まれている諸要素の繰返しに過ぎなかったように思われます――

僕は浅見のように、「いつか矢張り同じことを」とまでは思えないけれども、太宰君が脱皮ということで相当に悩んでいたらしいことは察せられる。それは、作家なら誰にも覚えはあること故、変てつもない、と片づけられかねないが、しかし面倒なことなのだ。殊《こと》に、太宰君のように、出発当時から、珍らしいほど「姿勢の完璧」を示した作家にとっては、案外な荷の重さだったろう。しかもその「姿勢」が特異であり、その特異さが読者の喝さいの的だったのだから、読者からの強制は作者にとって度が強いわけだ。「芸術の美は、所詮市民への奉仕の美である。」一度ならず言っている。ほんとにそのつもりだったかも知れない。しかしどうも実際は太宰君自身への奉仕だったらしい。何か、割れているものを逆説でつないでいた感がある。

「晩年」は、昭和十一年に『葉』を巻頭に『めくら草紙』を巻末に、すべて十五篇からなる彼の第一小説集として、砂子屋書房から出版されたが、この本の発売に際し、太宰君は、出版書肆の機関雑誌に『他人に語る』と題して、次の一文を草している。

――「晩年」は、私の最初の小説集なのです。もう、私の唯一の遺書になるだろうと思いましたから、題も、「晩年」として置いたのです。読んで面白い小説も、二、三ありますから、おひまの折に読んでみて下さい。私の小説を、読んだところで、あなたの生活が、ちっとも楽になりません。ちっとも偉くなりません。なんにもなりません。だから、私は、あまり、おすすめできません。『思い出』など、読んで面白いのではないでしょうか。きっと、あなたは、大笑いしますよ。それでいいのです。『ロマネスク』なども、滑稽な出鱈目に満ち満ちていますが、これは、すこし、すさんでいますから、あまり、おすすめできません。

こんど、ひとつ、ただ、わけもなく面白い長篇小説を書いてあげましょうね。いまの小説、みな、面白くないでしょう？ やさしくて、かなしくて、おかしくて、他に何が要るでしょう。あのね、読んで面白くない小説はね、それは、下手な小説なのです。こわいことなんかない、面白くない小説は、きっぱり拒否したほうがいいのです。みんな、面白くないからねえ。面白がらせようと努めて、いっこう面白くもなんともない小説は、あれは、あなた、なんだか死にたくなりますね。

こんな、ものの言いかたが、どんなにいやらしく響くか、私知っています。それこそ人をばかにしたような言いかたかもわからぬ。

けれども私は、自身の感覚をいつわることができません。くだらないのです。いまさら、あなたに、なんにも言いたくないのです。

激情の極には、人は、どんな表情をするでしょう。無表情。私は微笑の能面になりました。いいえ、残忍のみみずくになりました。こわいことなんかない、私もやっと世の中を知った、というだけのことなのです。「晩年」お読みになりますか？　美しさは人から指定されて感じいるものではなくて、自分で、自分ひとりで、ふっと発見するものです。「晩年」の中から、あなたは、美しさを発見できるかどうか、それは、あなたの自由です。読者の黄金権です。だから、あまりおすすめしたくないのです。わからん奴には、ぶん殴ったって、こんりんざい判りっこないんだから。

もうこれで、しつれいいたします。私はいま、とっても面白い小説を書きかけているので、なかば上の空で、対談していました。おゆるし下さい。

「晩年」が出来たとき、太宰君は五十部持って行き、そのうちからいろんな人に寄贈をしたらしいが、その寄贈本の見返しには、一冊ごとに、著者署名、先方の名の外に何か気に入った文句を書いたらしい。僕の貰った分には、片仮名で、「オマヘヲチラト見タノガ不幸ノハジメ」とある。出典があるのだろうが、僕には判らない。この文句を見たとき、随分気負っているな、と思った。いかにも野心たっぷりな、そして可なり気取った若い芸術家、という感じが来た。この感じは、太宰君の作品を、その殆んど書き初めから読んでいた僕には、いかにもぴったり来るものだった、「晩年」の巻頭には『葉』がある。『葉』の題詞——

撰ばれてあることの
恍惚と不安と
二つわれにあり
　ヴェルレエヌ

太宰君の生涯をつらぬいた心情はこれであり、彼の芸術家としてのあらゆる姿態の拠りどころはここにあったと思う。そうしてまた、『葉』の書き出しは、

死のうと思った。

というのだ。第一小説集の巻頭小説の、第一行。
「撰ばれてある」などと云うこと、極《ご》く若い時に、「チラ」と見たと思ったか思わぬに、早速握りつぶしてしまった僕などから見ると、太宰君の仕事は、あるいは天上の花であり、地獄の華であったろう。真似をする気もないが、真似出来ぬことも確かである。それだけに、僕は太宰君の作品が好きであった。愛読者であった。僕は、自分が、非凡人でないことの自覚を深めながら太宰君の作品を、長年読みつづけた。

　ここ四五年来、太宰君の仕事に対して、漠然とした不満を抱くようになった。何で不満なのかそう深くも考えなかったが、深く考えないでもそのことは判ってきた。太宰君という人が年齢《とし》を重ねて来ているのに作品は相変らず青年的だという、そのことだ。これに関しては、昨年春某誌のため坂口安吾と対談会をやったとき、一寸触れた。「――ところがこの頃になって、ご本人が大人になってきたから、太宰も年をとってきたなあ、大人になってきてね、ひょっと気のついたのは、書くものが少し青っぽくみえてきた」(尾崎)。「ちかごろの太宰の作品は、自分をえらいところに置いて書くからいけないのだよ。ほかの人間を自分より一段下にみる、あれが危険だな」(坂口)。そんなやりとりがある。丹羽文雄《にわふみお》が某誌でこのことに言及し、「年齢が作品を置いてきぼりにする恐ろしさ」というふうなことを云っていた。

　太宰君の作品中には、「キザ」という言葉がよく出てくる。キザということをひどく嫌っているふうだ。ところが、キザに見えやしないかと常住座臥気をつかっているというのは、当人に気障な面があることを語っているので、太宰君の作風は、キザでないとは云えない。自他共に認める彼のダンディズムも、キザという見方にがい当する面が多分にある。何か云っておいて、「キザかね?」などと相手の顔を見る人物は、決してダンデーとは云えない。キザなのである。

　およそこれらの不満も今でこそ不満だが以前はそうでなかった。却《かえ》って魅力であった。若い、気負った、秀抜な芸術家――きっと日本に珍らしい小説家になるだろう、あの資質とあの野望は大したものだ。自重自愛、しっかりやれ太宰治――そういう気持であった。

だが、その魅力がついに不満に変形し、不満の因が、作品のいつまでも変らぬ青年臭にあると気づいたのは、一二年前である。

それは僕が老いぼれたからかも知れない。老いぼれた僕に、太宰君の若々しさが堪え切れなくなったのかも知れない。しかし一方、四十になっても、二十の青年のような青さが抜けないというのもどうであろうか。老来いよいよ意気軒昂、というのはいいことだ。それと、いつまでたっても青いところがついて廻る、というのとは違う。

そういう不満を何かのはしに書いたり、また、直接太宰君と逢ったとき一寸云ったりした。その時は作品についてではなく、彼の感想文についてであった。感想文には不服の度が強い。間もなく『斜陽』が発表され、それを読んだらまた愛読者として好い気持にさせられた。やっぱりいいな、と思った。少し位のキザはあってもいい、と思い直したほどである。(太宰君が不意に来てくれたのは、昨年の二月末だった。終戦以来そのとき初めて逢い、あとついに逢わなかった。仕事を持って伊豆の長岡温泉へゆく途中だと云っていた。その仕事とは多分『斜陽』だったろう。)

織田作之助が死んだとき、太宰君は追悼記を書いて、「織田君、よくやった」と結んでいる。僕は、ちっともよくなんかやりはしなかった、と太宰君に云った。すると太宰君は、「あれは、僕少し、感傷的になっていたもので――」と弁じていたが、しかし案外彼の本音だったろうと今では思う。

「こわいことなんかない」と力み返った十年前の太宰君。多分、最後まで「こわいことなんかない」と、心で叫びつづけていたのではあるまいか。

太宰君は、ちょっとかけがえの無い存在だった。似た作家さえ居ない。これからも出るかどうか。僕の小さな不満は、太宰君が満四十歳にならずに死んだことを思えばどうでもいいことだ。

だがしかし、今度の太宰君のやり方には、極めて不賛成だ。「オマヘヲチラト見タノガ不幸ノハジメ」――その不幸とは、芸術家にとっての至福たることを信じていたくせに、その結末をこんなふうにつけるとは。つけなければならなかったとは。太宰君。

（六、二五）

（『近代文学』一九四八年九月号）

脆弱な花

平林たい子

ひらばやし・たいこ　一九〇五―一九七二
小説家。代表作に『こういう女』『林芙美子』。

長崎市の汚い市営旅館で私は県のお役人から太宰氏の自殺を教えられた。驚いて取寄せてみると地方新聞はそのことについて二三行しかかいて居らず、遠く東京をへだてた長崎では事実の影もうすいような感じであった。

私は太宰氏については、長い間文壇を遠ざかっていたからこの頃の小説しか知らないし、身辺の事情も小説で想像するだけである。それなのに、その二三行の記事を見ただけで、氏の死は恋愛よりも芸術の方の圧力で行われたと直感して疑わなかった。芸術の喜びと苦しみと悲しみを知っている者には、恋愛はとうてい芸術以上の支配力ではあり得ない。恋愛のためには死ねなくとも芸術への失恋では、芸術家は惜しみなく死ねるのだ。

しかし、「ヴィヨンの妻」以来一つの方向をはっきり握った太宰氏が、芥川龍之介のような芸術の行詰まりに当面していたとは思えない。人間失格なぞどんなにか作家に希望を点じた筈《はず》の作品であった。結局太宰氏の気持はわからないというほかない。が「新潮」に連載していた「如是我聞《によぜがもん》」でみると、あの淡白な太宰氏にも自分の小説を攻撃して来たものに対しては粘っこい復讐心みたいなものがあって太宰氏の道化の裏側がのぞけている感じである。ああいう身がまえで自分の芸術が護られているということはさぞ心の疲れることであろう。私には、太宰氏が電球かなんぞのような薄い脆いものをじっとかばっている姿が泛《うか》んで、むしろ気の毒な気持でよんだ。

所で、太宰氏の小説の一つの魅力はあの脆弱美である。光で言ったらラムプの灯でもシャンデリヤでもない。夏の夜の稲妻か懐中電灯か蛍のネオンライトといったところである。何だか儚い不健康美とでもいうべき美しさで粧われている。本来美の一要素にはそういう弱さも必要なのかも知れない。花を見ても、なぜ美しいかといえば花びらの薄さや弱い感じをいう外《ほか》ない。太宰氏の小説ではつまりその要素の比率が大きいわけだろう。この脆弱感は太宰氏の地方豪家の生れという機縁とも何か絡まり合っているのではないかしら。急に臣籍にくだった新平民の途《(ママ)》まどいみたいなものからついに太宰氏は卒業せず、濫費と耽溺の上にあのような花を咲かせていた。

しかし、あれだけの道化を生んだ太宰氏の高い孤独の理智を考えると空恐しくさえなる。恐らく、他人すべてが酔っている中で自分一人が醒めているような孤高の感じが終始太宰氏につきまとっていたことであろう。太宰氏はいつも酒をのんでいたそうだが嗜好以上のものとして何だか私にはわかる気もする。「人間失格」でみると作者らしい主人公が非合法ということそのことにひかれて学生の秘密な研究会に出席することがかいてあるが、非合法運動もこの作者には精神的飲酒なのだろう。

しかし太宰氏が自分一人だけが道化ずにいられない苦しみを感じているときめている独り合点は一寸こまる。人間は誰でもが苦しいのだということは思わず、人は自分の道化の意識さえもたずに道化ているのだという風には考えなかった太宰氏。太宰氏が排している世俗はその意識せざる道化ものたちの待合室だとは考え及ばなかった太宰氏。

その道化の悲劇味をいえば、道化を意識して行っている太宰氏よりも、自己の道化を気づかずに道化している道化者たちの方が、何倍か悲劇的だという風には考えて行けなかった太宰氏。太宰氏が一人で道化ているその姿から唯一者といったような権威をふりかざしている裏返しのヒロイズムを感じとるのは私だけかしら。太宰氏は、自分のような不幸を味《あじわ》っているものは自分一人だと思ったから死ねたのだろう。自分のような人間がざわざわいるのだと思えば、きっとばかばかしくて死ぬ気にはならなかったと思う。ともあれ、太宰氏はあっさり死に世俗の道化ものは死なない。死ねないのだ。

私が太宰氏の風格で好きだったのは、昔の文人墨客のひょうひょうたる姿がどこかに漂っていたことだった。文人墨客タイプは明治と一緒に影を消して大正末期からの出版への大企業化は、文人の精神を文筆労働者と文壇利権屋とに分けた。多くの文学者がどちらかに属し、どちらにも属さないものの存在し得る地帯は次第に狭くなって行った。一世の文人気質を代表した芥川龍之介すら、死ぬときの動機は必ずしも文人墨客的だったとは思えない。所が太宰氏の死には太宰氏の言葉でいうと「汚らしさ」がない。こういう人のつねとして世の毀誉褒貶がひどく気になっていたらしいが、それも文人気質の無邪気さを現しているとも言えるわけでこの人の生き方には微塵も商略がなかった。戦争中に出た「文藝」という雑誌のある号をこないだ偶然にひろげたが氏が今もその頃も変らない態度で押通《おしとお》していることが氏のある文章にはっきり示されていて、この人は嫋々《じょうじょう》としていながら決して弱い人ではなかったと私は思った。

主観的にはどうだったかわからないが客観的には氏の小説は決して行詰っているどころか坦々たる大道に向っていたのに、この人は死ななければならなかった。死にまで、この人は、貴族趣味と贅沢な浪費性とを発揮した。恐らく太宰氏の死によって東洋の文人墨客気質は日本の文学界から永久に失われた。もう再びこういう気質が育ち存在し得る根拠はない。太宰氏の死そのものが、こういう気質の生き得ない土壌であることを証明しているのだ。

最後に、太宰氏が奥さんを残して、他の女性と死んだことについて。私にはこの女性と太宰氏とがそう深い契を交わしていたとは思えない。死の道連れだったという世間の解釈は当っていると思う。こういう事実のあとにのこされた奥さんの心境には暗然とするけれども、ああいう芸術の有用を肯定するなら、その芸術をうむ環境として氏の行動一切も肯定されなければならないだろう。文学のインスピレーションは遠い彼方からくるものではなく、いつも身辺からくるものだ。ああいう芸術が生み出される用意としての身辺の配置は、世の常識では恐ろしく身勝手で我儘であったにちがいない。しかしそれも金の濫費やアルコールの耽溺などと一とつづきのことで、男女関係の部分だけを変えて貰うわけには行くまい。

結局は、太宰氏の文学の問題にかえってくるわけだ。われわれをあれだけたのしませてくれるあのひょうきんな、上品な、才気横溢した芸術が、実は、陰惨と言ってもよい氏の身辺の配置から生れたものだということは、読む者の一応承知しておかねばならないことであろう。誇張したいい方をすれば、そういうものの犠牲の上に咲いている花だ。

（『藝術』一九四八年八月号）

「晩年」に寄せて

吉行淳之介

よしゆき・じゅんのすけ　一九二四―一九九四
小説家。代表作に『驟雨』『夕暮まで』。太宰の文学作品におおきな影響を受けたと公言。

太宰治の「晩年」を読んだときのおどろきは、今でも記憶にあざやかである。そこに溢れている妖しい感覚におどろくと同時に、「そこまで言ってしまっていいものか」というおどろきを、随所に感じた。自分の精神の恥部を、そこに並べられている錯覚に陥ったものだ。

作品を読んでいて、不意に、一升瓶をさげて訪れてみたいという気持を起させる作家は、めったにいない。私は太宰治の作品を読んでいて、しばしばそういう気持に捉えられた。しかし、それはそう感じるだけで十分のことで決して実行するものではない、と考えたものだ。「あなたの書く恥部は、わたしの恥部にそっくりです、お互にかなしい現代人ですなあ」てなことになった日には、目もあてられない惨状といわねばならぬ。

大学在学中「新思潮」という同人雑誌をやっていた頃、同人の一人が「太宰さんの原稿をもらってくる」と張切って、幾度も通ったあげく「朝」という小品をもらってきた。

そのときも、私は同行する気持にはなれなかった。

先日、薬学科の学生と話しているとき、面白い話を聞いた。トランキライザーなどという新薬を売出そうとするときには、まず世の中にノイローゼを流行させるのだそうだ。現代の不安と神経のセンサイさが結びついてノイローゼが起る、などという言い方を流布させると、あわて者はノイローゼになっていないと現代人の資格を失うようにおもい、自分で自分の病気を作り出してしまうことになるのだろう。ところで、世の中のいわゆる太宰ファンを見ていると、そういうあわて者を連想させられる場合が多い。そういういやらしさが、自分の身にくっつくことを嫌って、私は「新思潮」の機会にも、太宰治を訪問しようとはおもわなかったものとみえる。

私の書棚には、筑摩版太宰治全集が揃っている。私は蔵書を人目にさらすのが嫌いなので、書棚を押入れの中に設けてあるが、ある日たまたま友人の某君がそこを覗いた。「オヤ、君は太宰の全集を揃えたのか。それなら、オレも一つ揃えることにするかな」と、言った。彼の言葉には、太宰の全集は持っていたいが、それを書棚に並べるのは、どうも気はずかしい、という意味が含まれているようだ。私は、彼の太宰にたいする姿勢に、私と同じものを見たとおもった。

さて、太宰治のエッセンスは、すべて「晩年」一巻の中に集まっている、と私は勝手に考えている。それらの作品は、むしろ散文詩に近い。そして、以後の作品は、それらを散文の形でときほぐしたもののようにおもえる。その意味では、これからという時に、この世を去ったわけだ。残念なことである。

（『定本太宰治全集　第十一巻』月報、筑摩書房、一九六三年）

「生れてすみません」について

山岸外史

やまぎし・がいし　一九〇四―一九七七　評論家、詩人。太宰、檀らとともに同人誌『青い花』に参加。太宰が山岸に宛てた書簡は百七通を数え、一時期ふたりは文学を通して特別に濃密な関係を築いた。代表作に『人間太宰治』。

太宰の作品二十世紀旗手の副題「生れて、すみません。」は、真実を書くと、太宰の工夫した言葉ではない。

これを剽窃だと書くと、故人に気の毒だが、これは或る詩人の言葉であったものを僕が太宰に教え、太宰が、それを当時無断で借用してしまったものである。

単句を利用することの極めて巧妙な太宰のことであり、彼の作品には、往々古典作家の言葉など的確につかわれているが、(むろん、この一句「生れて、すみません。」も、そんなタワイのない気持で、却《かえ》って敬意をもったから使ったのに相違ないが)事実そのまま書くと、この句の使用だけには、太宰にも多少の不徳があったのである。詩人そのひとが、世に発表する前に、その句を使用してしまったからである。

十数年も前のことになるが、詩人は寺内寿太郎君といって、ついに無名のまま、闇から闇に去ってしまい、今日、生死不明になっている人であるが、この句が使用された当時、ひどくフンガイして、僕のところにやってきたことがある。その理由は寺内君が、この句その他七八篇の詩を僕のところにもちこんだことがあって、僕以外にこの言葉を知っているものはなかったからである。この句には、「遺書」という題がつけてあった。

原稿用紙に「遺書」と題して、一行「生れてすみません」と書いてあった詩のような断片のような一句だったのである。当時、僕は一読して面白いと思って讃《ほ》めた訳だが、寺内君自身も相当な被虐家で、ひどく苦しんでいたようであった。その反省過剰のなかから、これは生れた一句なのである。寺内君の生活を僕はよく知っていたが、自分の書斎の入口の襖を釘づけにしてしまい、梯子をかけて窓口から出入したりしていた。階下の母親との交渉を断って生活したのだという。それ以前にも伊豆の天城山に遁入して自殺を計ったようなこともあったが、失敗して、迎えの人に囲《かこ》まれて下山した。とうとう東京の生活にゆきづまって、岩手県の宮古に親戚をたよって都落をし、そこの魚場の書記かなにかになって生活をした。そのユキヅマリぬいた頃の彼が、七八篇の詩とともにつくった一句がこれであった。

わが父は、日露の役に死せりとぞ
わが母は、暗き灯かげに針を運び
われのみ、ひとり、詩を詠めり。

というような一聯《れん》の詩もあったことを僕は記憶しているが、そういうカナシイ人であった。五尺五寸というい躰で、慶應大学在学当時は、マラソンもやり角力《すもう》の選手もやったが、気の弱い人であった。

裏山でカナカナ蟬を聞きました

というような童謡めいた詩もあった、文学のじつに好きな人で、僕は、才能のある人だと考えていたが、こうした彼が、僕のところに持ち込んで発表の場所を求めた詩のひとつがこの句だったのである。おそろしく寡作な人で三年宮古にいた間にもたった七八篇の詩しかできず、（それ以外にも書くことは書いたのだろうが）煮つめに煮つめてしまう傑作意識の人で、この「生れてすみません」なども、そうした煮つめた一句のようであった。それ以後、彼がこの一句を佐藤さん（春夫）のところに持ちこんで、遺書という題にカキオキとルビをふった方がよいように注意されたというような話も僕に伝えたことがある。春夫の文学を愛しているようであった。

或るとき、寺内君は、吾妻橋をわたっていた間に、橋上で、ふと、「春夫だって人間だ。急に死ぬことだってあり得る」と気づくと、もう矢もたてもたまらない気持になって、その足で小石川の佐藤さんを訪れたというようなエピソードの持主でもあった。

この寺内君の話とこの一句のことが、太宰との間にでたのである。忘れもしない京橋の上であった。もう夕刻すぎて、銀座の灯が賑やかな頃であったが、僕は太宰とその銀座の方へ歩いていたときのことである。僕は「生れてすみません」の一句をとりあげて「どうだ、なかなか面白いじゃないか」と言った。

太宰は、寺内君の話を僕の口から一二回聞いて知ってはいたのだが、急に、この句を聞くと沈黙してしまって、無言となった。どういう訳か、僕には解らなかったが、そのまま、二三町銀座の歩道の上を歩いてゆくと、その頃いきなり口をきって、

「君、これは、いい句だね。これは、いい言葉だ。」

と言った。「二十世紀旗手」時代の彼であったたし、また、「人間失格」を宣言して死んだ彼のことであったから、この「生れてすみません」は、彼の肺腑に充分にとどいたものに相違ない。彼自身も、生れてすまないと考えていた方なのであったろう。寺内君の詩は、とまれ、こうして、太宰の心の琴線に触れた。ところが、太宰は、僕にさえ無断で、まもなくこの詩を「二十世紀旗手」の副題として使用してしまった。あの作を読むとわかるように、この頃の太宰には、狂乱？があった。意識過剰の絶頂で、四苦八苦していたのである。むろん、寺内君の詩を無断借用することに良心はあったのに相違ないが、ひょいと使ってしまったのか、夢中で使ってしまったのか、僕が知っている範囲内で太宰は確に彼の一生で一遍の文学的不徳をしてしまったのである。

寺内君がフンガイするのも無理はない。これを知った彼は、一日、僕のところに談じこんで来て、僕は、まるで責任者のようになってしまった。はたして、こんな場合に、僕に責任があるものかどうかわからないが、僕と太宰の親しさを知っていた彼は、最初は、僕が太宰にこの句を密売でもしたようにとっていたものらしい。次第に、話がわかってくると、こんどは太宰の不徳について論じていたが、僕は、全くオカシクなって、

「君は、とうとう、遺書まで盗れたか。」

と言って大笑いした。

けれども、この句が寺内君の創作であることだけは、後日、僕が証明すると言って、この問題のケリをつけた。寺内君も、それで満足した訳だが、その寺内君も、その後さっぱり奮発することもなく、それから二三年すると行方不明になってしまった。自殺説が知人の間に伝えられていたが、殆《ほと》んど凡《すべ》ての人が、彼の自殺を信じて、さらに何年か経ったものである。母親さえ彼の死を信じてひとりの生活をつづけていた。

ところが、戦争中の或る日、知人の一人が殆んど八九年ぶりで、この寺内君と品川駅のプラットホームであったという。汚れぬいた背広の上衣をきて髪も乱れ、どこか頭が変になっている印象を与えられたということである。ウツロな眼をしていたともいう。彼の言葉に従って、彼の下宿の一室を訪れたところ古新聞がいっぱいであり、全く乱雑をきわめた室内の模様であったという。知人は暫時にして退却したそうだが、これが「生れてすみません」の真の作者の成れの果ての姿であった。この一句のみを太宰の手によって世に紹介されたこの作者が、その後どうしているか、むろん、誰も知らない。爆死したか、焼死でもしたか臆説をたてるかぎりではない。

けれども考えてみると、寺内君のこのよい一句?が、世の中に文字通りの遺書の如《ごと》く残ったのが太宰の手によってであることを考えると、いまさらのようだが、その来歴因縁をこうして書きつけてみることにも意味があるようである。すでに、当時の寺内君の約をフンガイは意味をなさないことになっているが、僕は、ただ、曾《か》つての寺内君との約を守って、こうした一文を草してみることにしたのである。しかも太宰自身が、すでに、この世に生きていないときに、こうした一句の縁起録が、どんな意味合のものとなるか、それ以上のことはわからぬが、「生れてすみません」のエスプリは、それにしても、「斜陽」にも「人間失格」にも「グッド・バイ」にも通じている太宰一生のエスプリでもあったような気がしてならない。

（『太宰治全集』附録第六号、八雲書店、一九四九年）

滅亡の民

河盛好蔵

かわもり・よしぞう　一九〇二―二〇〇〇
フランス文学者、評論家。代表作に『フランス文壇史』『パリの憂愁』。

――いち早く霊饐《す》えしわが友を人勿《な》叱りそ　佐藤春夫

私は太宰治君とは昔からの友人ではない。彼の作品も、戦争中に出版された「右大臣実朝」を読んだのが始めであったと思う。丁度その頃、荻窪のさる酒亭で、店仕舞にストックの酒を全部提供するという酒宴があって、井伏鱒二さんに誘われてその末席に連《つらな》ったときに、始めて太宰君と親しく言葉を交えたのである。そのときの太宰君は見るからに健康で明朗で、私は非常にいい印象を受けた。それに太宰君が井伏さんの愛弟子であるということが、その気持に拍車をかけたのであって、私は井伏さんを常々敬愛していたから、井伏さんの信用している人にはすぐに心を許すことができたからである。しかし当時はまだ私は太宰君の愛読者というわけにはゆかなかった。というよりも同君の作品を殆《ほとん》ど読んでいなかったのである。そのうちに新潮社の昭和名作選集というシリーズで、太宰君の「富嶽百景」が出たので、私は早速一本を購《あがな》い、この未知の作家をもう少し詳しく知りたいと思った。この小説集は私には大へんに面白かった。特に巻頭の「富嶽百景」が実によかった。この文章のために読み返したが、やっぱり感心した。

太宰君は終戦後書いた「苦悩の年鑑」という精神的履歴書のなかで「十歳の民主派、二十歳の共産派、三十歳の純粋派、四十歳の保守派」と書き、また、「私は、純粋というものにあこがれた。無報酬の行為。まったく利己の心の無い生活。けれども、それは、至難の業であった。私はただ、やけ酒を飲むばかりであった。私の最も憎悪したものは、偽善であった。」と書いているが、私が始めて読んだ彼の作品が大体に於《お》いて純粋派時代のもの、それも危険な病気から恢復して、幸福で平静な結婚生活に入った頃の、太宰君の生涯のなかでも、戦争末期から再度の上京までの郷里へ疎開中の時期と共に、恐らく精神肉体ともに最も健康な時代の作品であったことは、太宰君についての私の見解を強く支配していたのである。従って終戦後の太宰君の作品のなかでは、「嘘」とか「親友交歓」「母」「トカトントン」のような小説に彼の本領があるのではないかと私は考えていた。少くとも私はこの種の作品を「斜陽」よりも安心して愛読していたのである。私はいつか太宰君に向って、「あなたは新しい『吾輩は猫である』を書く意志がないか。今あなたには屹度《きっと》書けると思うが」と云ったことがあるが、彼は笑って答えなかった。今にして思えば、私が「斜陽」よりも、上述のような作品を愛することを彼は心のなかで不満としていたのであろう。「今にあなたを唸らすようなものを書いてみせます」と彼は豪語していた。あたかも「桜桃」を書き、「人間失格」に着手していた頃であった。と同時に自爆に向って突進していた途中でもあったのである。しかし太宰君が「桜桃」を、「人間失格」を一種の遺書として書きつつあったということを私は全く気がつかなかったし、また彼には死ななければならないほど深刻な悩みがあるなどとは夢にも考えたことはなかった。これは私の鈍感で呑気な性質によることはもちろんであるが、私は太宰君は小説の上ではいろいろと自分を虐めているけれども、それによって自己を鍛え、浄化するだけの強さをもっている人だと信じていたし、「私の文学が、でたらめとか、誇張とか、ばかな解釈をなさらず、私が窮極の正確を念じていつも苦しく生きているという事」を私は知っている積りであったからである。文学とは生きるための努力であると信じている私は、そうして文学の道はこれ以外にないと信じている私は、太宰君もまた彼なりに生きる努力をしていてくれることを、その努力によって彼の文学を貫き、大成してくれることを深く期待していたからである。彼の豊かな才能はこの期待を十分に裏づけてくれた。

しかし私は太宰君の年長の友人として、なるべく彼が無理をしないことを、できるだけ楽に人生を生きてくれることを、自分をあまり危機に置かないことを希望していた。私が、「富嶽百景」や「嘘」、もしくは西鶴の「諸国噺」の新釈などを愛読し推奨して、その方面にこそ彼の才能を縦横に発揮すべき天地のあることを機会があるごとに太宰君に話したのはそのためであった。新しい「吾輩は猫である」の執筆をすすめたのも同じ理由である。「小説新潮」八月号に内田百閒氏が「酒徒太宰治に手向く」という随筆を書いてられるが、もし太宰君が生前内田さんと酒を飲む機会に恵まれていたら、彼の苦悶はもっと別の捌け口を見出すことができたのではないだろうか。否、わざわざ内田さんを煩わすまでもない。もし太宰君が一切の苦悩を井伏さんに以前のように正直に打ち開けていたら、そうして君を知ることの最も深い井伏さんの賢い忠告に耳を傾けていたら、こんどのようなことにならなかったのは明瞭であった。

例えば君は文壇に於ける徒党を攻撃した。それは、その限りに於て全く正しかった。しかし君はその攻撃を始める前に、君の周囲の虚弱な取り巻きから孤独になり、彼らの鑽仰の言葉に甘えないだけの精神の強さを持つべきであった。もちろん私の言葉は、健康者が病弱の人に労働を強制する冷酷さに似ていることを私はよく知っている。そうして私などの窺い知ることのできない深い悩みを君が生れながらにして十字架のように背負っていることを朧気ながら私にも感じられないことはない。また君の属する時代、並びに君の作品のなかに深い慰めと、魂の拠りどころを見出している更に一層若い一種の蝕まれた（と私には思える）世代の人々と、私などの間の、遂に超えることのできない隔りについても更めて強く自覚するところがある。

「二十世紀とは何か。夜である。実存とは何か。夜、目覚めている者である。」とは若き哲学者矢内原伊作《やないはらいさく》氏の言葉であるが、太宰文学と実存哲学との間に何らかの血縁があるのかどうか、私には一向不案内であるけれども、しかし私などが気楽に熟睡している間に、ひとり目覚めている人たちの方が、太宰文学の一層に深い理解者であるのかも知れない。ただ私のような年長の友人にとっては、六十歳に達した頃の太宰君の小説を読みたかった。それは「富嶽百景」を遥かにしのぐ、しかしあの系列に属する名品であるであろう。

　太宰君の私信にはまた次のような一節があった。「文化と書いて、それに、文化《ハニカミ》というルビを振る事、大賛成。私は、優、という字を考えます。これは優《すぐ》れるという字で、優、良、可、なんていうし、優勝なんていうけど、でも、もう一つ読み方があるでしょう？　優《やさ》しい、とも読みます。そうして、この字をよく見ると、人偏《にんべん》に、憂《うれ》うると書いています。人《ひと》を憂《うれ》える、ひとの淋しさ佗しさ、つらさに敏感な事、これが優《やさ》しであり、また人間として一番優《すぐ》れている事じゃないかしら、そうして、そんなやさしい人の表情は、いつでも含羞《はにかみ》であります。私は含羞で、われとわが身を食っています。酒でも飲まなけりゃ、ものも言えません。そんなところに「文化」の本質があると私は思います。「文化」が、もしそれだとしたなら、それは弱くて、敗けるものです。それでよいと思います。私は自身を「滅亡の民」だと思っています。まけてほろびて、その呟きが、私たちの文学じゃないのかしらん。どうして人は、自分を「滅亡」だと言い切れないのかしらん。文学は、いつでも「平家物語」だと思います。わが身の出世なんて考えるやつは、ばかですねえ。おちぶれるだけじゃないですか。」

　これは太宰君の持論を繰り返したまでであるが、しかし彼がこのような言葉を書いたのは、昭和二十一年という敗戦の苦悩にわれわれが最も喘いでいた時であることを注意して置きたい。彼の滅亡趣味、没落趣味は、敗戦日本という現実的な地盤をえて、そのロマンチスムを思うがままに花咲かせようとしたのであろう。「斜陽」は彼の「平家物語」であったのかもしれない。だがしかしこのような手紙を書いていた頃の太宰君にはまだ十分に健康なところがあり、彼なりの身神の調和があったように思われる。昭和二十二年の始めであったろうか、久しぶりに東京へ帰って来た当座の太宰君はまことに意気軒昂たるものがあった。「当代作家多しと雖《いえど》もデモーニッシュなものを持っているのは僕だけでしょう」と彼は豪語していた。また、「自分は今まで一人の人間しか書けなかったが、この頃は幾人もの人間を書く自信ができてきた」とも云っていた。しかしこの元気な姿は長くは続かなかった。

私が最後に太宰君に会ったのは死の二ケ月ほど前で、筑摩書房で偶然に出くわしたのである。その前日から豊島さんのお宅で飲んでいたとかで、夕刻少し前であったが、彼は既に相当に酔っていた。その言葉もとりとめがなかったが、「僕はどんなに悪い手がついても、決して下りないで勝負をするんだ。そんなときには無理をしないで下り賃を出し、次の順番を待つ方が良いことはよく分っているが、しかし僕は決して下りない。この僕の気持をどうして皆が分ってくれないかなあ」と云ったことだけが、はっきりと耳に残っている。これは私の生き方と全く反対であるが、私は逆らわずにだまって聞いていた。その声は沈痛で弱々しかった。そのうちに太宰君は酔いつぶれて寝てしまった。

筑摩書房の店さきの板の間に蒲団を敷いて眠っている太宰君の苦しそうな寝顔を眺め、傍にいた山崎富栄さんに「どうぞお大事に」と云って別れたのが、この二人との最後の別れであった。

太宰君は「人間失格」の「第三の手記」のなかで、彼の分身である大庭葉蔵に、「自分は、皆にあいそがいいかわりに「友情」というものをいちども実感した事が無く、堀木のような遊び友達は別として、いっさいの附き合いは、ただ苦痛を覚えるばかりで、その苦痛をもみほぐそうとして懸命にお道化を演じて、かえって、へとへとになり、（中略）人に好かれる事は知っていても、人を愛する能力に於いては欠けているところがあるようでした。」と云わしめている。私は太宰君の性格について何かを云おうとするとき、彼自身が既にそれについて遥かに正確で、的確で、厳しい言葉で表現しているのを見て、常にその誠実さに打たれるのであるが、「人を愛する能力に於いては欠けているところがあるようでした」という言葉は、血の吐くような告白ではないだろうか。尤《もっと》も彼はすぐそのあとに、「もっとも、自分は、世の中の人間にだって、果して、「愛」の能力があるのかどうか、たいへん疑問に思っています」と書き加えてはいる。しかし太宰君には、確かに人を愛する能力に欠けるところがあったように思う。あんなに寂しがりやで、常にやさしい心を持ちつづけ、人一倍愛情に飢えながら、人から与えられる愛情をすぐに重荷に感じて、よろめくところがあったように思われる。もっと適切に云えば、太宰君には、人を愛したい強い欲望に燃えながら、その能力について絶えず疑いを抱いているところがあった。幼少の時から愛情を不自然に濫費したために、或は濫費させられたために、愛の能力が健全に発達せず、成年に達して早くも愛の能力の欠陥を感じていると云ったところがあった。極言すれば、彼は愛の能力をあますところなく使用しえた快感と悦びを遂に感じることなくして終った悲劇的な人ではなかったろうか。

太宰君は、戯曲「冬の花火」について、「あのドラマの思想といっては、ルカ伝七章四七の「赦《ゆる》さるる事の少き者は、その愛する事もまた少し」です。自身に罪の意識のない奴は薄情だ。罪深きものは愛情深し、というのがテーマで、だから、どうしても、あさ（この戯曲の人物）は、あのような過去を持っていなければならないんです。いちどあやまちを犯した女は優しい、というのが私の確信なんです。」と私に書いてきている。また亀井勝一郎氏は太宰君を評して、「太宰君の感受性は信仰にまで高まった峻厳さをもつと云ったが、それはただ俗を撃つのみではない。同じ強烈さをもって自分自身にも刃は向けられる。反省力の強さなどというものではない。一口に云えば罪悪感の深さである。太宰君ほど俊敏に俗を嘲弄しながら同時に罪の意識を大胆に述べている作家は尠《すくな》い。」と書いてられる。この太宰君の罪の意識、罪悪感の深さはそもそも何にもとづくものであろうか。太宰文学の研究家は将来この問題を究明しなければならないが、太宰君が愛の能力に欠陥を感じるのは、自己の罪の意識の不足を感じるためであろうか。それとも自己の罪悪感があまりにも深いのに、それにふさわしい愛の能力を与えられていないことを恥じているのであろうか。

聞くところによれば、太宰君は家庭では実に良き夫であり、良き父であったと云う。彼の遺品のなかには三人の愛児のための絵本や玩具が用意されてあったと云う。「子供より親が大事、と思いたい。」と書いた彼も、本心では、「おれだって、お前に負けず、子供の事は考えている。自分の家庭は大事だと思っている」のであり「子供が夜中に、へんな咳一つしても、きっと眼がさめて、たまらない気持になる」のである。彼は書きつづける。

「おれだって、兇暴な魔物ではない。妻子を見殺しにして平然、というような「度胸」を持ってはいないのだ。配給や登録の事だって、知らないのではない、知るひまが無いのだ。……父は、そう心の中で呟き、しかし、それを云い出す自信も無く、……」ああ、この自信のなさはどこから来るのであろうか。あれほどの輝かしい才能を持ちながら、文学は遂に彼を救うことができなかったのであろうか。「つつましい幸福。いい親子。幸福を、ああ、もし神様が、自分のような者の祈りでも聞いてくれるなら、いちどだけ、生涯にいちどだけでいい、祈る。」と願った彼が、なぜ、そのつつましい幸福すら得ることができず、自滅の道を急がねばならなかったのであろうか。私はまだそれについて答えるだけの心の落着きをえていない。

太宰君の自殺を聞いたとき、まず私の感じたことは、「戯れに文学をすべからず」ということであった。断って置くが、これは太宰君の死に対する批判ではない。私自身に対する戒めの言葉である。太宰君は「如是我聞《によぜがもん》」のなかで私たち外国文学者を痛烈にやっつけている。あの議論はヒステリックで、支離滅裂で、反駁の余地はいくらでもあるけれども、しかしあのなかに含まれた数々の君の正しい忠言には、私も十分に耳を傾けるつもりである。外国の謂《い》わばレッテルつきの文豪の仕事なら文句なしに尊敬するのに、自分のすぐ隣にいる作家の作品に対する同情と理解に乏しいという君の抗議はよく承って置こう。

太宰君！　君の自殺に私の賛成でないこと、それは君の敗北に外ならないことは既に幾度も私は書いた。しかし君は誠実だった。井伏さんの深い愛情と薫陶に支えられてきたことはもちろんであるが、君はよく今まで生きてきた。定めし苦しい一生であったろう。心から君の冥福を祈りたい。（一九四八・七・二三）

（『改造』一九四八年九月号）

Ⅵ 追憶の太宰

追憶

阿部合成

あべ・ごうせい　一九一〇—一九七二
画家。旧制青森中学時代の同級生。その交流は、太宰が没するまで続いた。『千代女』『風の便り』『女性』の装幀、装画および、金木北隣の芦野公園にある太宰の文学碑は阿部によるもの。

彼を識《し》ったのは中学一年生の春だった。青森という土地の名に、「憧れて」赴任して来たという、ひどく熱情的な国語の教師が、或る日、教室へ入ってくるなり、何の前置もなしに「花コサン」という小説を読みはじめた。一年坊主共は他愛もなくその名調にきき惚れ、揚句《あげく》の果には机をたたき、泣きころげて涙を流した。〝作者は〟と、みんなの騒ぎが静まるのを待って、教師は荘重な口ぶりで告げた。

〝一年T組の津島修治である〟

一瞬、教室中がストンと谷間に落ちこんだように、シュン、となったのを憶えている。つい今し方、あれ程オレ達を感動させた、原稿紙廿数枚にも及ぶ小説の作者が、われわれチンピラ仲間のひとりだという事は、どうにも納得のゆかない、途方にくれる想いだった。

津島修治はキザな奴だった。いつもオドオドしている癖して、いかにも秘密めかしく勿体ぶって、〝キミ、ストリンドベリイのあの深さはだネ〟とか、〝ニイチェのキンタマはだネエ〟とか、低声で機関銃のように饒舌りはじめる少年だった。

回覧誌をつくるからと頼めば、〝キミ、創作というものは仲々容易ならざるものでネエ〟と嘯《うそぶ》きながら、翌日の朝礼時間には、戯曲・小説・詩・随想と、正に容易ならざる四五十枚の原稿を、しかも下手糞な毛筆でタンネンに浄書したやつを手渡す。——勢い、中学生の小さな回覧誌は憐れや彼の作品発表機関の観を呈せざるを得ない。——呆れた奴だった。

彼が四年生から弘前高校へ出ていったのちは永く会うこともなかった。私にとっては、彼は何かしら「危険な」匂いのする友人であったのだ。

何年か後、思いも寄らぬ席でめぐり合った彼は、藍みじんの着物に結城の袴といういでたちで、一《いっ》ぱしの「文士・太宰治」であった。〝既に家妻を得、子さえある！〟したたかに酔いながら、降りしぶく雨の夜にも著《し》るく、眉を上げて云い放つ彼であった。

私が永い時間をかけて画布から削りおとした絵具の屑、パレットをひと眼みるなり、どんな名医も及ばぬ素早さで、私の「位置」を痛烈に診断し、木っ葉みじんに粉砕してくれる友人であった。〝チクマのフルタさんというヒトが！〟と或る日息はずませて画室に駈け込んできた彼は、〝我儘をユルしてくれるヒトだ〟〝キミ、装幀してくれろ〟とひと息にいって、〝画料も一流なみ！　乾杯しようじゃネエか、キミのタメにもメデタイ！〟と恩に被せて、いきなり持参の一升瓶をつきつけた。（幸い、その「千代女」という本は彼にとって最初の再版になったそうだけども。）

やさしい奴だった。私の二度目の応召のとき、山岸外史《やまぎしがいし》と二人でこっそり訪れてきてくれて、明け方の風呂場で私の足の指を一本いっぽん洗い流してくれながら〝生きて還って来いヨオ〟と泣き出すあいつだった――。

〝臆病足軽の初出陣、怖さの余り無我夢中、メッタ矢鱈《やたら》に棒振りまわし、フト眼をあければそこら一面敵屍るいるい、強いぞ、天晴れぞ、と賞められし。それがオイラの文士という虚名。ハテ、何のコタアネエ〟と、酔い痴れて呟いたあいつのセリフを、私は外蒙ちかい陣地に送られて、漸《ようや》く身にしみて判る気がした。

シベリヤからの復員の途、彼が元の三鷹の長屋に帰り住んでいると聞き、堪《たま》らず、私はリュックのままで夜みちを駈けて行った。黙ってどてら姿で迎えてくれた彼は、寝床の炬燵《こたつ》の枕元からサントリイをとり出して、〝実はヒミツなんだが、俺、またひどい喀血したんだ〟〝だが、君は還ってきてくれたんだナァ〟と私の顔をしげしげと覗き込み、ボロボロ泣き、〝乾杯！〟と呑み始めた。ヨセ！　という間もあらばこそ、〝心配すんな、どうせ俺は小者《コモノ》だよ〟とメタボリンをガリガリ噛み、凄じい勢いでウイスキイを喉にあけ込む彼は、最《も》早《はや》友情だの祈りだのという生っちょろいものでは止めることも出来ない死の形相だった。

夜が開け、帰郷する私を、三鷹の駅に見送ってくれた二重マントの彼は、まるで嵐に翼折られた大鴉に似ていた――それが私のみた最後の太宰の姿だった。バカヤロ。（三十一年一月）

（『太宰治全集　第四巻』月報、筑摩書房、一九五六年）

太宰治の追憶

中村貞次郎

なかむら・ていじろう　一九〇九―一九七五
旧制青森中学時代の同級生で共に文学を目指す仲間であった。『津軽』に登場するN君は、中村がモデルだといわれている。

太宰と私とは青森中学同期で下宿していた家が同じ寺町で近かったので彼が下宿していた豊田呉服店へよく遊びに行った。貴族的に育った彼はあまり他の家へ遊びにいく事を好まなかった。金木《かなぎ》から来て旅装をといた日豊田呉服店の今の主人（先代は先年なくなられた）に連れられて大町の衛生湯にいった。その時湯槽にはいるなりがぶがぶ顔を洗ったら豊田さんに「きたない、そんなことをするものではない」とさとされ、始めて銭湯というものを知ったと語ったことがある。

中学校の時は卒業するまで優等であった。彼は非常に努力した。毎日毎日実に規則正しく根気よく勉強した。だから試験になっても私達みたいにうろたえて夜の十二時まで勉強したり徹夜するなどという事はなかった。夜は九時になればきちんと何時でも寝た。或時《あるとき》は時間が惜しいといって浪打《なみうち》駅から安方《やすかた》駅（現・青森駅）まで汽車で帰って来て勉強した事もあった。このように勉強しても誰一人彼を点取虫などと馬鹿にする者もなかった。それは彼は非常に諧謔に富み皆にしたしまれていたからである。

太宰は表面に現れた分では全く明るいユーモリストである。彼は三年生の時に「蜃気楼」という雑誌を出した。柿崎守忠先生から原稿をもらったりしたが、級友達に面白いあだ名をつけて、あだな競争を発表したり彼独特のユーモアな編集振《ぶ》りを発揮した。その年校友会誌に「地図」という四十枚ばかりの小説を発表した。この時国漢作文を受持ってくれていた谷地先生が作文の時間に校友会誌をもって来て、先生自身この地図を私達に読んできかせ、大変この小説はうまい全校一であるとほめたものであった。文学的な面に於《おい》ては確かにずば抜けて光っていたようである。

太宰が弘前の高等学校時代は私は東京で働いていたのであまりわからないが、なんでも弘高の二年の時だったと思うが「細胞文芸」という雑誌を送ってくれた。彼が編集したもので堂々たる文芸雑誌であった。井伏鱒二、林芙美子、林房雄等々中央文壇の人々の原稿ものってあった。何回位この雑誌をもらったかはっきりしないがその中に文士罵倒号などというのもあった。

昭和二十年の何月だったろうか、東京の三鷹の住居が爆弾でこわされ甲府へ一家は移住したがまた甲府でやられてしまった時である。「今、表記の処にお世話になっています。金木へ疎開して行くつもりですが子供が二人とも眼がわるく殊《こと》に上の方は盲同然なのでこまっています。子供の眼がなおり次第金木へ行きます。こんどの旅行は決死的なものだろうと思います。大いにねばって進んでいくつもりです。中村君大儀がらずに避難して下さい。物も出来るだけ疎開するべきだと思います」という意味のことを書いた便りを甲府から受けた。お互どうものんきな性分でこんな場合大儀がるほうであったので太宰が妻子のためにこのように真けんになっている姿を思い浮べて私もこうしてはいられないと思って更に避難方法に努力したものであった。この頃子供の眼のことは随分心配したようである。早く眼が見えるようになるといい。私は酒を飲んでも酔えなかった。外で飲んで家へ帰る途中で吐いた事もある。そうして路傍で冗談でなく合掌した、家へ帰ったらあの子の眼があいていますようにと祈った。家へ帰ると子供の無心の歌声が聞える。ああ、よかった。眼があいたのかと部屋に飛込んでみると子供は薄暗い部屋のまん中にしょんぼり立っていてうつむいて歌を歌っている。とても見て居られなかった。私はそのままた外へ出る。何もかも私ひとりの責任のような気がしてならない。私が貧乏の酒ぐらいだから子供もめくらになったのだ、これまでちゃんとした良市民の生活をしていたらこんな不幸も起らずにすんだのかも知れない、親の因果が子に報い、というやつだ。罰だ、もしこの子がこれっきり一生眼があかなかったならばもう自分は文学も名誉も何も要らない、みんな捨ててしまってこの子の傍にばかりいてやろう、とも思った。——「薄明」の中の一節であるが彼が金木へ疎開して来て私と逢った時もこのように語っていた。子供に対しては平凡な子煩悩な父親であった。

太宰はこの世から姿を消した。
実に純粋な一生だと思う。中秋名月の空のように澄んだ生涯だと思う。

太宰の高い精神は文学等の栄えと共に永久に生きていく事を信じている。

（『東北会議』一九四八年七月号）

「晩年」時代の太宰治

浅見淵

あさみ・ふかし　一八九九―一九七三
小説家、文芸評論家。代表作に『浅見淵著作集』。太宰の第一創作集『晩年』（砂子屋書房）刊行に深く関わった。

太宰治君に初めて逢ったのは、確か昭和八年の秋だったと思う。当時、古谷《ふるや》綱武《つなたけ》君が落合火葬場のつい近くに住まっていたが、古谷君の宅はその頃一種のサロンの趣を呈していた。僕は偶々その夏古谷君と知り合い、互いに往復するようになり、このサロンで、檀一雄君や中村地平君などとも懇意になった。或る午後のこと、いつものように古谷君を訪ね、古谷君と一緒に近所の誰かを訪問し、再び古谷君宅に引返して来ると、その途中でひょっこり太宰君に初めて逢ったのだ。そして、古谷君に引合わされたのである。その時、太宰君は帝大の角帽を冠り、金釦《ボタン》の制服をつけていた。印象としては、顔色が妙に蒼白かったことが残っている。

ところで、僕が太宰治という、異色ある作家的存在をはっきり知ったのは、その翌年、つまり昭和九年に、古谷、檀、両君の編輯で「鷭《ばん》」という桝型の季刊文芸誌が発刊され、太宰君の第一創作集「晩年」の巻頭に収められている「葉」が、その創刊号に発表された時である。この「鶺」は両君の理想と経済とが伴わず、結局二号で潰れてしまったが、それからまもなく、檀君や中村地平君たちに、太宰君が加わって、これも一号雑誌で終ってしまった「青い花」という、アートペイパア表紙の同人雑誌が出た。太宰君はこの誌上にも「ロマネスク」という作品を発表していた。尾崎一雄はこの作品を「早稲田文学」の同人雑誌評で逸早《いちはや》く取上げ激賞したが、これら二作に、「海豹」に載った「思い出」を改めて見直し、われわれは当時既に、太宰君の作家的前途に対して、激しい好奇と嘱望の念を抱いていたものである。われわれとは異質な、新時代の新文学が現われて来たと思ったからだ。そして、この感じは、ひとりわれわれのみにとどまらなかったと見え、まもなく改造社の「文芸」に起用され、文壇的処女作「逆行」を発表した。そのうち、「日本浪曼派」が創刊され、太宰君も同人の一人として参加し、創刊号に「道化の華」を発表するに及んで、かれの作家的地位は漸《よう》く定まったようであった。

さて、僕が太宰君と一応の親交を結ぶようになったのは、昭和十年の秋からである。早稲田を僕と同期に出た古い友人の山崎剛平が、文芸書出版を目的に砂子屋書房を開業し、僕がその出版物を選択する役割りを引受けてこの創業に参加したからだ。その時、僕が先《ま》ず企画したのは、まだ創作集を持って居らぬ新作家の第一創作集の叢書を出すことであった。外村繁の「鵜の物語」、仲町貞子の「梅の花」、尾崎一雄の「暢気眼鏡」、これらを先ず取上げることにしていた。ところが、檀君がこの叢書の計画を知って早速僕のところへ駈けつけ、太宰君の第一創作集をぜひともその中へ加えてくれと、頼んで来た。僕は勿論異存なかったし、書房主の山崎も快く賛成し、その結果、翌十一年の六月に「晩年」が上梓されるに至ったのである。当時、太宰君は船橋に住まっていたが、酷いパビナール中毒で、殆《ほとん》ど外出できぬということだったので、確か十年の十一月の末に、檀君の案内で、僕と山崎が初めて船橋の太宰君の宅に出向いた。一方、太宰君からも、僕たちの来訪を促す手紙や葉書が頻々と来ていたからである。僕と太宰君との一応の親交は、じつにこの時から始まったのである。

太宰君の船橋の宅は、門のところに夾竹桃の植わった、「めくら草紙」や「黄金風景」に出てくる、建ったばかりの木の香の新しい借家であった。山崎の実家は播州の造り酒屋なので、その時、家醸の一升罎を用意して行ったが、省線の船橋駅で降りると、通りの一膳飯屋の店先に赤い茹で蟹が旨そうに並べられていたので、酒の肴にそれを買って行ったりもした。けれども、その時、太宰君は茹で蟹はつついたものの、サイダーばかり飲んでいて、尠《すこ》しも酒を口にしようとはしなかった。そして、時々座敷から姿を消した。檀君は、太宰は奥でパビナールを注射してるのですよと、僕たちに説明した。なるほど、そういえば、太宰君が座敷に戻ってくると、ぽッと頬が赧《あか》らんでいて、暫《しばら》くは見違えるように饒舌になっていた。するとそのうち、また元気がなくなり、注射に立つという風であった。翌十一年の早春、太宰君の面倒を色々と見ていた井伏鱒二君が、このパビナール中毒を案じて、太宰君の師事していた佐藤春夫氏と相談した上、慶大医学部出身の春夫氏の令弟夏樹氏が、ちょうど独逸《ドイツ》から帰朝して芝の済生会病院に勤めていたので、そこへ無理遣り太宰君を入院させて徹底的な治療を受けさせた。その時、僕は一度太宰君の呼び出しを受けて見舞ったことがあったが、太宰君が当時郷里の実家から相当な送金があったのにも拘らず、酷く金に困っていたのは、医者の証明書がなくては手に這入《はい》らぬパビナールを、どういうルートを辿ってか、始終手に入れていたことに基因していたことを、何かの話から初めて知った。「虚構の彷徨」時代、太宰君は方々の雑誌社に原稿を持ち廻ってだいぶ編集者たちに厭がられたらしいが、それもパビナールを手に入れる金に窮した結果だったらしい。背に腹はかえられなかったのである。

話は前に戻る。いま述べた最初の訪問の時、「晩年」の原稿は既に揃えられていて、太宰君はそれと一緒に、プルウストの「失ひし時を索《もと》めて」の訳本を持ち出し、他になんの注文もないのです、印税もいりません、ただこの本の通りにして出して下さいと、いった。このプルウストの訳本は、プルウストをわが国に紹介した最初のものであるが、淀野隆三君が後輩の二、三人と共同で訳して三笠書房から限定版で出したもので、淀野君一流の凝り方で、本文には薄手の木炭紙を使い、菊版の贅沢なものであった。また、アンカットで、表紙は白の局紙が使われていた。当時は、昭和五、六年の未曾有の世界的不況のどん底を漸く脱して、文芸復興のかけ声と一緒に出版界がいくらか活気づきだした時であった。しかし、翌十一年には二・二六事件が勃発したのを見ても分るように、まだ酷く不景気な時代であった。「晩年」は確か五百部ぐらいしか刷らなかったと思うが、印税を払わないとしても、みんな売れたところで殆ど儲けは無かった。それを太宰君の注文を全部容れて出したのだから、顧みれば僕たちもお坊ッちゃんだったものである。事実、当時は、この五百部すら全部売れなかったのだ。のち、数年経って再版の運びに至り、その時になって漸《や》っと黒字が出たようであった。

太宰君はその頃、いまいったように酷いパビナールの中毒に罹っていたせいだろう、まだ僅か二十七歳だったのに早くも晩年を感じていたらしく、第一創作集を「晩年」と名付けたばかりでなく、この本を出して貰《もら》えば、もう死んでも思い残すことはありませんよと、いいいいしていたものである。そして、非常に喜んでいた。なん度目かの訪問の時だったと思う。太宰君は僕に、僕や山崎の家の紋どころを尋ね、本ができ上ったら、世話になった人々に、それぞれの紋どころを描いた弓張り提灯をお礼ごころに配るつもりだなどとも、真面目な顔して話していた。それはついに実現されなかったが、太宰君には、こういう古風な一面もあった。

太宰君の第一創作集「晩年」が上梓されたのは、初めに書いたように、昭和十一年の六月であった。最初、三月頃に出る予定だったところ、二・二六事件が勃発したため、書房主の山崎が投資していた株が大暴落し、これが因を成してそんなに遅れたのだった。このため、太宰君はずいぶんやきもきしたらしい。しかし、一時は書房を解散する話さえ持ちあがっていたので、なんともならなかったのである。その頃の太宰君の幾通かの催促状は今僕の手許に残っている。

（『太宰治全集』附録第一号、八雲書店、一九四八年）

想い出

小山祐士

こやま・ゆうし　一九〇六―一九八二
劇作家。代表作に『瀬戸内海の子供ら』『二人だけの舞踏会』。

太宰のことを想い出すと、私には先《ま》ず太宰の笑い顔が浮んで来る。笑い顔というよりも笑う時の恰好といったほうが適切かも知れない。その恰好というのは、腰を曲げて上半身を前かがみに崩して笑う笑い方である。崩しながら顔や身体を斜によじって、はずみをつけて笑うのである。

脊が高くて猫脊であっただけに、その恰好は相当派手な恰好であった。その笑い方に、右手で口をかくす動作が加わり出したのは、義歯を入れた頃からではあるまいか。

銀座の真中を歩いている時でも、ひっそりした井の頭公園のベンチに腰をおろして二人っきりで話をしている時でも、会えば、所かまわず、別れるまでには、何回となく、太宰は派手なその笑い方を繰返したものである。特に伊馬《いま》さんと三人の顔が合った時などは、絶えずひっきりなしに、そうした笑い方をして見せた。伊馬さんの話題や話術に多分のおかしみがあるせいではあるが、派手な大笑いをする事によって、愉しい雰囲気に、一段とはずみをつけたいといった太宰の愛想であり努力でもあったようである。

普通の人の場合には、そういう笑い方は、俗に「肚の皮がよじれる」という笑い方であるが、太宰の場合には、その時の話題や出来事や雰囲気が、必ずしも「肚の皮がよじれるほどおかしくってたまらない」からではなく、礼儀、奉仕、これくささ、道化といったふうな感情の影を持ったひとつのポーズでであったようである。都合悪い時や都合の悪い場所などで出会った時などには、視線が会った瞬間に「しまった」「あッ、いけねえ」という言葉の代りに、太宰は、まっさきに、よくそういう笑い方をして見せた。

もとの奥さんが、太宰には内緒で、太宰の親戚にあたる若い人と恋愛関係を結んだ時には、太宰は相当に苦しんだのであるが、事件の全貌を知って非常なショックを受け、最初に私の家にやって来た時にも、太宰は私の顔を見るといきなり、おかしくってたまらないといったその格好で吹き出して見せたのである。「どうしたんだい、いったい」私が質問すると、「ひでえ、ひでえ、ひでんだ、ひでえんだ。実にひでんだよ」そう言って、またその派手な笑い方を繰り返して見せたのである。誰かにいっぱい喰わされたな、ぐらいに思っていると、太宰は、奥さんが突然その男と一緒になり度《た》いと申出た事や、二人の関係にうかつにもそれまで気がつかなかった事や、自分はこういう処置を取った事などを早口にしゃべり出したのである。妻を寝取られた太宰と二人っきりで顔を合している私は、話題の性質上、同情の溢れた顔付きをしたり、真剣に憤慨したりする表情をすべきが至当であるが、悲憤の心情をしゃべりながらも、太宰のほうが、合の手のように、その派手な笑い方を用いるので、聞き手役の私も自然くつろいだような気持で、太宰の悲痛な気持を聞いたものである。奥さんに対して取った処置と共に、まことに「堂々たるコキュウ」振りであったと言わねばなるまい。

太宰は麻薬中毒がひどくなって船橋を逃げ出した事がある。逃げ出したというよりも船橋に薬が手にはいるつてがあったので転居して行ったのである。

船橋に借りた家は海辺に近い町はずれにあった。砂地の土地、家の建て方、閑静な環境。その家は夏場だけ人の住む避暑地の小さい別荘といった感じの家であった。引越して間もない夏初めの頃、私は船橋のその家を訪ねて行ったのであるが、太宰は私に対して、すっかり全快した人らしく粧おうと焦って、どんな話題になっても、その中におかしいような材料を見つけ、無理に陽気なはずみをつけて、頻りに例の派手な笑い方をして見せるのである。注射のききめが薄くなって、次第に元気がなくなり、ろれつが危しくなって行きながらも、見破られまいとして、はしゃいでいるのである。その気の遣い方はまことに痛々しかったが、太宰が両手にさげて帰って来たビールをのみ、そうした太宰の笑い声を耳にしながら、庭の夾竹桃の花を見たりしていると、涼しい風は入って来るし、私は避暑客の家に来ているような思いがしたものである。

太宰がビールを取りに近所に行っている時、奥さんは涙を流しながら私に訴えた。

「ますますひどいんですよ。行履《こうり》ももう空っぽになりまして、二人共着た切りなんですよ。だって私の着物持ち出して、みんな薬に換えてしまって……」。

その日、東京へ帰る終列車の中で、私は一人思い続けたのである。「太宰、今頃は、あんなにはしゃいで笑った事を、きっと、死にたい位後悔しているに違いない」と。

その船橋の麻薬生活のなかで、太宰は数篇のみごとなる作品を書きあげたのである。太宰が佐藤春夫先生のお骨折りで、先生の弟の夏樹さんが勤めておられた芝の赤羽橋の側の大きな病院に入院したのは、その船橋から東京に帰って来てからである。

×日に入院と聞いて、その日、私は病院に馳けつけた時には、太宰はもう病室に入っていて、指の長い美しい両手を胸の上で組み合わして、顔をまっすぐ天井に向けて、ベッドの上にいた。病室には佐藤先生御夫妻が来ておられた。私は病室に入って行くと、太宰は私のほうに顔だけを少し傾け、心持ちうなずいて「ああ」と軽く眼で会釈をしたが、にこりともせずに、すぐ元の姿勢に返った。静かなその動作は重病人のそれのようであった。私は、太宰とつきあい出して以来、こんなに静かで神妙な太宰の顔を見た事がないと思った。

先生が「太宰という男は、全く困った、実に我儘な奴でありまして……」と、太宰に対してのいましめを、私に話されるのを、太宰は眼を閉じて、じっと聞いていた。その眼には涙が光っていたのである。先生の愛情のこもったお言葉に心をゆすぶられたのであろうが、その涙を見た瞬間、私は「太宰の孤独さ」というものを痛いほど胸に感じた。

先生の話が途切れた時、太宰は枕の側に置いていた二冊の岩波文庫を取りあげ、静かな口調で、「先生がこれを持って来て下さったんだよ」そういって私に向って見せた。上になっていた本は鏡花の「歌行燈《うたあんどん》」であった。太宰にすれば、私に本を見せる事によって、先生のいましめに対して深い感謝の情を現わしたかったのであろう。

私が行って四五十分ほどして、先生御夫妻は、「しようのない寂しがりやですから、今日はゆっくり話して行ってやって下さい」私に向ってそう言って帰られた。太宰は眼に涙をためて、身体を少し起し「有難うございました、きっと直します」と心をこめて簡単な御礼の言葉を述べたのである。

先生が病室を出て行かれると、太宰は元の姿勢に返って、胸の上に両手を組み、天井に顔をむけて、静かにまた眼を瞑《つむ》った。まるで私の存在などは無視した恰好である。私は「歌行燈」を取りあげて拾い読みを初めた。すると三四分立った頃、太宰は、いきなり上半身を起して、「おい飲もうよ、飲もう！」と言ったのである。その声は非常に元気のある声であった。びっくりした私が茫然としていると、太宰は、思い出したように、例の腰を折り上半身を崩して笑う笑い方をして見せたのである。

私は、いつか一度は、その日の太宰治を戯曲に書いて見たいと考えている。しかし、いろいろな感情の影を写しながら派手な笑い方をする太宰治が表現出来る俳優は恐らく一人も居ないであろう。

あの笑い方のなかには、育ちのよさがあり、はげしい自虐があり、きびしい孤独の影があった。

自殺しに行く途中の道で出会ったとしても、太宰はいきなり「あッ、いけねえ」と言って、あの派手な笑い方をしたに違いないと、私には思われるのであるが……。そして自殺は中止して「おい、飲もう」という事になったのではあるまいかと、私にはそう思われるのであるが……。田舎に疎開して、戦後の太宰と会った事のない私は、あの笑い方を悲しく懐しく思い出すだけである。噫々、馬鹿野郎！（十月十四日）

（『太宰治全集』附録第十号、八雲書店、一九四九年）

太宰君のこと

外村繁

とのむら・しげる　一九〇二―一九六一
小説家。代表作に『草筏』『澪標』。比較的早い時期から太宰を高く評価していた。

私が太宰君と知り合ったのは、もう十三、四年も昔のことで、昭和九年か十年頃「鷭《ばん》」という雑誌に彼の「猿面冠者」が載った。それを読んで大層感心したので、私達の同人雑誌「世紀」に批評を書いてほめたことがあるが、その頃から交際が始まったのである。一番頻繁に往来したのは「日本浪曼派」の時代だったが、彼はあまりにも毎日毎日やってくるので、酒をのみながら、少し迷惑だという意味のことをいったことがある。それからというものは私の家へ来ても絶対に門から中へは入らなかった。結局、いつであったか、釈然とそんな大人の心がわかったと仲直りをしたのだが、そんな一徹さをもっていたことも忘れられない。

最近では二人とも忙しくてなかなか会えなかった。去年の夏、子供をつれて三鷹へローレル、ハーディの映画を観に行った帰途、うなぎ屋の若松屋の前でばったり顔を合せ、お互に待人来るというわけで一杯となった時、彼は子供たちにうなぎをさんざ御馳走してくれて「坊ちゃんも嬢ちゃんもいい子だから……」と先に帰してしまって、二人で一晩のみあかした。最後にあったのは今年の四月廿八日青柳瑞穂君の亡くなられた奥さんのお葬式の席だった。彼と蔵原伸二郎の並んでいるところへ行って、丁度上京していた藤原審爾君を紹介した。いろんな話のすえに蔵原が「僕らの年になると限界を知っちゃってだめだ」と云ったところ、太宰君は蔵原君が二十八才だということを知り「若いんだなあ」とひとりでしみじみ呟いていた。その時私は太宰君が恐ろしく疲れて肉体的にもずいぶん弱っているということを痛感した。

太宰君については、ポーズだという議論も大分あるようで、志賀さんなどもその説であるが太宰君に関する限り私は志賀さんにも同意出来ない。弱い性格のものには弱い生き方があり、宿命があるのだ。酒をのんで人に迷惑をかけたりこんな死に方をする彼に対して厳しい批判もあろうが、それをしもポーズだという説には、人間人類に対する愛情が欠けていると思う。弱いといわれてもどうにもならない宿命的なものをもって生れて来た人間のあることまで否定は出来ない。太宰君はそういう弱さをもっていた。彼の生き方は決してポーズではない。あれでなくては生きられなかったのだと私は思う。太宰君は弱ければ弱い程純粋だったのだ。四十になっても人騒がせをしなければならなかった彼の純粋さを認めたい。奥さんにあてた遺書のなかで〝井伏さんは悪人です〟とあるのが大分問題になっているが、あまりにも多方面にわたる井伏さんの愛情が彼にとってかえって重荷となり、軽く動けなくなったことがあるのではないか。あれは井伏さんにたいする彼の最後の甘え方だと考えて間違いはないと思う。

（『世界日報』一九四八年六月十八日号）

三鷹

津島美知子

つしま・みちこ　一九一二―一九九七
太宰の妻。旧姓石原。山梨県立都留高等女学校で教諭として勤めていた。一九三九年、井伏鱒二の媒酌により太宰治と結婚。一男二女をもうける。著書に『回想の太宰治』。

昭和十四年九月一日から太宰は東京府北多摩郡三鷹村下連雀の住民となった。六畳四畳半三畳の三部屋に、玄関、縁側、風呂場がついた十二坪半ほどの小さな借家ではあるが、新築なのと、日当りのよいことが取柄であった。太宰は菓子折の蓋を利用して、戸籍名と筆名とを毛筆で並べて書いて標札にして玄関の左の柱にうちつけた。門柱ぎわの百日紅《さるすべり》が枝さきにクレープペーパーで造ったような花をつけていた。

南側は庭につづいて遥か向こうの大家さんの家を囲む木立まで畑で、赤い唐辛子や、風にゆれる芋の葉が印象的だった。西側も畠で夕陽は地平線すれすれに落ちるまで、三畳の茶の間とお勝手に容赦なく射し込んだ。

引越しの翌日太宰は荻窪に荷物のひきとりに行った。昨秋御坂《みさか》に出発するとき、下宿にあった物を井伏家に預かっていただいて一年も経っていたし、丸屋質店の倉庫に入っているものもあった。持ち帰った行李《こうり》には毛布、ひとえもの二、三枚、卓上灯、硯箱などが入っていた。

三鷹に移ってからはもう御崎町時代のように酔って義太夫をうなることもなくなり、緊張度が高まったように思う。

まだこの新開地の環境にも家にもなじまない引越し早々、「善蔵を思う」「市井喧争《しせいけんそう》」に書かれたような小事件があった。あるとき花の苗を売り歩く男が庭に入ってきた、生垣がざっと境界になっているだけで誰でも何時でも庭に入ってこれる。それは郊外でよく見かける行商人で、べつに贋《にせ》百姓というわけではないが、特有の強引さで売りつけて、まごまごしているとそこらに植えてしまいそうな勢である。太宰はまだこの一種の押し売りを相手にしたことがなかったのだろう。机に向かって余念ないとき、突然鼻先に、見知らぬ男が現われたので動転して、喧嘩を売られたような応答をしたので先方もやり返し、険悪な空気になった。結局六本のバラの苗を植えて男は立ち去り、この苗はちゃんと根付いたのであるが、このとき私は太宰という人の、新しい一面を見たと思った。来客との話は文学か、美術の世界に限られていて、隣人と天気の挨拶を交すことも不得手なのである。ましてこのような行商人との応酬など一番苦手で、出会いのはじめから平静を失っている。このとき不意討ちだったのもまずかった。気の弱い人の常で、人に先手をとられることをきらう。それでいつも人に先廻りばかりし取越苦労するという損な性分である。

私はその後、この一件を書いた小説を読んで、さらに驚いた。あのとき一部始終を私は近くで見聞きしていた。私にとっての事実と太宰の書いた内容とのくい違い、これはどういうことなのだろう。偽《いつわ》りかまことかという人だ——と私は思った。

青森県出身在京芸術家の会に出席したときは、ザンザン降りの中を人力車で帰宅して、失敗談を語った。出席する前から、「郷里」にこだわり、「生家」にこだわり、心が波立っていた様子である、また太宰はほんとは「若様」のように、つききりで、みなりのこと、往復の乗り物のこと、一切世話してくれるお伴がほしいのだが、子供でも、老大家でもないから、ひとりで外出しなければならないのが不満らしかった。

この秋は禅林寺や深大寺《じんだいじ》方面を散策した。いま車の往来の絶間ない禅林寺門前もその頃は、所々に欅《けやき》の大木が聳《そび》えていて、武蔵野の街道の俤《おもかげ》を残していた。ススキの白い穂はいつまでも立ち枯れて路傍や空地に残っていて、この年のくれ、私はそのススキの穂を束ねて煤払《すすはら》いをしようと思いつき、天井を一撫《ひとな》でしたら綿のような毛のようなものが部屋中散乱し失敗に終り、太宰は見ていて、ばかとは言わずにお前は詩人だ、などと批評した。

隣は都心の銀行に勤める物堅い一家で、朝はそのお宅よりは遅かったが、文筆業者としては早起きの方だったと思う。

午後三時前後で仕事はやめて、私の知る限り、夜執筆したことはない。〆切に追われての徹夜など、絶えてない。夜の方が静かで落ちついて書けるのに昼間仕事をするのは、私には健康のためだと言い、一日五枚が自分の限度なのだと言った（死の前年秋の某誌に載ったインタヴューでは、夜中はだれかがうしろにいてみつめているようでこわいから仕事しないと答えている）。

また、編集者が自分と同年輩になったので楽になったとも言っていた。来客ははじめのうちは、前からの知己だけだったのが、次第に作品を読んで訪ねてくる文学志望の方々や、学生が多くなってきた。その頃のわが家への訪問客は編集出版関係の方をはじめ、皆、一種特有の外見をもっていて、つまりきちんと背広を着た人はなく、風貌にも特徴があって、わが家を離れた路上で逢ってもそれとわかった。

電話がないから、いつでも来客があれば応対する。ふだんは客をよろこぶ太宰であるが、〆切が迫っているときは困るのではないかと聞いたら、「人の話なんか聞いていないよ」と言った。

家に十分酒肴の用意があり、気のおけない酒友と飲むのが、一番くつろいで飲めたと思う。酒が飽和点に達すると、くしゃみを連発した。そろそろ始まる頃だなと思っていると、会話を吹きとばすような大きなくしゃみ、続いてあとからあとから発作のように出る。これは酒が五体の隅々まで十分いきわたり、緊張がすっかり解けた合図のようなもので、この時点を越して痛飲すると客人のことはかまわずその場に倒れて眠ってしまう。顔の真上に電灯が煌々と輝いていても泥のような深い眠りに落ちている。その寝顔を見ると、このような、神経がすっかり麻痺した状態になりたいために飲む酒なのか

——と思われた。太宰はいつも「酒がうまくて飲むのではない」と言う。酒飲みの心理は、わかるようなわからないような、味わうより酔うために飲むのだとの意味であろうか。

太宰の酒は一言で言うと、よい酒で、酒癖のわるい人、酒で乱れることをきらった。とりつけの酒屋の主人は「奥さんがたいへんだ」と同情してくれたが、べつに米代を飲んでしまうわけではないし、勤め人の家庭と同じように考えて同情されるとかえって迷惑を感じた。けれども健康に障りはしないかと気遣われてそれを言うと、「酒を飲まなければ、クスリをのむことになるが、いいか」と言い、煙草が多過ぎることを言うと、「なに深くすいこまないから」と弁解した。弁解がたくみで、とうていかなわなかった。

自由に煙草が買えるときで金鵄《きんし》という一番安い煙草が一日五、六箱必要で、現金が乏しくなった場合、煙草銭と切手代だけは気をつけて残しておかなくてはならなかった。細長い右手の中指と人指し指の先は黄色く染まって、煙草の煙のせいか、書斎の障子のガラスを拭くと、煙草色の汚れがとれた。声まで少し黄色くて煙草の感じがした。

三鷹に来てから原稿の注文は次第に多くなって、十四年の十一、十二月には予定表を作って調整しなければならぬほどで、これは彼が作家として出発してから初めてのことだったと思う。この注文という語を太宰は頻《しき》りに使う。はじめのうち私は、呉服、染物などの商品の場合ならよいが「芸術作品」にはふさわしくない言葉のように感じていた。しかしこれは私の商売意識不足で、原稿商人に違いないのだから「注文」にてれる方が間違っている。

三鷹での十年間を回想すると、太宰のような人はもっと都心を離れた、気候のよい、暮らしやすい土地に住んでゆっくり書いてゆく方がよかった。当時の三鷹の新開地風の雰囲気はあまりにも荒々しかった。生垣なので、夏の夜など室内が外から丸見えである。駅まで十分、郵便局はもっと先で、近くに商店は一つもない。私は、いつまでもこの土地と家とに親しむことが出来なかった。道路はまだふみ固まって居らず、上水下水は原始に近く、耳に入るのは諸国のお国訛《くになまり》、生活の不便はこの上無く、新開地というより満州開拓地に住んでいる感じだった。泊り客のあった朝だけは、その客と共に井戸端に出るが、平素は含嗽《うがい》洗面の水をはじめ、使用する水一切を、一日何回となく運ばなくてはならない。ガスがないから、来客のたびに火を起こして湯を沸かす、一家を構えれば力仕事や、大工仕事など、女手に余る雑用が次々出てくるのに、主人はいっさい手を出さない。わかってはいても隣近所のまめな旦那さんを羨ましく思うこともあった。私は心の中で、「金の卵を抱いている男」という渾名《あだな》を彼につけていた。いつもいくつかの小説の構想を、めんどりが卵をあたためているときのように、じっとかかえて、雑用にはけっして手を出さずただ小説を生み出すことばかり考えている彼の姿からの連想である。

小説集「東京八景」、文藻集「信天翁《あほうどり》」が出版されて、私は昭和十二年以前に太宰が書いた小説や随筆を初めて読み、いくらか開眼したように思う。就中《なかんずく》"Human Lost"の「弱者をののしる文」では自分がののしられたように感じ、「――人おのおの天職あり。

――」のところでは啓示を受けたように深い感銘を受けた。

昭和十五、六年頃はまだ戦争の影響もさほどでなく、太宰の身辺も平穏であった。この頃は小旅行をよく試みた。そのうちで私が同行したのは、十六年の小正月の伊東への一泊旅行と、十五年七月の伊豆旅行の帰途とである。甲府には頻繁に行った。太宰は甲府市内はもちろん、勝沼の葡萄園、夏は月見草でうずまる笛吹川の河原や、甲運亭という川べりの古い料亭、酒折宮《さかおりのみや》や善光寺、湯村温泉、富士川沿いに南下して市川大門町などに足跡を残しているから、やはり郷里についでは甲州をよく歩いている。

伊東の旅行のときは、一度きめて入った宿なのに、気に入らずに出て、別の旅館に行ったり、帰りに寄った横浜の中華街では、安くてうまい店を探してさんざん歩きまわり結局つまらない店に当たったりして、この一泊旅行といい、八十八夜の旅といい、「東京八景」を書くため滞在した湯ケ野の宿といい、宿屋の選定、交渉などは全く駄目な人であった。結局それは旅行下手ということにもなるだろうと思う。誰でも初めての旅館の玄関に立つことには、ためらいを感ずるものではあるが。太宰の場合、郷里では旅先にそれぞれ定宿があり、生家の顔で特別待遇を受けてきた。生家の人みな顔の利かないところへは足をふみ入れない主義のようである。そして旅立ちするとなると、日程、切符の入手、手荷物の手配、服装に至るまで、いっさい整えられて身体だけ動かせばよいのだ。過保護に育ち、人任せの習慣が身についていた。その一方一度行ってよい印象を受けたところには、二度三度と訪れて、案内役のような形で先輩友人と同行している。三保灯台下の三保園、甲州の葡萄郷や甲府市街、湯村温泉、奥多摩などである。結局三島から西には旅行することなしに終ってしまったが、戦時中だったためにそういう結果になったまでで旅行ぎらいではなかった。食堂車でビールを飲む楽しさを語ったことがあるから、長生きしていたら大いに旅行していたかもしれない。気が利いて何から何までやってくれるおともがいたらという条件つきであるが——。

十五年の七月初めに、太宰は大判の東京明細地図を携えて執筆のために伊豆の湯ケ野へ出発した。

出発のときの約束に従い十二日に私は滞在費を持って迎えに行った。その宿は、伊豆の今井浜から西へ入った、ほんとに温泉が湧いているというだけのとり所のない山の湯宿で、私が二階の座敷に通されたとき太宰は襖をさして、あの梅の枝に鶯が何羽止まっているか数えてごらんと言った。粗末な部屋であった。夕方散歩に出たが蟬が暑苦しく鳴き、宿の裏手は山腹まで畑で、南瓜《かぼちゃ》の蔓が道にのびていた。

翌日ここを発って谷津温泉の南豆荘に寄った。ここは井伏先生のお馴染の宿で、井伏先生は広々した涼しそうな座敷に滞在中であった。簾越《すだれご》しに眺められる庭は、縁どりに小松や咲き残りのくちなしとあじさいが植えてあるだけの自然の芝庭であった。

午後散歩に出ると、川沿いの道を釣師姿の亀井勝一郎氏が向こうからやって来た。この宿で三人落ち合って釣と酒の清遊を楽しむ約束になっていた。そのころはどんよりしてはいたが、降ってはいなかったのに、夜半、洪水に急襲されたのである。夕食後、三人の先生方がしめし合わせて、どこかへ出かけた頃から降り出し、夜ふけて帰ってきたときには土砂降りだった。当時まだ使われていない言葉だが「集中豪雨」に見舞われたのであろう。玄関わきの私どもの部屋に裾端折り《すそはしょ》りで太宰が帰ってきて寝入ってしばらく経ってから私は、奥の調理場と思われる方角からはげしい雨音に交って女の人が何ごとか叫ぶ声で目を覚まし、電灯をつけて縁側に出た。するとほんの二間ほど先から縁側の板の上を音もなく、ねずみのようにするすると、水が這い寄ってくるのが見えた。それから太宰を叩き起こしたのだが、泥酔しての寝入りばななので手間どってやっと起こして、枕もとの乱れ籠の衣類をとり上げると、一番下に入れておいた単《ひと》え帯《おび》に水がしみていた。もう畳の上まで浸水していたのである。井伏先生の部屋にまわり、先生とご一緒に二階の亀井さんの部屋に避難しようとしたときは、膝近くまで増水していて足もとが危いので、私の絞りの腰紐に順々に摑まって階段を上った。誰かが井伏先生はもう少しでおやすみになったまま蒲団ごとプカプカ流れ出すところだったと言って、皆笑い出した。そのころはまだ余裕があったのだが、やがて電灯が消えて真の闇の中、篠つく雨の勢は一向衰えず、だんだん恐ろしくなってきた。周囲の状況が全くわからないので、私はこの家が海へ流れ出たらどうしようか、まさかと思っているうちに死ぬ場合もあるのだろうなどと考えていた。

このとき、亀井さんは積み重ねた蒲団の上に端座して、観音経を誦《ず》し、太宰は家内に向かって人間は死に際が大切だと説教していたとか、いろいろ伝説が伝わっている。井伏先生と亀井さんとが、こんな場合には子供のことを考えるね、と話し合って居られてまだ子供のなかった私は、親となればそういうものかと思って聞いていた。大体三氏とも、眼は覚めてはいたものの、酔が残っていて意識ははっきりしていなかったのではなかろうか。ほかの方はともかく、このときのことを、太宰はほとんど記憶していないことを後日知った。

一夜明けて翌日は昨夜の騒ぎが嘘のような好天であるが、南豆荘では階下全部冠水しておかみさんは悲嘆にくれていた。

私たち一行は谷津から三キロほど川上の峯温泉まで歩いて一泊し、バスが復旧するのをまって帰京した。

「黄金風景」と「続富嶽百景」のあと、「兄たち」「老《アルト》ハイデルベルヒ」「女の決闘」(一部)が口述筆記でできた。「駈込み訴え」の筆記をしたときが一番記憶に強く残っている。「中央公論」に発表されるということで太宰も私もとくに緊張したのであろう。昭和十五年の十月か十一月だったか、太宰は炬燵に当たって、盃をふくみながら全文、蚕が糸を吐くように口述し、淀みもなく、言い直しもなかった。ふだんと打って変わったきびしい彼の表情に威圧されて、私はただ機械的にペンを動かすだけだった。

長女が生まれた昭和十六年（一九四一）の十二月八日に太平洋戦争が始まった。その朝、真珠湾奇襲のニュースを聞いて大多数の国民は、昭和のはじめから中国で一向はっきりしない○○事件とか○○事変というのが続いていて、じりじりする思いだったのが、これでカラリとした、解決への道がついた、と無知というか無邪気というか、そしてまたじつに気の短い愚かしい感想を抱いたのではないだろうか。その点では太宰も大衆の中の一人であったように思う。この日の感懐を「天の岩戸開く」と表現した文壇の大家がいた。そして皆その名文句に感心していたのである。

それより一月ほど前に、太宰のところに出頭命令書が舞いこんで、本郷区役所に行くと文壇の人々が集まっていて、徴用のための身体検査を受けた。太宰の胸に聴診器を当てた軍医は即座に免除と決めたそうである。「肺浸潤」という病名であった。助かったという思いと、胸の疾患をはっきり指摘されたこととで私は複雑な気持であった。

そんな病気をもつ太宰も昭和十七、十八年と戦局の進展につれて奉公袋を用意し、丙種の点呼や、在郷軍人会の暁天《ぎょうてん》動員にかり出された。暁天動員のときは朝四時に起きて、かなり離れた小学校校庭で訓練を受けた。出なくてもよい査閲に参加して思いもよらず上官から褒められたことを書いているが、それは事実あったことである。隣組を単位としてほとんどすべての生活必需物資が配給制になり、私たち主婦も動員されて藁布団《わらぶとん》を作ったり、タービン工場に乳児を負うて働きに出たりした。

太宰はずっと和服で通してきていたので、ズボン一つ持ち合わせが無く、いわゆる防空服装を整えるのに苦心した。戦時下にも時勢にふさわしいおしゃれはある。私は来訪される方々が、よい生地の国民服を着て、鉄カブトを背負ったりしているのを見ると、どこで調達されるのだろうかと羨ましかった。

昭和十九年の「津軽」取材の旅のときは、時候がよかったので粗末ながら何とか、一式でっち上げたけれども、その年末、仙台に「惜別」の資料蒐《あつ》めに行くときは、太宰には黙って郷里の嫂《あによめ》にSOSを発した。嫂は兄の山行きの服ですがと断わって黒ラシャ折襟の服と、オーバーとを送ってくれ、それが出発の日の朝届いた。このときは太宰が褒めてくれた。しかしこの服は防寒用としては最適だが、何分時代物で一種異様な印象を河北新報社の方々に与えたらしい。

食料は、三鷹の奥の新川や大沢の方の農家を歩き廻って、野菜や卵、鶏などを入手し乳母車に子供と一緒に積んで帰り、時にはもっと遠くへ買い出しに出かけるなどして、私は食料あつめであけくれていた。郷里の人々の好意にもすがった。食料、燃料、調味料、この三つが揃っていることは稀で、ついに林に入ってヤブ萱草《かんぞう》を採ってきて食べて腹こわししたり、道に落ちている木ぎれを拾うまでになった。

太宰は体質のせいか肉魚卵などの乏しいのがこたえるようだった。ほんの僅かの魚や肉の配給を取るために長い時間立って待たねばならなかった。配給制になってから今まで煙草をのまなかった人がのむようになった話をきいたが、太宰が甘味に手をのばして砂糖もアルコールも体内に入れば同じものだと言うのには驚いた。酒は苦心してたいてい毎日飲んではいたが、勿論不足だったと思う。

終戦後、人に聞くと、手づるがあって食料にも衣料にもほとんど不自由しなかったという人、また適齢期の娘のために相手もきまらぬ先に早々婚礼衣裳や調度を整えたという人まであって、あらためて自分の戦時下の窮乏生活が顧みられたが、当時私たちは買いだめの余裕もない上、どうにかなると安易に考えて暮らしていて、毎日食べてゆくのが精一杯で、何より大切な防空対策や、疎開について全く無策であった。これは空襲、外敵侵入の体験を持たぬ国民一般に通じることでもあった。しかし用心深い人や、つてのある人は次々と地方に疎開して行った。私たちは、私の実家のある甲府市は三鷹よりも危く思われたし、太宰の生家には太宰から、大切な物だけを預かってもらいたいと依頼状を出したが、返事をもらうことが出来なかった。三鷹の家のまわりにはまだ林や畠が広々と残っていて、私たちはこのへんが、まさかねらわれることなどないだろうと、タカをくくっていた。そのころのはやり言葉の「希望的観測」の典型であった。防空演習に集まるようにと指令があったのが昭和十九年の初めであるが、指導者がいるわけでもなく、ただ近隣の主婦たちが集まって雑談しただけで、真剣に空襲のことを心配している様子は見えなかった。三鷹にも軍需工場がいくつもあって安全どころではなかったのに、空襲警報のサイレンが鳴り出すと私たちは家の前の空地に掘った申訳ばかりの防空壕に入って小さくなっていた。押入に首をつっこんで急場をしのいだこともある。ラジオがないので太宰は始終三畳間の窓から上半身をのり出して近隣のラジオの伝える情報に聞き入っていた。

昭和十九年の九月から子供が二人になった上に、隣組長と防火群長の番が廻ってきて、私の負担は一段と重くなり、一層緊張して動き廻った。近くの小学校分教場で隣組長の集会があって出席していたとき空襲警報が発令されて直ちに会は解散、家路を急ぐと、向こうから外出していた太宰がやはり急ぎ足で帰ってくるのと、ばったり出会って、家に帰ったからといってなにも安全なわけでもないのに、人間やはりこんな場合には家にひかれるものなのかと思ったことが忘れ難い。つまり戦争が太宰を家にしばっていたのである。

十九年十月十七日神嘗祭《かんなめさい》の日、亀井勝一郎さんが二番めの子の出産祝に来てくださった。生垣の間の道を、背の高い亀井さんが上半身をかがめて押して入っていらっしゃった乳母車には、コーライト（燃料）が積まれていた。疎開や出征で、知人が次第に東京を去って行ったが、よき隣人亀井さんが東京残留を決めていらっしゃるのが大変心強かった。

亀井さんご夫妻にはその後もいろいろご厄介になった。

終戦の前年の昭和十九年、もはや日本軍の敗色は蔽《おお》うことができなくなり、窮乏生活も極に達した。その中で太宰はじつによく動き、よく書いた。「新釈諸国噺」と「津軽」とが、昭和十九年の労作であるが、前者に関しては別の項に書いたので、太宰が「津軽」を書いた夏のことをここに記したい。

小山書店から「新風土記叢書」第七編として「津軽」を書下し刊行することになり、太宰は五月、取材の旅に出た。このとき彼は数え年三十六歳、リュックサックを背に、弁当水筒持参で五月十二日自宅を出発し、予定よりも一週間延びて六月五日、二十五日間の旅行を終って日焼けして元気に帰宅した。

六月十五日に「津軽」を起稿し、同月二十一日から甲府市の私の実家に滞在して、二十五日には「津軽」を百枚書き上げて、午後井伏先生を、疎開先の市外甲運村に訪れた。六月末まで甲府で、七月は一日から二十日まで三鷹で書き、二十一日からまた甲府で、月末に三百枚を脱稿した。起稿から脱稿まで一月半ほどである。

三鷹の二十日間は自炊の不便を忍び、甲府では（夏向きに建てられた天井の高い家の、一番涼しい部屋に陣取っていたのではあるが）暑さに耐えての労作であった。私は第二子出産のためこの間ずっと実家に滞在し、毎朝早起きして煙草を買う行列に加わった。

「津軽」のあと、「諸国噺」の続篇を書いて十月中旬に十二篇が揃った。その合間には「佳日」「津軽」の校正の仕事があった。

十二月末になって一年前からの宿題であった「惜別」の資料蒐めのため仙台に行き、慌しかったこの年も暮れた。

昭和二十年は「惜別」の執筆にとりかかり二月末に脱稿した。

三月十日夜、東京市中の大空襲があって、東の空が真赤に燃えるのを望見してから、私たちの気持も動揺し始めた。そこへ下谷の竜泉寺で罹災した小山清氏が太宰を頼って来て、妻子を甲府に疎開させることを強く勧められた。これまで甲府市中で、駅に近く三鷹よりずっと家の建てこんだ水門町の実家に疎開する気は全くなかったのに、空襲体験者である小山さんの勧めに従って、三月下旬私と二児とは太宰に送られて甲府に疎開することになった。

荷物をまとめているうちに私は衝動的に、タンスにしまってあった手紙やはがき――それは結婚前とり交した手紙を太宰がお守りにしようねといって紅白の紐で結んだ一束と、その後の旅信とであったが――をとり出して庭に持ち出し太宰と小山さんふたりの面前で、燃してしまった。その折の自分のことをふり返ってみると、この先どうなるかわからないのに、これらの私信を人の目に触れさせたくない気持もあったが、その裏にはこのような事態に当たって、家長である太宰は、何一つはっきりした判断も下さず、意見も出さず、小山さんの言うがままに進退をきめることになったのが、おもしろくなくて、仕事だけの人なのだから仕方がないとはいうものの、じつに頼りない。大体、気の弱い人の常として、第三者に気兼ねして家人をないがしろにする傾向がある。私と子供との甲府行は納得して決まったことではあるが、小山さんが狭いわが家に闖入《ちんにゅう》してきたために追い出されるような気もして、そのようなヒステリックな行動をとったらしい。送ってきた太宰が三鷹に帰った直後、隣の鉄道員の奥さんから、三鷹下連雀が爆撃を受けたことを聞いて心配しているところへ、太宰が命からがら逃げ出してきた。太宰はおれをねらって爆撃したに相違ないと言っていたが、太宰と送ってきた小山さんの話、それに三鷹の旧宅に戻ってから見聞きしたことを総合すると、四月二日未明の下連雀の空襲は、空襲としては小規模のものだったが、わが家をほぼ中心に北と南とそれぞれ百メートルくらいの区域に、通りの西側だけに何個かの爆弾が落とされたのだから、太宰のような人が、自分をねらったのだと本気に考えたのも無理はない。一番ひどい被害を蒙ったのは、近くの小泉中将邸で、爆風と、土崩れのために防空壕に待避していた小泉さんの令息と、隣のF家の女の子が死に、小泉夫人らは重傷を負った。小泉家のお嬢さんが悲鳴をあげて助けを求め、死傷者が担架や戸板で運び出され、大騒ぎであったそうだ。わが家の庭先の南隣の家も、取り払われ、あちらこちらに歯が抜けたように空地ができていた。死傷者はほかにもあった由である。

わが家はまわり中に爆撃を受けたのだから、当夜はさぞ恐ろしかったことだろう。たまたま、この夜は田中英光氏が来合わせていて、太宰、小山氏、田中氏、三人の大男が、小さな壕で死と紙一重の恐怖を味わったわけである。高射砲の音にさえ胸の高鳴っていた小心の太宰などほとんど失神状態だったろうと思う。三鷹は軟らかい黒土の層に蔽われている上に、近年まで畑であったから被害が割合少なかったとも聞いたが、どうしてあのへんが爆撃されたのだろう。わが家の向こう側の南寄りに、阿南《あなみ》大将邸があ る。その手前は夫人の令弟竹下参謀の邸で、小泉中将と三人、陸軍の将星の私邸があったけれども、私邸を狙い打ちしたとは思えない。軍需工場爆撃の狙いが少々ずれたのだろうか。

阿南大将が、終戦の日に自決されたとき、下の令息はまだご幼少だった。楚々とした夫人は小泉中将夫人同様、隣近所、といっても、我々借家族の間で評判のよい方であった。小泉中将は、米沢出身の陸軍の三羽烏とうたわれた方と聞いていたが、質実なお暮らしのようで、牛乳を井之頭公園をぬけて吉祥寺までとりに行かなくてはならなくなったとき、小泉さんと私の家ともう一軒組んで、交替で行くことになった。小泉さんではお嬢さんがその役を引き受けていて、その牛乳は体の弱い弟さんのためだと聞いていたが、壕でなくなったのはこの弟さんだったらしい。小泉中将も終戦後自決された。

全く違う畑の方だけれども、阿南さんといい、小泉さんといい、そのご家族の方々は、お立派だったと思う。

小泉中将邸の少し先の角に島津さんの瀟洒《しょうしゃ》な邸があった。邸の女主人はかつて宮中に仕えておられた方ときいた。時々散歩姿を見かけるが、細かい男物のような大島のお対《つい》の和服を召して、真白な足袋が眩しいくらい、行手の何メートルか先の路上に視線を落として、中年の洋装の女性に附添われて歩を運ばれる姿はやはりただものではない。

太宰も道を行くとき、傍目をふらず、見るよりも見られることを常に意識している人であったが、この貴婦人のことは意識せずにいられなかった様子である。わが家の苗字と混同されて、それでも郵便物はこちらの方が多いらしくて、時々、島津さん宛のが誤配された。島津邸も爆撃のため取払われ、元女官長は郷里鹿児島に隠棲されたと聞いた。阿南、小泉、島津、この三家の方々のことは、太宰も関心をもっていたのでここに記した。

（『回想の太宰治』人文書院、一九七八年）

初めてたずねた頃のこと

小山清

こやま・きよし　一九一一―一九六五
『女生徒』を読んで太宰に師事。太宰は、小川が預けた作品を丁寧に添削し、出版社に売り込んだ。太宰の死後作家として活動した。

私が太宰治という作家に強く関心を持つようになったのは、昭和十四年、単行本「女生徒」が出版された頃である。その頃、私は下谷《したや》竜泉寺町で新聞配達夫をしていたが、休みの日に、神田の古本屋で、再版の「晩年」と中原中也の「在りし日の歌」とを見つけ、どちらにしようかと迷った末に、「晩年」を買って帰った。私はこのとき初めて「晩年」を読んで惹きつけられた。その後、その春「文藝」に掲載された「懶惰《らんだ》の歌留多《かるた》」を読んで心がきまり、単行本「女生徒」が出たときには、私はその本をすぐには買わなかったが、奥附にしるしてあった、太宰さんの甲府御崎町の住所は記憶にとどめておいた。

翌十五年の秋の末、私は初めて三鷹下連雀に未知の太宰さんをたずねた。しばらく前に、太宰さんが甲府から三鷹に移ったことを新聞の消息欄で知った。

太宰さんとしては、前年のはじめに新しく結婚して、それまでの多事多難であった生活から平穏な家庭生活に入った時期であった。単行本「女生徒」は第四回北村透谷賞を受け、「駈込み訴へ」「走れメロス」「女の決闘」等の作品が次々に発表され、十年間の東京生活を回想した太宰さんにとっては「一生涯の重大な記念碑」である「東京八景」も既に完成されていた。

太宰さんは初めてたずねた私に気がるに会ってくれた。恰度《ちょうど》「清貧譚」を執筆していたときで、机上には、公田連太郎原註、田中貢太郎訳の「聊斎志異《りょうさいしい》」の頁がひらいてあった。原文を読んでいると、いろんな空想が湧いてきて楽しいと太宰さんは云った。それから、太宰さんは私の問いに答えるというでもなく、自分からこんなことを云った。

「生活は弱く、文学は強く。そんなふうに思っているのです」

ちょうど太宰さんが、新潟の高等学校から招かれて講演に出かけ、ついでに佐渡に遊んだ直前のことであった。二度目にたずねたときに、太宰さんからその話をきいた。

翌十六年の一月号の諸雑誌には、「清貧譚」「東京八景」「みみづく通信」「佐渡」等の作品が一斉に発表された。雑誌をひらいて、「東京八景」のサブタイトルの（苦難の或《ある》人に贈る）という言葉を目にしたときの気持を私はいまも忘れることが出来ない。

十六年の二月頃、三度目の訪問をしたときには、太宰さんは「新ハムレット」の書下しにとりかかっていた。私が志賀さんの「クローディアスの日記」のことを口にしたら、太宰さんは自分の書こうとしているものはもっと新味のあるものだという意味のことを云った。新しく仕事にとりかかる前には、太宰さんはいつもはげしい意気込みを見せていた。

「ぼくのハムレットは手が早くてね、オフィリヤは妊娠しているんだよ」

と太宰さんは笑いながら云った。

四度目にたずねたのは六月で、長女の園子さんが生れてまもないときであった。知らずにたずねた私は、床の間に井伏としるした祝いの品が置いてあるのを見た。隣室から赤子の泣声がきこえた。その夜、太宰さんは私を三鷹駅前の喜久家という小料理屋に連れて行った。それからはたずねると、太宰さんのお伴をして、三鷹、吉祥寺界隈の呑み屋を歩くのが習慣になった。

その頃、筑摩書房から出版された、チェホフとゴルキイの往復書簡集を私に送ってくれたことがある。この本は「風の便り」を書く上に参考にしたのであろう。

「チェホフの方が用心してつきあっている感じだね」

と太宰さんは私に向って云った。

（『太宰治全集　第四巻』月報、筑摩書房、一九五六年）

「斜陽」のころの太宰さん

野平健一

のひら・けんいち　一九二二―二〇一〇　編集者。新潮社『新潮』の編集者として『斜陽』などを担当。その後、『如是我聞』の口述筆記をするなど太宰から厚い信頼を得た。

「斜陽」という題の、長篇の話を聞いたのは、たしか、織田作之助氏の葬儀で、お会いした、そのすぐ後ぐらいであったかと思いますから、あれは二十二年の正月、それも終り頃だったでしょう。

太宰さんの話では、それを、創元社で創刊される「創元」に掲載することになっていて、津軽に疎開中から、大体の構想の腹案が決まっていたというようなことでしたが、何かの都合で、ダメになって、掲載誌は、どこでもいいんだ、それなら私のところへ下さい、と言うことになったのでした。

太宰さん自身、「斜陽」は、執筆にかかる前から、充分、成算のあるものの如《ごと》くでした。現に、その種の口吻を、もらしているのは、私も度々聞いたように記憶しています。

例えば、「斜陽」の一、二章を伊豆の三津で書き上げての帰り、同道させてくれた私と国府津の旅館に蒲団を並べて、まず、出来上った原稿を読ませ、そうして言うことは、

「どうだ、次号がまたれるだろう。」でした。また全篇書きあがったのは、六月末でしたが、実際に読者や評者の目にふれたのは、雑誌掲載が、遅れましたので、ずっと後になるので、翌七月頃、お会いしたときには、世評もなにも、有りようがなかったのにもかかわらず、太宰さんは、自分ひとりで、「斜陽でもまた、おれは、才有って、徳無し、と決まった。必ずそうなんだから、やりきれたもんじゃアない。一葉がそうだったってね。おれも一葉と同じさ。」と、これには、本心、嘆きもあったでしょうが、反面、自信のほどもうかがわれるような調子でした。

「斜陽」執筆の頃の太宰さんは、実によく飲んでいました。けれども、それは、喧伝されているような、所謂《いわゆる》下等の酒ではありませんでした。尤《もっと》も、この頃、三津浜で半月近く飲み続けた焼酎がたたって、非常に胃を悪くしたらしく、焼酎、その他それに類するものには、こりごりして遠ざけたようでしたが、そのことでは、私もたびたびウラミ言を、言われました。つまり、新潮が「斜陽」を書かせているので、三津浜などへ行って、バカな酒を飲む仕儀にもなったんだ、その挙句、自分には六月死亡説という予言をする女の人も現われた、もし、それが本当になったら、おれを殺したのは、おまえだ、という、お叱りの論理でした。六月死亡説の予言というのは、本当にあったので、その女の人と、首の賭け合いなどして、六月死亡という言葉を、面白がっている風をして、それをまた、酒の肴にして、屋台ののれんの奥で飲んでいるところには、私も居合わせたことがあります。

この頃から、そろそろ太宰さんの身のまわりには、現実の、目に見える難儀が重なり始めたのではなかったかと、思われますのは、「死ぬ」という言葉を、自分の口から言うようになったのが、少くとも、終戦後、東京へ出て来られてからは、これが最初だったからです。

妙な言い方ですが、私には、そう思われます。

太宰さんは、若い者、つまり私たちの起す事件解決には、常に一家言を持っていて、相当厳しく律し、充分正しい判定と指導をして行ったようですが、さすがに、自分のことには処理しかねることも間々あったようです。これは、反対の言い方で、太宰さん自身、いろいろ経験して、後進の者の事件を起した頃には、既に一家言を得ていたのだ、と云うべきかも知れませんが、いずれにもせよ、当時、所謂「斜陽の子」には、かなり当惑をしていたらしく、私ごとき者にも、その苦痛を、これは少しいやな言葉かも知れませんが、「子早いのにはあきれた。」という川柳調で、もらしていました。そうして、「おれのは、据膳食わぬは、男の恥、というやつだ。」ということも力説していました。この据膳は後で、もう一度、聞くことになった言葉です。この頃の太宰さんの心のわだかまりが、この年の「改造」の十月号、「おさん」ではないかと思います。

「斜陽」八章の中、一、二章は伊豆で書かれましたが、残りは全部、三鷹の仕事部屋でした。太宰さんは、その仕事部屋だけは、絶対に明しませんでした。勿論、その頃の仕事部屋は、全く本来の目的のために借りたもので、亡くなる前のとは違います。ある日、私は、太宰さんと、たまたま、その秘密の仕事部屋の前を通ったのですが、それを、太宰さんは、無意識に、「ここが」と言いかけて、あわてて、やめて、随分後になって、「あのときは、あぶなく教えてしまうところだった。」とそのときのことを明したことがあります。亡くなったとき着ていた灰色の背広で、必ずノーネクタイ、黒い風呂敷包みをかかえて、毎朝、そこへ通っていたのです。決して、人に知られぬため、途中まで同道した編集者などいても、わざと三鷹の駅まで送り込んで、それから仕事部屋、というやり方をとり、日に五枚の原稿を書き、書き終ると、うなぎ屋でした。

私は、太宰さんの、人をむかえる如き美言に酔って、というわけではなしに、何しろ、駈出しの編輯業者ですから、何でもかんでも太宰さんの原稿を、早く確保しなければいけないと思っていたので、それに地理的関係も便利であったところから二週間と間をおかず、ときには一週間に二遍も、午後三時、うなぎ屋、という頃合を見はからって行ったものですが、こうして行くほど、「おまえがくるとインスピレエションがある。」とか、妙なことを言われて、真赤な顔にさせられたりしながら、それでも、甘えて、頻繁に、御馳走にばかりなっていました。太宰さんは原稿料をとどけられると、「おれのは、つまり、肉体の労働に入らない。それに、作品というものは個人のものじゃないんだから、原稿料もひとりで私有してはいけない。」と驚くほどの清潔な口ぶりで、その大部分は、私たち、チンピラ輩に饗応してしまいますので、私なども、随分恐縮に感じ、出来るだけ永居《ながい》をさけようと思って心がけていても、やはり、どうかすると、深更に及ぶのでした。けれども当時は、外泊するということは殆《ほとん》ど、稀で、身体の方も、そう大して悪くもなっていなかったらしく、酔って、ひと寝入りなどということもありませんでした。

「斜陽」を書きあげたときの述懐では、雑誌掲載分の最終回、つまり七、八章のことですが、これが、他の部分よりも、ずっと短かくなったことを、「あんまり気負い過ぎたものだから、あっという間に、終っちゃったよ。」と言っていましたが、それは、始めに計算していた終局の場面とは、全く別の、意外の筋立てになったことを、意味していたのではないかと思われます。それは、現実のことがかなり大きく影響して、太宰さん自身も、意外である、という結果になったのでしょう。直治の遺書のことに就《つ》いては、それを書いている時の興奮を、

「ペン先に、自分が引込まれるような気がした。」と語って居られました。

この頃、料理飲食の禁止政令が出て、はじめて、例の裏口屋というものが出来たのでしたが、あとから思うと、この政令というやつにも、太宰さんの生命をちぢめた一半の責があったような気がします。はじめは、この政令を、太宰さんも笑い話にしていたので、「自分の酒を飲んで、カンゴクへ引っぱられたという話は、世界の犯罪史上、稀有のことではあるまいか。一つ、おれが、その最初の者になってやろうか。そのときは、あの出征ののぼりを、おまえたちが押したてて、歌に送られて入ってもいい。」と言って、ふざけていたわけですが、飲食業者の方は真剣で、結局、表に見えるところでは、あぶないから、おことわりということになり、秘密の部屋を見つけて、そこに閉じこも

って、飲み、且つ食い、且つは笑うようなことに落ちて行き、このことが、ついに太宰さんを、あの馬鹿馬鹿しい結末に、導く第一歩になったのでした。

(『太宰治全集』附録第三号、八雲書店、一九四八年)

晩年のころ

臼井吉見

うすい・よしみ　一九〇五―一九八七
編集者、評論家。筑摩書房創業からかかわり、大学で教鞭をとるとともに『展望』編集長を務める。太宰の『人間失格』を担当。

やはり思い出すのは、あの日のことだ。太宰が世を去ったのは二十三年の六月十三日だが、その二十日ほど前かと思う。「人間失格」の「第三の手記」の前半は三鷹で書き、残りの五十枚を書くため、大宮の宿屋へ出かける二三日前だった。たしか日曜日だったと思う。当時ぼくは本郷の筑摩書房の二階に、ひとりで寝おきしていた。ひるすぎ電話が鳴って、いま豊島与志雄《とよしまよしお》氏の宅に来ているが、よかったら遊びに来ないかと言ってきた。もはや、かなり酔っているらしい声だった。ぼくは豊島さんに面識はあったがお宅へは伺ったことがなかったので、甚《はなは》だ気が進まなかったが、日曜日のこととてどこへも連絡できないままに、ぼくなどを呼び出したに相違ないと思ったから、神田の某所へたのんで、ウイスキーを一本都合してもらい、出かけて行った。当時、酒類は簡単には入手できなかったからだ。肴《さかな》町の停留場から団子坂のほうへ、ぶらぶらやってゆくと、むこうから、サッチャンらしき女が小走りに近づいてくる。サッチャンとは太宰を死の道づれにした女性の通称で、太宰は「スタコラのサッチャン」という愛称で呼んでいた。いかにもスタコラとやってくる。ぼくは立ちどまって、待ちうけたが、すれちがうようになっても、気がつかない様子だった。かの女は強度の近眼だったが、太宰がメガネをきらっていたので、滅多にはかけなかったようだ。呼びかけて聞くと、太宰の今夜服用するクスリを買いに行くのだという。「早く行ってあげてください」と、いそいそとまた小走りにたち去った。

豊島さんは自慢の鶏料理の腕前をふるわれている最中だった。御両人とも大分酔いがまわっていて、甚だ御機嫌だった。ぼくが意外に思ったのは、太宰はこのとき豊島さんに初対面だったらしいことだ。太宰の全集が八雲書店から出ることになって、その第一巻が出たばかりだったが、各巻の解説を豊島さんが執筆することになったので、その御礼に出かけて来たものらしかった。ぼくの察したところでは、当時八雲書店にKという向う気の強い、ハッタリの若い編集者がいたが、これが太宰と豊島さんとの双方に近づいていたが、豊島さんが太宰に好意をもっているようなことを伝えたに相違なく、戦後青森の疎開先から上京して、人気の頂上にたち、若い崇拝者にとりかこまれていたかれは、どういうものか、長い間面倒をかけてきた井伏さんから遠ざかるような姿勢を示したり、例の「如是我聞《にょぜがもん》」で、志賀さんに悲壮な反撃を加えたりしていたころだったので、人づてに聞き知った豊島さんの好意に、かれのことだからうれしくてたまらなかったのではなかろうか。花形作家として人気を集め、若い崇拝者たちにとりかこまれていたかれにとって、井伏さんはニガ手だったに相違なく、一種の反撥さえ感じていたようにぼくは察している。志賀さんに対しても、かれはかねがね尊敬していたらしいが、自分の作品を酷評されて、猛然反撃に燃えたったというのが真相ではないかと思う。作家は誰だって賞讃されることの嫌いなものはないが、太宰ほどほめられることの好きなものもなかった。処女作ともいうべき短篇「葉」の冒頭に、「撰ばれてあることの恍惚と不安と二つわれにあり」というヴェルレェヌの言葉をかきつけているかれは、すでに「ヴィヨンの妻」や「斜陽」の作者として、より多く「恍惚」を感じていたであろうが、同時にまた井伏さんの容赦のない眼や志賀さんの手きびしい批評に対して、一種の「不安」もあったかと思われる。それだけに、たとい人づてにせよ、豊島さんの好意を知って、子どものようにうれしかったにちがいない。

サッチャンも戻ってきて、いよいよ酒席はにぎやかになった。ぼくは師匠の選択をまちがった、ぼくは豊島先生の作品がむかしから大好きだったのに、先生を師匠にしなかったのは残念だ、というようなオベンチャラを太宰はくりかえした。ぼくはこの雰囲気に居たたまらないようなものを感じたので、いいかげんのところで逃げることにした。外へ出ると、サッチャンが追っかけてきて、太宰さんのからだがひどく悪くて、今日など歩くのさえ苦痛らしい、病院へ入って、そこで気のむいたときだけ書くというのがいちばんいいと思うが、わたしというものがついてるでしょう、奥さんにすぐわかってしまうし、だからどんなにすすめても入院なんかしないと言っている し、……というようなことをせきこむように話しかけて来た。ぼくはへんなことを言う女だナ、「わたしというものがついてるでしょう」とは何だ、入院すれば看護婦でも家政婦でもたのめるわけであり、何も「わたしというもの」などくっついている必要などどこにあるんだと思ったので、怒ったようにフン、フンと聞きとっただけで、かの女と別れた。これはどうしても、入院させなくちゃならない、少くとも新聞小説を書くなどは無茶だと思い、あれこれと対策を考えながら帰ってきた。太宰は近いうちに、朝日新聞の連載小説を書くことになっていたのである。

　気になったので、翌日夕刻になって、もう一度豊島さんのところへ出かけ、太宰をつれ出してサッチャンと三人づれで帰ってきた。かれはあれから飲みつづけて、豊島さんの宅に一泊し、朝からまた酒になったものらしい。ぼくは自分ながら不興げな顔で、君はむかしから豊島さんの小説が大好きだったというが、いったいどんなのが好きなんだと聞くと、ニヤリと笑って、頬を撫でて、「いやア、実は何にも読んでいないんだよ」と答えた。こいつと思ってぼくはそれきり口をきかなかった。途中で筑摩書房へ寄るという。書房には、ちょうど唐木順三も来合せており、編集者のおおかたは残っていた。階下の応接室で若い編集者たちにとりかこまれると、にわかに元気づいて、ひどくはしゃいで、さかんな談笑がはじまった。少し若い者どもを教育しなくちゃ、などと言って、かれは大気焔で、若い者たちをからかった。いつのまにか、酒もはじまるという始末だった。そのときの太宰の気焔はなかなか、おもしろかったが、特に忘れられないのは、自分は決しておりないという説だった。花札をやる場合に、手がわるいとおりるだろう、小説だって手がわるいとおりてしまう、井伏さんだってそうだよ、あんなのは話にならんね、手がわるけりゃおりる、楽なことだよ、僕あ、どんなに手がわるくたって決しておりないね、というような気焔だった。これは、いまのからだの状態で朝日新聞の小説は無理ではないかという、さっきの帰り道にぼくが遠まわしに言ったことを勘定に入れての言葉にちがいないとぼくは思っていた。唐木などもしきりに、おりるときにはおりるのがいいんだ、君もときどきおりろよというようなことを言っていた。ぼくの愁いは、旅に出たり、釣りに行って慰さめるようなものじゃないよ、井伏さんの愁いなどは釣り竿をかつぎ出せば消えちまうものなんだからなアというようなことも言っていた。へんに井伏さんにこだわっているのが気になった。しかし、かれが陽気にはしゃげばはしゃぐほど、さびしげな影がつきまとうような感じだった。間もなく、かれとしてはめずらしいほど、がっくり酔って倒れてしまい、動かすことさえできない状態だった。ぼくのフトンを二階からおろして、板の間に敷き、みんなでかれを運びこんだ。その夜、一組しかないフトンを太宰にゆずって、ぼくは知り合いの家へ行って泊った。翌朝行ってみると、太宰はひどく上機嫌で、若い編集者をつかまえて、井伏鱒二選集第四巻のあとがきを口述していた。

「人間の一生は、旅である。私なども、女房の傍に居ても、子供と遊んで居ても、恋人と街を歩いても、それが自分の所謂《いわゆる》ついに落ち着くことを得ないのであるが、この旅もまた、旅行上手というものと、旅行下手というものと両者が存するようである。旅行下手というものは、旅行の第一日に於て、既に旅行をいやになるほど満喫し、二日目は、旅費の殆《ほと》んど全部を失っていることに気がつき、旅の風景を享楽するどころか、まことに俗な、金銭の心配だけで、へとへとになり、旅行も地獄、這うようにして女房の許に帰り、そうして女房に怒られているものである。旅行上手の者に到っては事情がまるで正反対である。ここで具体的に井伏さんの旅行のしかたを紹介しよう……」と、井伏さんがいかに旅上手であるかを語りつづけた。ぼくはこの淀みない口述をききながら、改めて太宰のケンランたる才華と、したたかな精神に驚嘆した。昨夜のかれの井伏論をこのようにメタモルホーゼして、しかしそ知らぬ顔で、同じことを述べているわけである。かれは、ぼくのほうをチラッと見て、いたずら子らしく笑い、どう君、ゆうべの議論とまるで反対だろうと言った。こいつめと思いながら、とにかくこの異常な才能にぼくは舌をまいた。

ぼくは思うのだが、このときの太宰の末期《まつご》の眼には、志賀、井伏の文学と自分のそれとのちがいが、透きとおるほどはっきり映っていたのではなかろうか。「如是我聞」にしても、尊敬する老大家に自分の文学をはっきり対立させている。最近「志賀直哉論」をかいた中村光夫が、「如是我聞」のなかにはおれの言いたいことをみんな言っているよと語ったが、ぼくもそう思う。（前にかいた「『人間失格』のころ」という雑文と一部重複するが、この小文はそれにわざと書きもらしたことを書こうとしたからである。）

（『文藝』一九五三年十二月号）

山水蒙（中凶）

今官一

こん・かんいち　一九〇九―一九八三
小説家。代表作に『壁の花』。同郷の太宰とは親交が深く、太宰の命日「桜桃忌」は今の発案によるもの。

「この掛は、智慧ととのわざる幼童に象り、理非曲直をわきまえず方向に迷う象なり（白蛾「釈易」）――昭和二十三年六月十九日、太宰治を焼骨して、この掛を得たり。よって、題す。本意をさぐれば「愚痴」というに似たり」

○ざっくばらんに、いいますと、あんなに、手をやかせた男はないんだが――それが、いなくなったということなんだが――このキモチは、わかってもらわなくてはならんのです。
○世話をやかせたのは、お互いさまだ――太宰だって、どこかで、いまごろ、想いだしたら、あんなに手をやかせた男は、いなかったと、それは、もう、きっと、いっているでしょう。水の中へ、入って死んだ男が、ものを思ったり、想い出したりするものか、どうかは、知らないが――それでも、ひょっと、そんなこと考えるんじゃないか。山岸《やまぎし》外史《がいし》と、挟みバシで、焼けた骨までヒロっていながら、水責め、火責めは、ツラかったろうと、ぼくまでが考えていたんだから、婆婆苦は、容易に忘れられまい。バカヤロウといえば、バカヤロウと云いかえした相手なんだから、ツラかったろうと、考えれば、太宰だって、ツラかったろうと、そのとき、考えてくれたにちがいは、ないんです。
○大酒のみの太宰治と、サシで酒をのんだひとは、一〇〇人もいようし、酒嫌いで、ぼくみたいに、手ぶらで相手をしたひとだって、まあ、三〇人ぐらいはいたでしょう。だけど、みなさん、そうは思わんか――あんとき、どっちが、よけいに、世話をやかせたんだろうか。それが、酔っぱらいの方にきまっていたら、文句はないんだが――そうはいかない。ぼくの場合をいうならば、キマって面倒かけたり、なにくれと、世話をやかせていたのは、より多く、不酒不酔のぼくだったということだ。そんな男なんです。
○しばらく音沙汰たえていた光田文雄が、なにかのおりに、ぼくたちの酒席の横を、とおりすぎたことがある。やあ、といって、お互いに手を握りあったりして、行ってしまったのだが、ぼくには、そのとき、光田の名前が、どうしても心に浮んで来なかった。それほど、有頂天になっていたつもりはないが、それでも、いくらか、心に傲《おご》りはあったかもしれない。始めての本が出版されるので、太宰が祝ってくれた、ぼくらだけの、たのしいぼくの小宴だったのだ。
『思い出せねえよ――握手なんか、したんだが……』酔うほどに飲めもせぬのに、酔った口調で、そんなこと、ぼくはいった。『あの顔は、誰だったかねえ……』と、みだれたつもりは、毫《ごう》もない。酒席の興だと、笑ったんだが――太宰は、このとき、大変おこった。あれが、あの男の身上だったと、いまも、ぼくは考えるんだが、きゅっと、右上りに、口唇の端が、つりあがったんです。

『光田じゃねえか』は、まだよかったんだ。『酔ったかもしれねえが、一冊や二冊、本が出たからって、むかしの遊び友達を、誰だったかねえなどという文壇の神経は、けしからねえ』といった。

○古いといえば、古いんだ。ぼくが戦争へ行ってるあいだ、五六百枚もにもなる、ぼくの古原稿を、疎開転々の行くさきざきへ、後生大事に持ち歩いていたのも、彼である。三鷹で爆弾のとばっちりをくって、半身、土砂に埋まったり、甲府で家を焼かれたり、津軽へ、はるばる逃げ落ちたり、戦場では、露知らぬ惨苦のみちみちを、彼は、それを持って廻《ま》わってくれたのだ。ぼく出征の日に、原稿を置いて行け、といったのは、戦死したら、なんとかする肚《はら》だったのかもしれぬが、五六百枚、反古《ほご》同然な紙きれでも、戦争まえの上質だから、抱えこんで二貫目は、たっぷりあるんだ。古いとだけでは、すまされない。

○この反古原稿、やっとのことで、この六月には二冊の本になって出るはずだった。まだか、まだか――といっていたのは、つい、さきごろのことだったが、出版事情が、秋まで待たねばならん気配になって――それも待たずに、太宰は死んだ。ちかごろ、逢えば、とみに、まだか、まだかといっていた。ジレッたいね。やきもきするケンリは、俺にもあるんだ。手のいい、てめえの弾ハコビだったじゃないかと、笑うんだ。
○ヨリ多く、手のやけたのは、どっちなんだ。遅れた旅人を、出迎いに行く宿の亭主は、同じ道を、倍だけ多く歩くんだ。友情の不幸を、いま、しみじみと感じている。女の人と死んだから、どうだということは、みじんもない。「グッド・バイ」の書きだしを読んで、ああ、きみ、こんな小説を書いてはいかんと、叫びたい気持だけはある。あんな小説、何回つづくつもりかしらんが、あんな調子で書きつづけたら、だまっていても、生命取りだと、身の毛のよだつおもいであった。これと同じ衝動は、本庄陸男の「石狩川」にもあった。石狩川、ぼくは、いまだに完読してはいない。最初の十行よんだだけで、なにか、せつなく、苦しくて、その先、一行もよめなかった。本庄さんは、死ぬぞといった。
○そんな小説、書こうといって、ぼくらは二十年、肩を叩きあって来た。ヨリ多く、叩かれたのは、ぼくであろう。だからといって、太宰だけが、ぼくに、手をやかせなかったと、いう気もちは、モウトウない。世俗に反抗しようが、しまいが、そんなことは、痛くもかゆくもありはしない。手でもって、肩を叩いたとか、たたかなかったとか、いうこともなんでもない。かなわなく、やりきれないのは、そんな男がもう居なくなったと、ふと考えることなんです。何もいわず、何もせずにいても、だまっていても、なんでも互いに、わかっている相手というものは、そうザラに、あるもんじゃない。粗悪で、みじめな、人生廃坑――二十五歳の夏までは、生きてやろうよ、などと不遜にいいあって、四十ぎりぎり、戦争あっても、爆弾降っても、ともかく、きょうまでは生きてきた——それが、ひとつの、一粒のたよりだったんだ。

◯逢っても、まともな話は、なにもない。一言でも、多くいえば、それだけ、かえってくる言葉は、バカヤロウだった。言わなくても、わかっているのに、いうからだ。ひとごとだと聞いては、もらいたくない、ぼくだけじゃないんだ。ザラには、得がたい、ひとかけの真珠、なくなしたと、思えば、きっと、向うでも、そう思ってくれる男なんだが——それが、さあ、水底で、死んでも、いまでも、そう考えるだろうかと、ふと思われることだけが、ぼくには、やりきれないことなんだ。死ぬということは、どんなことなのか、しらない、それでも、いままでとは、ちがった太宰になったということではないでしょう。それとも、バカヤロウといえば、オリコウサンと答える太宰になったというのか。やるせなく、腹だたしく、淋しく、ジレッたいのだ。いまわけもなく——ジレッてえのは、俺だと、だからこそ、せめて、いま、ひとしきり、生ま身《なみ》の声が聞きたいのだ、治さん——きみ、いま、ちっとも、淋しくはないのか。《MCMXLVIII・VI・XIX》

(『文藝時代』一九四八年八月号)

太宰治の思い出

亀井勝一郎

かめい・かついちろう　一九〇七—一九六六
文芸評論家。代表作に『日本人の精神史研究』。
太宰が亀井の住む三鷹に居を移した一九三九年頃から付き合いがはじまり、作品のみならず太宰の人柄にも深い理解を示した。

六月十五日の朝。太宰君失踪のことを新聞で知った。確実に、自殺した様子である。昭和十年頃と思うが、彼は数篇の短篇小説をかきあげて、これを封筒に厳封し、その上に「晩年」としるして、死ぬ筈であった。実現していたならば、「晩年」が唯一の遺書となっていたであろう。当時のことを考えると、それから十三年ほど長生きしたわけである。今日まで生き永らえたことは、不思議と云えば云えるのである。作家は処女作に向って成熟して行くものだ。「晩年」への成熟の極点に、今日の死があったように思われてならない。必然な、安らかな感じがするのだが、どこかに信じきれぬ気持もある。太宰君は、私にとっては極めてユーモラスな、明るい友人であった。

時々途方もない空想的計画を抱いて、我々を面白がらせることがある。その一つ。或る時に彼曰く、自分は自殺したふりをして暫《しばら》く身を隠す。すると先輩や友人や批評家どもは、様々の思い出や悪口をかくにちがいねえ。味方のような顔をしていた奴が敵であったかもしれぬ。急に友人づらをする奴もあるだろう。自分はそのときノコノコ出てきて、「死後の評価」を残らず読んでやる。というのだ。こんな意味の冗談を言ったものだが、そうであってほしい。様々の事情から、今度の死は疑えぬようだが、こんな冗談が明るい一点の光りとなって、なお私の心にゆらいでいるのである。

　私は自殺についていかなる判断も持たない。少くとも彼の実生活に即して言うならば。あらゆる臆測は非礼である。人間は死ぬものだ。この事実だけを信じれば足りる。それに私自身は、自らを殺そうと思ったことは未だかつて一度もない人間である。「死のうと思う」――太宰の若年の頃の作品に、こうした言葉が屢々くりかえされるのをみて、私は不可解であった。

　午後。井伏さんのお宅へ行く。河盛好蔵《かわもりよしぞう》氏も来る。そこへ大勢の新聞社の人がやってきて、死の原因について色々たずねる。太宰が青年時代上京してから最近までの、文学的全生涯を一番よく知っているのは井伏さんだけであろう。私が井伏さんと親しくなったのも太宰を通じてであった。新聞記者のたずねる死の原因については、何事も知らぬと答える。事実かなり長い間太宰に会っていないのである。死なねばならぬ理由はない筈だと言い張る。しかし、そう言っているうちに、死の原因ははっきりとわかるのである。作家にとって死の真因とはその制作である。他のどんな原因も、之に附随したものにすぎまい。

　井伏さんとともに三鷹へ行く。美知子夫人に会う。太宰の最も古い友人のひとり、伊《い》馬春部《まはるべ》君もすでに駆けつけていた。井伏さんとともに太宰の仕事部屋の方へ廻る。千草《ちぐさ》という店に大勢集っていた。はじめて詳しい事情を聞かされた。死はどうしても疑えないように思われてきた。色々の手筈をきめる。豊島与志雄《とよしまよしお》氏が早くからきて、適切に応対していて下さったらしい。太宰も酒飲みだから、まあいいだろう。と云って三人でウイスキーを飲む。新聞の人々、編集者、カメラマン、近所の人々、実に大勢集まっている。我々は何をしていいのかわからない。「事件」は進行しているようで、実は一切が停滞しているようにみえる。何事もなかったような気もする。ただいつでも会えると思っていた太宰が傍にいない。

日が暮れてきた。井伏さんと巌谷大四《いわやだいし》君を誘って、太宰が入水したという川に沿うて歩いてみた。乳色の濁水が非常ないきおいで流れているだけである。自然文化園の裏側を通って二人を拙宅へ招く。太宰も酒飲みだから、まあいいだろう、と云って酒を飲む。

太宰治の名を知ったのは、昭和九年頃であったと思う。当時私は「日本浪曼派」を始めたばかりであった。中谷孝雄、伊藤佐喜雄、神保光太郎、保田与重郎《やすだよじゅうろう》、芳賀檀《はがまゆみ》、故中島栄次郎、故緒方隆士等が創刊当初の同人であったと記憶する。ちょうど同じ頃、「青い花」という同人雑誌も創刊されたが、その同人には、太宰治をはじめ、伊馬鵜平（今の春部君）、檀一雄、今官一《こんかんいち》、山岸外史《やまぎしがいし》等がいた。「青い花」は一号を出したきりで廃刊となり、その同人が全部「日本浪曼派」に合同したのである。

太宰はその頃まだ健康がわるく、同人会には一度も出席しなかったので、顔を会わせる機会はなかった。「晩年」の諸短篇をかいていた頃であろうが、雑誌の上には発表せず、昭和十年になって「日本浪曼派」に連載したのが、今日随想集におさめられている「もの思う葦」と「碧眼托鉢」である。

「もの思う葦という題名にて、日本浪曼派の機関雑誌におよそ一箇年ほどつづけて書かせてもらおうと思いたったのには、次のような理由がある。『生きて居ようと思ったから。』私は生業《なりわい》につとめなければいけないではないか。簡単な理由なんだ。」――これがその書き出しである。「日本浪曼派」は当時千部印刷し、その費用は、同人費全部でおよそ百円にみたなかったが、それが容易に払えず、印刷屋にはいつも二三十円の借金があり、責められてばかりいた状態であったから、とうてい太宰の所謂《いわゆる》生業にはならなかったのである。

「日本浪曼派」は、昭和初頭における左翼崩壊の後の混迷裡に発足した雑誌である。一人一人が傾向をことにしていた。それまで私の交友範囲も、ものの考え方も、おおむね左翼的であったから、このグループは、私にとって非常にめずらしい、異質的なものであった。同人の中で、多少とも左翼運動に関係したことのあるものは、太宰と保田と私の三人きりであったと思う。しかし太宰と保田の左翼というのは、どう考えても珍妙で、私は長いあいだ納得が出来なかった。この二人だけでなく、同人の中にはユニークな才能をもった人が多く、大部分は二十代乃至《ないし》三十歳をわずか超えたばかりで、元気もあり、私には天才の見本ばかり集っているようにみえて、愉快でもあり、不快でもあった。

こういう文学流派は、それまでの文壇に反抗するのが常であり、我々もそれをやったわけだが、一番激しい相剋《そうこく》は、同じグループの内部における夫々《それぞれ》のユニークさによって火花を発するものである。太宰の最もきらった人物は保田与重郎であり、保田の最もきらった人物は太宰治であり、私自身には、この二人とも一向に要領をえない人物であった。保田のかくものは何が何やらサッパリわからず（今でも私にはわからないのだが）、太宰にはまだ会わなかったが、その書くものは私には、軟弱で、生意気で、我儘で、気どっていてとうてい手に負えぬものと思われたのである。私は堅くストイックであり、酒など一滴も飲まなかった。

太宰は佐藤春夫氏と井伏さんに師事していたようである。私はこの両先生にも無関心であり、私は武者さん以外の誰も尊敬していなかった。

太宰にはじめて会ったのは、いつだったかはっきり思い出せぬ。たしか昭和十一年秋の「晩年」出版記念会であったろう。それは上野精養軒で催された。佐藤春夫氏も井伏さんも、そのとき私ははじめて見た。太宰は黄色い麻の着物をきて、仙台平のはかまをはき、誰かが新しい足袋をもってきたのを、宴会場の入口のところではきかけているところであった。彼と私は、だまっておじぎをしただけである。出版記念会には全部の出席者がテーブルスピーチを試みた。私も演説をした。「病める貝殻にのみ真珠は生れる」というアンドレエフの言葉を彼に送った。

最後に太宰は立ってあいさつすることになったが、そのとき彼は非常に健康を害していることをはじめて知った。誰かに傍から支えて貰《もら》って、よろめきながら辛うじて立ち上がった。そして暫《しばら》くのあいだ、何も言えなかった。皆がしんとして、彼の発言を待っていたが、いつまでたっても、何も言わなかった。口ごもりつつ、何か言ったのだが、明瞭には聞きとれなかった。太宰は静かに涙を流しながら、全身を以て感謝の心をあらわしていたのである。

彼はふるえる手で、私に「晩年」を渡した。その扉には筆で大きく、「朝日を浴びて、赤いリンゴの皮をむいている、ああ、僕にもこんな一刻。亀井勝一郎学兄。」とかいてあった。

太宰君が三鷹へ移ってきたのは、昭和十四年と記憶する。私の家とは歩いて十五分ぐらいの距離である。或る日、突然たずねてきた。およそ三年の間、あの出版記念会の日から一度も会っていなかったのだ。見ちがえるように逞しくなっていた。潑剌として、実に威勢がよい。そのとき以来、昭和二十二年の秋頃までが私達の交友の時期であった。私に残っている太宰の印象は、健《すこや》かで明るいのだ。作品からみると、「富嶽百景」「東京八景」あたりから、「正義と微笑」「新ハムレット」「右大臣実朝」「津軽」等を経て、戦時中の「新釈諸国噺」から、「斜陽」の執筆が始まる頃までの時期である。

太宰は私にとって、何よりもまず東北人であった。津軽海峡をへだてて、北海道の南端と、奥州の北端に生れた我々は、気候、風土、食物、言葉づかいが殆《ほと》んど共通していた。海峡の思い出、少年の頃はるかにのぞんだ北海の山々、また北海道の方からみた津軽の山々、そんなことをあかず語り草にしたのである。とくに親しみを感じたのは、どちらも東北弁でありながら、つとめてそれを隠そうとしていたところ、今や東北弁まるだしで誰はばかることなく放言することが出来たためである。太宰は上京して以来、どうかして東北弁をなおそうと苦心し、一所懸命で東京弁を学び、彼の説によると、一時は名古屋弁まで近づいたのだそうであるが、私に会って忽《たちま》ち逆転したというのである。

太宰治は野人である。作品から類推されがちなダンディな面影とはかなりちがう。繊細な自意識家であり、感受性の犠牲者たるべく運命づけられたような人であるが、同時に、東北的蛮人とも称すべき野性を有していた。百姓のような節くれだった手をもつ、逞しい体質である。

普通の肉体ならば、「晩年」の直後にすでに倒れていたであろう。彼の肉体には、アジア大陸の血が流れているように感じた。井伏さんに言わせると、北方ギリヤーク族の血統らしいというのである。どのような病気も、疲労も、二三ケ月の静養で快癒するにちがいないと我々は信じていた。

この自虐家は、自分の肉体をも虐使していたのである。自分の肉体を嫌悪し、故意に虐使して、死滅して行く状態のうちに、文学を醗酵させる土壌を工夫していたように察せらるる。捨身のダンディズム。いや彼自身の血統に対する渾身の抵抗であったかもしれぬ。肉体の虐使は、云うまでもなく緩慢な自殺だ。

太平洋戦争が始まる頃まで、毎年六月の初旬には井伏さんに連れられて鮎つりに行った。南伊豆の谷津温泉に泊り、その傍を流れる河津川で釣るのである。この頃のことが一番なつかしい。彼は上の空で鮎を釣っていた。

最近はそうでもないが、太宰は服装にひどく凝る。鮎つりの時も、熟考し、ひどく凝ったつもりで、とうとう奥さんのスキーズボンをはいてやってきたことがある。彼はまた、自分の目だちやすい長身をはにかみ、同じ三鷹に住む元横綱男女ノ川に、ひどく同情していたこともある。

いかに野人であるかは、食卓をともにすればわかる。刺身を一度に八枚ぐらい食う。鮎などは決して好まなかった。鮎という魚は上品で、趣味高き人が食う魚であると思いこみ、とくに師の井伏さんがお好きなので、我慢して食うという次第であった。彼がほんとうに食べたいのは、「津軽」に出てくる北方の、あの荒々しい大味の料理なのである。「斜陽」の中で、ほんとうの貴族は、骨のついた肉など手づかみで食うとあるが、彼はどこからか聞きこんできて、大喜びで幾たびも話してきかせた。東北流に乱暴に食いたいのである。それを非常にはにかみ、とうとう「貴族」をでっちあげてしまう。彼の「貴族」のうちには、野性の復讐がある。ダンディズムは、彼の自嘲である。

酒に酔うと、大声で愉快そうに話す。ユーモアにみちた巧妙な話術、時には涙の出るほど笑いこけて、友人達をもてなすのである。私達のために、どんなに努力したかがわかる。肉体の虐使である。無理に酒を飲み、こうして自身の内部に崩壊して行くものに耐えていたのである。

非常に酔ったときなど、彼はしばしば言う。自分の制作は、残り少くなった絵の具のチューブを、無理に絞り出すようなものだ。もう何もない。何もないと思っても、最後の一滴と思って絞り出しては書きつづけてきたのである。まるで白痴だ。酒を飲んで、心からおいしいと思ったことなどない。酒の味などわからないのだ。おい、飲もう、と云った具合である。

非常な淋しがり屋であったから、誰かに会っていなければならぬ。しかし誰かに会うことは、彼にとって渾身のサービスなのである。誰にも会いたくないのだ。口もききたくないのだ。しかし誰かと会ってしたたか酔わねばならぬ。太平洋戦争に入った頃、お酒を飲ませる家は、吉祥寺に一軒しかなかった。彼は三鷹から毎晩通う。誰もいないときは屢々私を誘ったり、また私の家へ酒をさげてやってきて、深更まで飲む。彼は何に耐えていたのだろう。

彼と飲んでいると、人力でどうにもならぬことを、どうにかしてくれと強制しているような感じを受ける。酒を強制しているような外観を呈するが、寂寥を強制しているようにに感ずる。或は運命を。他愛ない酒ではないのだ。他愛ない酒だと称するが、その声がいかにもつらそうなのだ。私にどうなるというのか、玄関払いをくらわしてやろうと思ったことが屡々あった。

それに彼と話すのは、なかなか骨が折れるのだ。言葉のなまりこそ東北弁とはいえ、この繊細な神経家は、わずかな言い廻し、ふとした比喩、ちょっとした悪口にでもすぐ傷つくのだ。人の傷痕にふれることは、罪悪にはちがいない。他の話をしながら、無意識裡に人を傷つける場合もあろう。太宰にはそれがこたえる。親しいものほど悪人視される可能性が多くなる。彼は自分を理解してくれる人のないことをかこつが、もしよく理解してくれる人が出たら、彼はその人を最も憎むだろう。神経を余り使う必要のない、自分を甘やかしてくれるような、低能な女が、孤独者にはふさわしいのである。

太宰も戦争では被害者のひとりであった。昭和十九年の何月の空襲であったか、彼の家の周囲は数十発の爆弾に見舞われたことがある。隣家にも一発おちて、その家は倒壊したが、自宅は爆風をうけず辛うじてまぬかれた。太宰は防空壕の土が崩れて半身生埋めとなり、すぐ傍には巨大な庭石が飛んできていた。このとき家族は甲府に疎開させ、お弟子さんの小山清君と暮していたが、数日間私の家に避難し、それから間もなく甲府の疎開先へ行き、そこでは完全に焼け出された。そして故郷の津軽へ遁《のが》れた。

再び三鷹へ戻ってきたのは、終戦の翌年であったと思う。彼は廃墟の都へ帰ってきた。彼自身を廃墟とするために。日本の敗戦について、独特の見方をしていた。こうなれば煮ても焼いても喰えぬ民族となって世界中のもてあまし者になって、手のつけられぬしぶとさのうちに……要するに彼は自分の覚悟を語ったのである。戦後の一切を否定した。民主派や共産派やあらゆる思想流派に対して、彼は無頼派《リベルタン》を宣言した。無頼派の名において、彼はそれまで心に鬱積していた一切への反抗を企図していたように思われる。

自分のどうしても担わねばならぬ運命、回帰すべきそこへ向って、滅びの支度を急速にはじめたように思われる。生涯の総決算をすべき適当の時がきたと考えたようである。敗戦は彼固有の敗戦である。そして「晩年」が再び大きくあらわれる。

この自虐家のプロテストは、非常に執念ふかい計画的なものである。何よりも自分自身に向って、苛烈であったことは云うまでもない。「晩年」から「人間失格」までの系列は、巧みに企てられた緩慢な自殺の系列である。それは同時に抗議と復讐の個有の形式である。しかも辱かしめられ、卑しめられたものとして、己を殺すこと。これが信条なのだ。或るとき、自分は最も軽薄な死を選ぶであろうと語ったことがある。ここに自虐の完成を欲したのか。

聖書をつねに愛読し、会うたびごとに、感心した言葉について語ったものである。しかしたかに酔いながら。近来の彼の、人生に処す覚悟ともなり、創作の方法論ともなったものは、マタイ伝第十章につきるであろう。彼がしばしば口にした聖句。

「身を殺して霊魂《たましい》をころし得ぬ者どもを懼《おそ》るな、身と霊魂《たましい》とをゲヘナにて滅し得る者をおそれよ。」

「われ地に平和を投ぜんために来れりと思うな、平和にあらず、反《かえ》って剣《つるぎ》を投ぜん為に来れり。それ我が来れるは人をその父より、娘をその母より、嫁をその姑より分《わか》たん為なり。人の仇は、その家の者なるべし。」

「視《み》よ、我なんじらを遣《つかわ》すは、羊を豺狼《おおかみ》のなかに入るるが如《ごと》し。この故に蛇のごとく慧《さと》く、鴿《はと》のごとく素直なれ。」

「生命《いのち》を得る者は、これを失い、わがために生命を失う者は、これを得べし。」

彼はこれらの聖句を以て背徳の指針としたのである。聖書は、無頼派《リベルタン》の聖書と化した。これらの言葉は無頼派の祈禱となった。近来の作品の根底にあるものはこの祈禱である。それは反抗の叫びとなり、享楽の教えとなり、やがて彼の担わねばならぬ運命への回帰にむすびつく。強酒をあおりながら。自殺は殉難なのだ。私は太宰の作品と人のうちに、最も救われざるものという自覚に立った自虐家の、奇矯に誇張されたキリスト模倣を見る。

「斜陽」のお嬢さんと称する女の人をつれて遊びに来たことがある。屋台店へ行って、三人でカストリを飲んだ。これが我々の「最後の晩餐」である。

太宰は生涯にわたって、何に脅えていたのだろう。おそらく彼の耳もとに、絶えずささやく或る亡霊があった筈だ。彼を死に招く亡霊のささやきが。太宰は夜仕事が出来ないのである。夜原稿を書いていると、自分のうしろに誰か立っているようで、恐ろしくてかなわぬというのである。夜はただがむしゃらに酔いしれるのみであったが、手をふって元気で酩酊する彼の動作のうちには、何か払いのけようとする気配があった。いま

「晩年」の冒頭の作品「葉」をよみかえしてみたが、彼の一切の悲劇が何もかもここに暗示されているように思われてならぬ。彼は本当に此の世にいないのだろうか。

六月十九日の朝。入水して一週間の後、屍は発見された。私は発見されないことをひそかに願っていたのだが。誰もが忘れてしまった頃、あの惨酷無謀無神経きわまるニュース・カメラマンの不在の時を願っていたのだが、死は確定的なものとなった。太宰は処女作集「晩年」を上梓してから十三年目の、六月十三日、絶筆「グッド・バイ」を十三回書き残して、自殺した。

（『新潮』一九四八年六月号）

太宰治のこと

井伏鱒二

いぶせ・ますじ　一八九八—一九九三
小説家。代表作に『山椒魚』『黒い雨』。太宰の生涯の師。仕事のみならず、薬物中毒、自殺未遂、借金、女性問題、結婚など太宰の生活すべての面倒を引き受けた。

太宰君の家出の報は意外であった。私は衝撃を受けた。しかし、なぜ死んだかその真相は私にはわからない。なぜあんな形式をとったのか。なぜあんな場所を選んだのか。これも私にはわからない。あれこれと想像をめぐらすだけである。新聞記者にたずねられても困るだけであった。これが以前なら、何かにつけ屈託したような場合には、直《す》ぐに太宰君に会って話しあうことにしていたが、もうそれが出来なくなってしまった。やがて彼の作品でも読みなおすよりほかはない。

東京に転入して以来、私は滅多に太宰君に会う機会がなかった。たまに用事で会うときでも、太宰君の傍には二三人の人がいつも誰かついていた。ゆっくり話しあうこともしなかった。今年の元日に来たときにも、彼のあとをしたって二人か三人のお客が来た。転入する前には、私は広島の田舎にいた。お互に、ときたま手紙で健康をたずねあうだけであった。したがって私と太宰君の交友は、表むきでは竜頭蛇尾に終った感がある。

世間では太宰君の死を、情死だと解している向きもある。いま私は、それを反駁《はんばく》するほどの材料を持たないが、いずれ反駁する必要のないときが来るかもわからない。形の上では情死である。そして彼が、こんなことを言っていたという人もある。「僕は、自分の一ばん軽蔑する死にかたをするつもりだ。」そう云っていたというのである。これは太宰君のアイロニーにしても、その実現を怖れていたためかもわからない。いつか私が河津川へ鮎つりに行っていたとき、太宰君は延び延びにしていた新婚旅行をかねて私のいる宿に来た。そこへ亀井君も鮎つりに来た。その翌日の夜、南伊豆いったいに大洪水があった。ちょうど三宅島の雄山の麓に大噴火のあった夜である。亀井君は二階の部屋に寝ていた。その真下の部屋にいた私は、亀井君の部屋に逃げて行き、離れにいた太宰君の夫妻も逃げて来た。水は二階の庇《ひさし》を沈めた。周章《あわ》てものの私は、泳いで逃げようと頻《しき》りに口走った。亀井君も太宰君も泳げないことを、私はまだ知らなかったからである。亀井君は積み重ねた蒲団にどっかり腰をかけ、しきりに稲光りする大島の方角を睨んでいた。その沈着な態度に私は舌を巻いた。後になってきくと、亀井君は心細さのあまり心のなかで観音経を口ずさんでいたそうである。これを後日における太宰君のアイロニーによると、亀井は腰をぬかしていたというのである。しかし洪水の際は、死ぬか生きるかの別れめであった。みんな真剣であった。太宰君は奥さんに向かって「人間は死ぬときが大事だ」と云った。その眉宇に決意の色が見えた。彼は新婚旅行のために仕立てた新らしい着物にきかえ、角帯をしめ、きちんと畳の上に坐りなおした。そして奥さんに向かい「後で人に見られても、見苦しくないようにしなさい。着物をきかえなさい」と云いつけたが「しかし、後で人に見られて、たまるものか」と呟いた。これは彼のアイロニーではなく、そのとき決意の際のいつわらない言葉であったろう。

太宰君は自分の家庭のむつまじさを人に見せるのを恥ずかしがる人であった。それが変質的なまでに極端なときがあった。そんなときには例によって譏語を口にした。最近はどんなであったかしらないが、戦争中のころまではその傾向を見せていた。三鷹に空襲のあったとき、太宰君は田中英光と二人で素掘りの防空壕にしゃがんでいて、脳貧血を起したが怪我だけはしなかったそうである。そうして奥さんの疎開している甲府に逃げて行った。そのころ私は甲府市外に疎開していたので、互に往復を重ねたが、太宰君は甲府に逃げ帰って来たときの模様を、こんな風に変型して私に話した。

――甲府へ来る汽車のなかは満員の避難民で鮨づめ。そこへ、立流《たちなが》しを両手で差しあげて、割りこんで来た男があった。板で造った、安物の立流しだ。この男は、みんなの冷笑を浴びながら、困ったような顔をしていた。きっとこの男、口やかましい悪妻から「あなた、立流しを持って来なかったんですか」と威しつけられるので、万難を排して空襲中に持って逃げたものだ。ところが、僕が甲府に逃げて来ると、女房は僕の顔を見ると、いきなり「あなた、盥《たらい》はどうしました。なぜ持って帰らなかったんです」と云った。まさに悪妻だ。

しかし事実はその反対で、太宰君が甲府に逃げ帰ったとき、奥さんは涙をながして喜んだらしい。盥は太宰君ひとり東京に残っている生活には必要がない。彼の疎開していた家には、ちゃんと裏口のところに盥があった。私はそれを目撃した。「ヴィヨンの妻」その他を見て、もし太宰君を誤解する人があるかも知れないので、私は説明の代りに太宰君の文章を左に引用したい。故人生前の家庭に対する願望と誠実味が現われている。この引用の文章は、太宰君が結婚する前に、彼の生家の二人の番頭に婚約成立の応援を求める必要から私に取次ぎを依頼するためによこしたものである。

井伏様御一家様へ、手記。

このたび石原氏と約婚するに当り、一札申し上げます。私は、私自身を、家庭的の男と思っています。よい意味でも、悪い意味でも、私は放浪に堪えられません。誇っているのでは、ございませぬ。ただ、私の迂愚《うぐ》な、交際下手の性格が、宿命として、それを決定しているように思います。この前の不手際は、私としても平気で行ったことでは、ございませぬ。私は、あのときの苦しみ以来、多少、人生というものを知りました。結婚というものの本義を知りました。結婚は、家庭は、努力であると思います。厳粛な、努力であると信じます。浮いた気持はございません。貧しくとも、一生大事に努めます。ふたたび私が、破婚を繰りかえしたときには、私を完全の狂人として、棄てて下さい。以上は、平凡の言葉で、ございますが、私が、こののち、どんな人の前でも、はっきりと云えることでございますし、また神様の前でも、少しの含羞もなしに誓言できます。何卒、御信頼下さい。

昭和十三年十月二十四日

津島修治（印）

この文言を、私が太宰君の生家の番頭に取次いだ後、婚約はうまくまとまった。そのころ太宰君は、甲府に小さな家を借りて独りで住んでいたが、結婚披露式は私のうちで挙行した。甲州の風儀による披露式であった。御馳走は荻窪の魚与さんという魚屋が、気前を見せて万端うまくやってくれた。津軽からも番頭が来た。東京の番頭も出席し、彼は式場で太宰君に今後の心得を述べた。新婦の姉さん夫婦も出席し、はじめこの縁談の紹介の労をとった斎藤さんの奥さんも出席した。私は大いに酒をのんだ。太宰君は後々まで好んだ紋付羽織をきて仙台平の袴をはき、傍のものたちから何か云われても、常になく正面を向いたまま、かたくなって坐っていた。これは、よほどうまく行きそうだね、と私が津軽の番頭に囁くと、そうでごわすな、と相手も頷いていた。

爾来、太宰君の作家としての成績は、読書人の知っている通りである。遅筆ではあるが全集二十巻にちかい作品を書いた。

私と太宰君との交際は、割合いに古い。はじめ彼は、弘前在住のころ私に手紙をくれた。その手紙の内容は忘れたが、二度目の手紙には五円の為替を封入して、これを受取ってくれと云ってあった。私の貧乏小説を見て、私の貧乏を察し、お小遣のつもりで送ったものと思われた。東京に出て来ると、また手紙をくれた。面会してくれという意味のものであった。私が返事を出しそびれていると、三度目か四度目の手紙で強硬なことを云ってよこした。会ってくれなければ自殺してやるという文面で、私は威かしだけのことだろうと考えたが、万一を警戒してすぐに返事を出し、万世橋の万惣《まんそう》の筋向うにある作品社で会った。彼は短篇を二つ見せたので、私はその批評をする代りに、われわれの小説を真似ないで、外国の古典を専門に読むように助言した。それから暫《しばら》くたつと私のうちに来て、彼は私に左翼作家になるように勧誘した。私は反対に、左翼作家にならないように彼に勧めた。

間もなく彼は荻窪に移って来て家も近くなったので、それからはたびたび私のうちに遊びに来た。いっしょに散歩したり、いっしょに旅行にも出た。学校を怠けていたらしく、彼は制服をきて朝のうちから来ることもあるし、また夜おそくなってから来ることもあった。当時、たびたび会っていながらも、どんなことをお互いに話したか、その印象がはっきりしないのは妙なものである。よく将棋もさした。私と対馬であった。そのころ読売新聞社主催で素人余技の美術展覧会があったので、私は太宰君と拙宅の幼児を写生して「津島君と豚児圭介、ハサミ将棋をするの図」と題する小品その他を出した。その津島君、つまり太宰君を写した絵に、ふと過ちで赤い色のしみがついた。それが運わるく津島君の鼻のあたまのところであった。しかし描きなおすのは面倒である。私は筆のさきで丹念にその色を拭きとったが、幾らかまだ赤みが残り、鼻全体が薄赤くなった。私はモデルに諒解を求め、そのまま出品した。ところが開場して二十分もたたない間に、その絵が売れてしまった。或はよく覚えないが、太宰君が買ったのかもわからない。そのころ彼は容貌を気にしていたので、その絵が他人の手に渡ることを怖れていたと推察できないでもない。後になっても鼻の話になると、鼻を赤く染められたことは恨めしいと云っていた。彼は容貌ばかりでなく、五体の細部にわたって留意を疎かにしないのであった。彼と親交のあった伊馬鵜平君の案内で、五六人づれで四万温泉場へヤマメ釣りに行ったことがある。伊馬君は写真機を持っていた。私と太宰君がお湯につかっていると、いつのまにか伊馬君が写真にとってしまった。現像が出来たのを見ると、お湯から半身を現わしている太宰君の横腹に、盲腸を手術した痕がはっきりと見えた。太宰君は厳しく伊馬君に談じ込んだ。あんな疵痕を写されて、自分は恥ずかしさで煩悶苦悩の限りである。身体髪膚は父祖よりこれを得たもので、自分はこれを些細でも損じていることを恥じている。あんな写真は後日に残したくない。さっそくあの写真の原板を自分に渡してくれ。焼増しの写真も破いてくれと厳談に及んだ。それが冗談ではなかったので、伊馬君は驚いて原板を太宰君に譲った。こなごなに太宰君の手で砕かれたろう。

　太宰君は潔癖な人で、いわゆる女の苦労などしたことがなかった。そして気の弱い一面があった。家庭を外にしたが最後、相手次第では厳寒に富士登山するかもわからない。仏門にはいって参禅に日を送るようになるかもわからない。小説を書くのを止《よ》すような運命に身を任かすかもわからない。散々に苦悶の多い青春を送っても、まるで子供のように他愛ないところがあった。しかし体力の尽きはてるまで小説を書くのを忘れなかったのは、私には真似られないことだろうと思っている。

太宰君は小説を書くことが好きであった。パビナール中毒にかかったとき、命がなくなるのではないかと番頭が諌めても、病院にはいってくれと頼んでも頑として入院しようとしなかった。「いま、文芸春秋から原稿の注文がある。改造からも注文がある。それを書きあげてから入院する。入院しろと云って、俺を罪人あつかいにする気か」と云って、そのころまだ両誌からの注文はなかったが、そんなことを云って承諾しなかった。しかし番頭は太宰の中毒のことを私に秘密にして、三四箇月ばかりこの状態がつづいた。最後に番頭が私にその秘密を打ちあけて、説得役を頼んだので、そのころ船橋に引越していた太宰君のところに出かけて行った。しかし私も云いかねて、その日は将棋をさして太宰宅に泊った。彼は将棋の途中、たびたび立って行って注射している風であった。翌日、番頭が来て目顔でたずねたので、まだ云わないことを目顔で答えると、番頭は嘆息をついた。やがて思いきった風で番頭が「修治さん、どうか入院して下さい。診察だけでも受けて下さい。どうか頼みます」と云った。太宰君は顔色を変え、「入院どころか、小説を書かなくてはいけないんだ」と云った。ながいあいだ太宰君自身も中毒症のことを私に秘密にして、いま番頭の一言で、私と番頭が打ちあわせて来ていることに太宰君も気がついたわけである。しかも入院してしまうと、注射をすることが出来なくなる。顔色を変えたのは当然である。もはや症状は悪化していた。一日に一本や二本では足りないのである。そのころ私の書きとめた「太宰治に関する日記」という記録に「北氏、船橋の薬屋の請求書を秘かに小生に見せる。パビナールの代金四百円余。但《ただ》し一箇月分。暗然たるもの胸に迫る。アンプールの空殻は、大家さん世間をはばかり穴を掘っていつも埋めていたる由」と書いている。当時、パビナールは一本三十銭から五十銭ぐらいのものらしかった。一度に三本も四本も注射して、日に何回となく注射していたものである。からだはもう衰弱しきっていた。顔も陰鬱な感じであった。私は太宰に「僕の一生のお願いだから、どうか入院してくれ。命がなくなると、小説が書けなくなるぞ。怖しいことだぞ」と強く云った。すると太宰君は、不意に座を立って隣りの部屋にかくれた。襖の向う側から、しぼり出すような声で啼泣《ていきゅう》するのがきこえて来た。二人の番頭と私は、息を殺してその声をきいていた。やがて泣き声が止むと、太宰は折りたたんだ毛布を持って現われ、うなだれたまま黙って玄関の方に出て行った。入院することを決心したのである。私たちが太宰君のあとからついて行くと、彼は玄関を出て、番頭がそこに待たしておいた自動車に乗った。みんな無言のうちに自動車に乗り、運転手も行くさきをきかないで車を出した。運転手には番頭が前もって注意を与えていたものだろう。番頭が何も云わないのに、江古田の病院へ行った。その途中、津軽の番頭は日蓮宗のお寺の前を通るたびごとに、帽子をとって丁寧に礼拝した。太宰君の無難に入院するのを祈るためである。この番頭は日蓮宗の信者であった。

病院で入院手続の書類に爪印を押すときには、太宰君は何の躊躇もしなかった。私たちは彼に手かせ足かせを嵌《は》めたようなもので、こんなに強引に出て行くと、彼は相手まかせに身を任した。意外なほど反対の素振りを見せなかった。中毒患者の立場とすれば、入院することは地獄に身を投じるのと同じ思いであろう。なぜ抵抗しないのかもどかしいほどであった。太宰を入院させた後で、私はいかにも残酷なことをしたような気がして、帰りに酒で憂いを散じることにした。私は新宿の樽平で酒を飲んでから帰って来た。

その翌日、改造と新潮から、正月号の小説執筆を依頼する手紙が太宰あてに来た。しかし患者と病院外のものは、患者が退院するまで絶対に連絡できない規則になっている。私は愚妻に両雑誌社へ電話をかけさせた。入院四十日ばかりで太宰は退院して、両誌の原稿を書いたのである。但し、太宰君の麻薬中毒は、盲腸の手術を受けた後、医者が無暗にパントポンの注射をしたためである。番頭は何箇月も前の外科医院の勘定書きを私に見せ、こんなに注射しては中毒するのも当然だと云った。

注射回数はもう覚えないが、私の素人目にも多すぎるように思われた。院長の説明では、絆創膏をはがすとき、太宰がその都度《つど》「痛い痛い、藪医者」と叫ぶので、注射したものだそうである。それにしても、ひどすぎると私たちは話しあった。しかしそれは、太宰君が江古田の病院にはいる前のことで、私たちの愚痴にほかならなかった。

太宰君は中毒症状にある間は、なるべく友達を避けるようにつとめていた。住居も荻窪の飛島氏のうちから一そくとびに船橋の独立家屋に移った。無論、飛島氏も中毒のことは知らなかった。直《す》ぐ近所にいた伊馬君も、また中学時代から友人の今官一《こんかんいち》君も知らなかった。知っていたのは、太宰君に注射器を与えた学生と、薬屋と、大家さんと、いまは亡くなったもう一人の人だけであった。薬屋も後には閉口したそうだが、さきに禁を破って売った手前、そのままずるずると売りつづけて来たものだそうである。最近、東京に転入してからの太宰君は、古い友人たちを避けるようにしていたが、今度は中毒症状によるものであったとは思われない。占領治下にある今日では、医者以外に麻薬を手に入れることが出来ないからである。また麻薬を注射している人は、酒や女には見向きもしない傾きがある。今年の一月か二月ころ、私が最後に会ったとき、彼は船橋にいたころのように暗い顔をして、衰弱のしかたもひどいように見えた。しかし前夜は酒をのんだということを知ったので、中毒による衰弱ではないだろうと判断した。

先月、或る出版社の人が私に、太宰君といっしょにどこか静かな山の宿に行く気はないかと云った。一箇月ばかりいっしょにいて、それから私だけ山から降りて来て、あとは出版社のその人が、月に二回ぐらい物資を届けに行く。そういう提案であった。私はそれに賛成したが、まだその人が太宰君に云わない間に今度のような結果になった。もし云ったにしても承知するものではなかったろう。何だかそんなような気持がする。

以上、二十年にわたる交友のあらましを書いた。いま私は、自分のして来たことについて悔いることがないとはいわれない。ことに最近に至って、或は旧知の煩《わず》らわしさというようなものを、彼に感じさせていたかもわからない。この点、太宰君の死をいたむ心情に、何か拍車をかけるようなものがあるかとも考える。（『文藝春秋』一九四八年八月号）

太宰治との一日

豊島与志雄

とよしま・よしお　一八九〇―一九五五
小説家、翻訳家。訳書に『レ・ミゼラブル』『ジャン・クリストフ』。太宰が尊敬し、こころから甘えることが出来る数少ない先輩作家。葬儀の際には、葬儀委員長を務めた。

昭和二十三年四月二十五日、日曜日の、午後のこと、電話があった。

「太宰ですが、これから伺っても、宜しいでしょうか。」

声の主は、太宰自身でなく、さっちゃんだ。――さっちゃんというのは、吾々の間の呼び名で、本名は山崎富栄さん。

日曜日はたいてい私のところには来客がない。太宰とゆっくり出来るなと思った。

やがて、二人は現われた。――考えてみるに、太宰は三鷹にいるし、私は本郷にいるので、時間から推して、お茶の水あたりからの電話だったらしい。伺っても宜しいかというのは一応の儀礼で、実は私の在否を確かめるためのものであったろうか。

「今日は愚痴をこぼしに来ました。愚痴を聞いて下さい。」と太宰は言う。

彼がそんなことを言うのは初めてだ。いや、彼はなかなかそんなことを言う男ではない。心にどんな悩みを持っていようと、人前では快活を装うのが彼の性分だ。

私は彼の仕事のことを聞いた。半分ばかり出来上ったらしい。――彼はその頃、「展望」に連載する小説「人間失格」にとりかかっていた。筑摩書房の古田氏の世話で、熱海に行って前半を書き、大宮に行って後半を書いたが、その中間、熱海から帰って来たあとで私のところへ来たのである。私は後に「人間失格」を読んで、あれに覗き出している暗い影に心打たれた。あの暗い影が、彼の心に深く積もっていたのだろう。

しかし、愚痴をこぼしに来たと言いながら、それだけでもう充分で、愚痴らしいものを太宰は何も言わなかった。――その上、すぐ酒となった。

だいたい吾々文学者は、少数の例外はあるが、よく酒を飲む。文学上の仕事は、我と我身を切り刻むようなことが多く、どうにもやりきれなくて酒を飲むのだ。または、頭の中、心の中に、いやな滓がたまってきて、それを清掃するために酒を飲むのだ。太宰もそうだった。その上、太宰はまた、がむしゃらな自由奔放な生き方をしているようでいて、一面、ひどく極《きま》りわるがり恥しがるところがあった。口を開けば妥協的な言葉は言えず、率直に心意を吐露することになるし、それが反射的に気恥しくもなる。そして照れ隠しに酒を飲むのだ。人と逢えば、酒の上でなければうまく話が出来ない。そういうところから、つまり、彼は二重に酒を飲んだ。彼と逢えば私の方でも酒がなくては工合がわるいのだ。

折よく、私のところに少し酒があった。だが、私のこの近所、自由販売の酒類はすぐに売り切れてしまう。入手に甚《はなは》だ困難だ。太宰はさっちゃんに耳打ちして、電話をかけさせる。日曜日でどうかと思われるが、さほど遠くないところに、二人とも懇意な筑摩書房と八雲書店とがある。

「もしもし、わたし、さっちゃん……。」そう自分でさっちゃんは名乗る。太宰さんが豊島さんところに来ているが、お酒が手にはいるまいかとねだる。お代は原稿料から差引きにして、と言う。――両方に留守の人がいた。八雲から上等のウイスキーが一本届けられ、夜になって、筑摩からも上等のウイスキーを一本、臼井君が、自分で持参された。

元来、太宰はひとに御馳走することが好きで、ひとから御馳走になることが嫌いだ。旧家大家に育った生れつきの心ばえであろうか。――嘗《かつ》て、生家と謂《い》わば義絶の形となり、原稿もまだあまり売れず、困窮な放浪をしていた頃、右の点について、彼はずいぶん屈辱的な思いをしたことであろう。

私は太宰と懇意になったのは最近のことだが、私のところへ来ても、彼はいつも私へ御馳走しようとした。貧乏な私に迷惑をかけたくないとの配慮もあったろう。年長の私に対して礼をつくすという気持ちもあったろう。――彼が甘んじて世話になったのは、恐らく、死後も面倒をみて貰《もら》うことになった三社、新潮と筑摩と八雲とであったろうか。

あの日も太宰は酒を集めてくれた。ばかりでなく、さっちゃんをあちこちに奔走さして、いろいろな食物を買って来さした。私の娘が結婚後も家に同居していて、その頃病気で伏せっていたのへも、お見舞として、バタや缶詰の類を買って来さした。

おかしいのは、鶏の料理だ。だいぶ前、太宰が来た時、私は彼の前で鶏を料理してみせたことがある。へんな鶏で、雌雄がわからず、つまり、子宮も睾丸も摘出できなかったという次第で、大笑いとなった。こんな血腥《ちなまぐさ》いこと、太宰としては厭だったろうと思われるのに、案外、彼は興味を持って、其後《その》、よそで、自ら執刀し、そこら中を血だらけにしたという。私はそれを聞いていたし、前回の失敗を取返したくも思い、丸のままを一羽求めて来さして、食卓の上で手際よく解剖してみせた。ところがその鶏、産むまぎわの卵を一つ持っていて、まだ殻がぶよぶよしてる大きいのが出て来て、私も、むろん太宰も、ちょっと面喰った。

酒の席でまで文学論をやることは、太宰も私も嫌いだ。政治的な時事問題なども面白くない。話はおのずから、天地自然のこと、つまり山川草木のことが主となる。以前に、太宰と近所を歩いて、雀の巣だった銀杏の樹のあたりを通りかかったことがある。今ではその辺は戦災の焼跡になっているが、その銀杏の樹に嘗て、数百数千の雀が群がって囀《さえ》ずり、付近の人々は払暁《ふつぎよう》から眼を覚まされたという。その銀杏の樹が五本立ち並んでると私が言ったところ、三本しか見えないと太宰に指摘された。見ると、なるほど三本のようである。豊島さんの話、まったく出たらめで、五本だと言うが、なあに三本しかない、と太宰は大笑いするのだ。酔うとそれが彼の口癖になった。雌雄の分らない鶏も、酔後の彼の口癖だ。——そんなことで、その日も大笑いした。胸に憂悶があればこそ、こんな他愛もないことに笑い興じるのだ。

夜になって、臼井君が見えたので、だいぶ賑《にぎや》かになった。私はもう可なり酔って、どんなことを話したかあまり覚えていない。ただ、私の酔後の癖として、眼の前にいる人の悪口を言ってそれを酒の肴にすることが多いので、或は臼井君に失礼なことばかり言ったかも知れない。

臼井君は、酒は飲むが、あまり酔わない。程よく帰って行った。

太宰も私も、だいぶ酒にくたぶれた。太宰はビタミンB_1の注射をする。なんどか喀血したし、実は相当に体力も弱っているので、ビタミン剤などを常に飲んだり注射したりしているのである。注射はさっちゃんの役目だ。勇敢にさっとやってのける。ビタミンB_1は、アンプル中の薬液の変質を防ぐために、酸性になされていて、それが可なり肉にしみる。さっちゃんが注射すると、痛い、と太宰は顔をしかめる。

「僕にさしてみたまい。痛くないようにしてみせる。」

皮下に針をさして、極めて徐々に薬液を注入する。

「どうだ、痛くないだろう。」

「うん。」太宰は頷く。

そこで私は、終り頃になって、急に強く注入する。

「ち、痛い。」そして大笑いだ。

さっちゃんは勇敢に注射するが、ただそれだけで、他事はもう鞠躬如《きつきゆうじよ》として太宰に仕えている。太宰がどんなに我儘なことを言おうと、どんな用事を言いつけようと、片言の抗弁もしない。すべて言われるままに立ち働く。ばかりでなく、積極的にこまかく気を配って、身辺の面倒をみてやる。もし隙間風があるとすれば、その風にも太宰をあてまいとする。それは全く絶対奉仕だ。家庭外で仕事をする習慣のある太宰にとって、さっちゃんは最も完全な侍女であり看護婦であった。――家庭のことは、美知子夫人がりっぱに守ってくれる。太宰はただ仕事をすればよかったのだ。

そういう風で、太宰とさっちゃんとの間に、愛欲的なものの影を吾々は少しも感じなかった。二人の間になにか清潔なものさえ吾々は感じた。この感じは、誤ってるとは私は思わない。だから私は平気で二人を一室に宿泊させるのだった。――その夜も宿泊させた。

翌朝、すべての用事をさっちゃんに言いつける太宰が、珍らしく、自分で出かけて行った。だいぶたってから、一束の花を持って戻って来た。白い花の群がってる数本の強い茎を中軸にして、芍薬の美しい赤い花が二輪そえてある。

「どうだ、これは僕でなくちゃ分らん、お嬢さんに似てるだろう。」

さっちゃんを顧りみて太宰は言う。照れ隠しらしい。これだけは自分で買って来たいと思ったのだ。そしてそれを、お嬢さんへと言って私に差出した。

私たちは残りのウイスキーを飲みはじめた。女手は女中一人きりなので、さっちゃんがまたなにかと立ち働く。そこへ、八雲から亀島君がやって来、筑摩の臼井君もまた立ち寄った。暫《しばら》くして、太宰は皆に護られて帰っていった。背広に重そうな兵隊靴、元気な様子はしているが、後ろ姿になにか疲れが見える。疲れよりも、憂鬱な影が見える。
それきり、私は太宰に逢わなかった。逢ったのは彼の死体にだ。――死は、彼にとっては一種の旅立ちだったろう。その旅立ちに、最後までさっちゃんが付き添っていてくれたことを、私はむしろ嬉しく思う。

（『八雲』一九四八年七月号）

解説

町田康

文学といって小説を書く場合、やはりそこには人間が生きることの根底の問題がないとあかぬということになっている。

しかし大衆小説の場合は此の限りではなく、そうしたものよりなにより、その全面に、おもしろみ、というものがないとあかぬ。なぜなら毎日、銭を稼いで生活をしている大衆は、おもしろみ以外のものを求めていないからである。

そうした場合、人間が生きることの根底の問題はあまり入れないほうがよい。なぜならそうしたことは多くの人にとって不快事であることが多く、入れると、せっかくのおもしろみを減じさせる場合があるからである。

というだけならまあ別によく、銭に不自由しない人が文学を書き、そうでない人は銭が必要な程度に応じておもしろみを作っていけばよい、ということになる。

ところが実際上はそう単純な話ではなく、そこにはいくつかの問題があって、例えば人間が生きることの根底の問題は、実はそれをなすのは至難の業なのだが、ときに、おもしろみを加速させ、また、読む人も、ただの暇潰しでない読書をしたいと念願しているので、おもしろみを求めて書く人もそうしたものを適宜、混入しようとする。しかし、人間が生きることの根底の問題、例えば自分が生まれることと死ぬことにどんな意味や理由があるのかといった問題は、人間にとって極度に難しい問題で、それについて考えようとすると、どんな頭のよい人でも急に頭がボワボワになって考えられなくなる不可知に属する問題で、人間は何千年もの間、これを究めようとしてきたが、万人が、なるほどそうかー、と得心するような答えはいまだに出ていない。そのボワボワのところに人間の考えた神がいる。

それをおもしろみに従属させ、おもしろみに奉仕させせようというのは土台無理な話で、その無理を通すための方便が実は行われている。

というのは、まあ、それそのものは難しいので、まがい物と言うと言い過ぎか、まあ、なんとなくそれらしい、それ風のもの、ちょっとそれらしい深刻風味、高尚風味な、まあ言わば蟹は無理なのでせめて蟹かまぼこでもいれておきますか、的な、そんなことが行われる。

ということそのものには、まあある種の真情、というか可憐なものを感じないでもない。しかし最大の問題は、書く人がそれを文学風味のコピー食品と思っておらず、自分こそが正統と信じ、また読む人も、自分にとってのおもしろさが保証される範囲内においてこれを信じ、ありがたくこれを奉じ、模造された問題と暫定的な解決が人々の心のなかに固着して回復困難な状態となっているという点である。

そしてその立場から、方便でなしに全力でおもしろみを追求、ということは、そのなかに根底の問題をどうにかして組み込もうとして必死の努力をしている人を、「おもしろくねー」という一言で断罪し、嘲笑ってなかったことにする。もちろんそうした力が働くのは無意識にそうしなければおさまらない焦燥を抱えているからだろうが、なんとか困難な問題に立ち向かって苦しみ、砂漠のど真ん中で被害者ゼロの自爆テロを決行し、その最中、自らの命を惜しんで泣き狂い、思わず神の名を呼んだ、その声を嗤うのはあまりにも無慚であるように思う。

また、その一方で、自分の立場ばかりを気にして、これをスタンス・立ち位置などという恥ずかしい言葉で呼んで人事のみに興味を持っており、だからちっともおもしろくないのを、俺は根底の問題をやっているから、ということでチャラにして自分を甘やかしている人は文学の世界に限らず多く、人のため、を標榜しつつ、自分と自分の家庭、はは、家庭。は別格に扱って神棚にあげ、神聖不可侵としている人が多いのもまたひとつの問題で。

といった問題も考えていけば結局は人間が生きることの根底の問題につながっていって、おもしろさにおいても根底の問題への接近についても半チクな俺が愚図愚図云ってどうなるものでもない。だから俺はいまでも太宰治の小説を読む。なぜなら人間が生きることの根底の問題によっておもしろさを加速させ、おもしろさによってその問題に接近するという極度に難しいことをやったのは太宰治ただ一人であるからである。太宰治が世代・時代をまたいで読まれ続けているのはそうした理由による。と俺は思う。百年後に結果が出ている。これを結果とせず過程としようとする。それが太宰の書いた希望であり、正義ではないだろうか。それを微笑して目指したい。すみません。

（まちだ・こう　小説家）

太宰治略年譜

一九〇九年（明治四十二）
六月十九日　青森県北津軽郡金木《かなぎ》村（現・五所川原市金木町）に津島源右衛門・夕子《たね》の第十子六男として誕生。本名修治。父は「金木の殿様」と呼ばれる大地主で、津島家は使用人を含めると三十人を超える大所帯であった。

一九一六年（大正五）　**七歳**
四月　金木第一尋常小学校入学（一九二二年三月、首席で卒業）。

一九二三年（大正十二）　**十四歳**
三月四日　父源右衛門が肺気腫のため死去。兄文治が家督を相続。
四月　県立青森中学校入学（一九二七年三月卒業）。

一九二七年（昭和二）　**十八歳**
四月　官立弘前高校文科甲類入学（一九三〇年三月卒業）。

一九三〇年（昭和五）　**二十一歳**
四月　東京帝国大学仏文科入学（一九三五年、授業料未納で除籍）。
十一月二十八日　カフェの女給田部シメ子と鎌倉で心中を図るも失敗。シメ子は死亡。

一九三一年（昭和六）二十二歳

二月　津島家からの分家除籍を条件に元芸者の初代と同棲生活をはじめる。

一九三三年（昭和八）二十四歳

三月　「魚服記」（『海豹』）を発表。

四月　「思い出」（『海豹』～七月）を連載。

一九三四年（昭和九）二十五歳

七月　「猿面冠者」（『鷭』）を発表。

一九三五年（昭和十）二十六歳

三月　卒業のめどは立たず、都新聞の入社試験にも失敗。鎌倉で縊死を図るも未遂。

四月　急性盲腸炎で阿佐ヶ谷の篠原病院に入院。手術後に腹膜炎を併発し、鎮痛に多用されたパビナールで中毒に。

五月　「道化の華」（『日本浪曼派』）を発表。

八月　「逆行」が芥川賞候補に選ばれ、次席に。

十月　「ダス・ゲマイネ」（『文藝春秋』）を発表。

一九三六年（昭和十一）二十七歳

七月　「虚構の春」（『文學界』）を発表。

十月　パビナール中毒の治療のために板橋区江古田の武蔵野病院に入院。

単行本　第一創作集『晩年』（砂子屋書房）刊行。

一九三七年（昭和十二）二十八歳

三月　間違いを犯した初代と水上村谷川温泉で心中を図るも失敗。初代と別離。

四月　「HUMAN LOST」（『新潮』）を発表。

単行本　『虚構の彷徨　ダス・ゲマイネ』（新潮社）、『二十世紀旗手』（版画荘）刊行。

一九三九年（昭和十四）三十歳

一月　井伏鱒二夫妻の媒酌で石原美知子と結婚、甲府市御崎町（現・甲府市朝日）に新居を構える。

二月　「富嶽百景」（『文体』）を発表。

九月　東京府下三鷹村（現・東京都三鷹市）下連雀に移転。

単行本　『愛と美について』（竹村書房）、『女生徒』（砂子屋書房）刊行。

一九四〇年（昭和十五）**三十一歳**

五月　「走れメロス」（『新潮』）を発表。
十二月　『女生徒』が北村透谷文学賞副賞を受賞。
単行本　『皮膚と心』（竹村書房）、『思い出』（人文書院）、『女の決闘』（河出書房）刊行。

一九四一年（昭和十六）**三十二歳**

一月　「東京八景」（『文學界』）を発表。
六月　長女園子誕生。
単行本　初の書き下ろし中篇小説『新ハムレット』（文藝春秋）刊行。

一九四二年（昭和十七）**三十三歳**

十二月十日　母タ子死去。
単行本　限定版『駈込み訴え』（月曜荘）、『正義と微笑』（錦城出版社）刊行。

一九四三年（昭和十八）**三十四歳**

単行本　『富嶽百景』（新潮社）、『右大臣実朝』（錦城出版社）刊行。

一九四四年（昭和十九）**三十五歳**

八月　長男正樹誕生。
単行本　『津軽』（小山書店）刊行。

一九四五年（昭和二十）**三十六歳**

四月　三鷹の自宅付近が爆撃され、妻の実家である甲府へ疎開。
七月　疎開先が焼夷弾爆撃で全焼。妻子とともに金木の生家に移居。
十月　「パンドラの匣」（『河北新報』『東奥日報』〜翌一月）を連載。
単行本　『新釈諸国噺』（生活社）、『惜別』（朝日新聞社）、『お伽草紙』（筑摩書房）刊行。

一九四六年（昭和二十一）**三十七歳**

十一月　三鷹の旧居に戻る。

単行本　『パンドラの匣』（河北新報社）、『玩具』（あづみ書房）刊行。

一九四七年（昭和二十二）**三十八歳**

三月　「ヴィヨンの妻」（『展望』）を発表。次女里子誕生。

十一月　太田静子との間に治子誕生。

単行本　『斜陽』（新潮社）、『猿面冠者』（鎌倉文庫）刊行。

一九四八年（昭和二十三）**三十八歳**

三月　「如是我聞」（『新潮』～七月）を連載。

五月　「桜桃」（『世界』）を発表。「人間失格」（『展望』～八月）を連載。

六月　「グッド・バイ」（『朝日新聞』から『朝日評論』、未完、絶筆）を連載開始。

六月十三日　山崎富栄とともに玉川上水に入水自死。法名文綵院大猷治通居士。

単行本　『人間失格』（筑摩書房）、『桜桃』（実業之日本社）、『如是我聞』（新潮社）刊行。

［『新文芸読本　太宰治』所収の関井光男氏作成の年表他を参照して作成した］

本書は原則として初出を底本とし、適宜、全集、単行本、文庫を参照しました。

本書は、各作品の底本を尊重しつつ、歴史的仮名遣いは現代仮名遣いに、旧漢字表記は新漢字表記へ改めました。明らかな誤植等を訂正し、難読字にルビを追加しました。また、極端な当て字及び代名詞・副詞・接続詞のうち、仮名に改めても原文をそこなうおそれがないと思われるものは仮名としました。

本文中、今日からみれば不適切と思われる表現がありますが、書かれた時代背景と作品価値とに鑑み、そのままとしました。

本書中、戸石泰一氏、土井虎賀寿氏の著作権継承者の連絡先が判明しませんでした。お心あたりのある方は編集部までご連絡ください。

本書は文庫オリジナル編集です。

編集協力
杉田淳子（ゴーパッション）

太宰《だざい》よ！　45人《にん》の追悼文集《ついとうぶんしゅう》
さよならの言葉《ことば》にかえて

二〇一八年 六 月一〇日　初版印刷
二〇一八年 六 月二〇日　初版発行

編　者　河出書房新社編集部《かわでしょぼうしんしゃへんしゅうぶ》
発行者　小野寺優
発行所　株式会社河出書房新社
〒一五一-〇〇五一
東京都渋谷区千駄ヶ谷二-三二-二
電話〇三-三四〇四-八六一一（編集）
〇三-三四〇四-一二〇一（営業）
http://www.kawade.co.jp/

ロゴ・表紙デザイン　粟津潔
本文フォーマット　佐々木暁
本文組版　株式会社創都
印刷・製本　中央精版印刷株式会社

Printed in Japan　ISBN978-4-309-41614-4

さよならを言うまえに　人生のことば292章

太宰治　40956-6

生れて、すみません――三十九歳で、みずから世を去った太宰治が、悔恨と希望、恍惚と不安の淵から、人生の断面を切りとった、きらめく言葉の数々をテーマ別に編成。太宰文学のエッセンス！

そこのみにて光輝く

佐藤泰志　41073-9

にがさと痛みの彼方に生の輝きをみつめつづけながら生き急いだ作家・佐藤泰志がのこした唯一の長篇小説にして代表作。青春の夢と残酷を結晶させた伝説的名作が二十年をへて甦る。

きみの鳥はうたえる

佐藤泰志　41079-1

世界に押しつぶされないために真摯に生きる若者たちを描く青春小説の名作。新たな読者の支持によって復活した作家・佐藤泰志の本格的な文壇デビュー作であり、芥川賞の候補となった初期の代表作。

大きなハードルと小さなハードル

佐藤泰志　41084-5

生と精神の危機をひたむきに乗り越えようとする表題作はじめ八十年代に書き継がれた「秀雄もの」と呼ばれる私小説的連作を中心に編まれた没後の作品集。作家・佐藤泰志の核心と魅力をあざやかにしめす。

千年の愉楽

中上健次　40350-2

熊野の山々のせまる紀州南端の地を舞台に、高貴で不吉な血の宿命を分かつ若者たち――色事師、荒くれ、夜盗、ヤクザら――の生と死を、神話的世界を通し過去・現在・未来に自在に映しだす新しい物語文学。

日輪の翼

中上健次　41175-0

路地を出ざるをえなくなった青年と老婆たちは、トレーラー車で流離の旅に出ることになる。熊野、伊勢、一宮、恐山、そして皇居へ、追われゆく聖地巡礼のロードノベル。

奇蹟

中上健次 41337-2

金色の小鳥が群れ夏芙蓉の花咲き乱れる路地。高貴にして淫蕩の血に澱んだ仏の因果を背負う一統で、「闘いの性」に生まれついた極道タイチの短い生涯。人間の生と死、その罪と罰が語られた崇高な世界文学。

枯木灘

中上健次 41339-6

熊野を舞台に繰り広げられる業深き血のサーガ…日本文学に新たな碑を打ち立てた著者初長編にして圧倒的代表作。後日談「覇王の七日」を新規収録。毎日出版文化賞他受賞。解説／柄谷行人・市川真人。

十九歳の地図

中上健次 41340-2

「俺は何者でもない、何者かになろうとしているのだ」——東京で生活する少年の拠り所なき鬱屈を瑞々しい筆致で捉えたデビュー作。全ての十九歳に捧ぐ青春小説の金字塔。解説／古川日出男・高澤秀次。

ヰタ・マキニカリス

稲垣足穂 41500-0

足穂が放浪生活でも原稿を手放さなかった奇跡の書物が文庫として初めて一冊になった！ 「ヰタとは生命、マキニカリスはマシーン（足穂）」。恩田陸、長野まゆみ、星野智幸各氏絶賛の、シリーズ第一弾。

少年愛の美学 A感覚とV感覚

稲垣足穂 41514-7

永遠に美少年なるもの、A感覚、ヒップへの憧憬……タルホ的ノスタルジーの源泉ともいうべき記念碑的集大成。入門編も併禄。恩田陸、長野まゆみ、星野智幸各氏絶賛の、シリーズ第2弾！

天体嗜好症

稲垣足穂 41529-1

「一千一秒物語」と「天体嗜好症」の綺羅星ファンタジーに加え、宇宙論、ヒコーキへの憧憬などタルホ・コスモロジーのエッセンスを一冊に。恩田陸、長野まゆみ、星野智幸各氏絶賛シリーズ第三弾！

邪宗門 上・下

高橋和巳

41309-9
41310-5

戦時下の弾圧で壊滅し、戦後復活し急進化した“教団”。その興亡を壮大なスケールで描く、39歳で早逝した天才作家による伝説の巨篇。今もあまたの読書人が絶賛する永遠の“必読書”！　解説：佐藤優。

憂鬱なる党派 上・下

高橋和巳

41466-9
41467-6

内田樹氏、小池真理子氏推薦。三十九歳で早逝した天才作家のあの名作がついに甦る……大学を出て七年、西村は、かつて革命の理念のもと激動の日々をともにした旧友たちを訪ねる。全読書人に贈る必読書！

悲の器

高橋和巳

41480-5

39歳で早逝した天才作家のデビュー作。妻が神経を病む中、家政婦と関係を持った法学部教授・正木。妻の死後知人の娘と婚約し、家政婦から婚約不履行で告訴された彼の孤立と破滅に迫る。亀山郁夫氏絶賛！

わが解体

高橋和巳

41526-0

早逝した天才作家が、全共闘運動と自己の在り方を“わが内なる告発”として追求した最後の長編エッセイ、母の祈りにみちた死にいたる闘病の記など、“思想的遺書”とも言うべき一冊。赤坂真理氏推薦。

日本の悪霊

高橋和巳

41538-3

特攻隊の生き残りの刑事・落合は、強盗容疑者・村瀬を調べ始める。八年前の火炎瓶闘争にもかかわった村瀬の過去を探る刑事の胸に、いつしか奇妙な共感が……“罪と罰”の根源を問う、天才作家の代表長篇！

我が心は石にあらず

高橋和巳

41556-7

会社のエリートで組合のリーダーだが、一方で妻子ある身で不毛な愛を続ける信藤。運動が緊迫するなか、女が妊娠し……五十年前の高度経済成長と政治の時代のなか、志の可能性を問う高橋文学の金字塔！

久生十蘭ジュラネスク　珠玉傑作集

久生十蘭　41025-8

「小説というものが、無から有を生ぜしめる一種の手品だとすれば、まさに久生十蘭の短篇こそ、それだという気がする」と澁澤龍彦が評した文体の魔術師の、絢爛耽美なめくるめく綺想の世界。

十蘭万華鏡

久生十蘭　41063-0

フランス滞在物、戦後世相物、戦記物、漂流記、古代史物……。華麗なる文体を駆使して展開されるめくるめく小説世界。「ヒコスケと艦長」「三笠の月」「贖罪」「川波」など、入手困難傑作選。

パノラマニア十蘭

久生十蘭　41103-3

文庫で読む十蘭傑作選、好評第三弾。ジャンルは、パリ物、都会物、戦地物、風俗小説、時代小説、漂流記の十篇。全篇、お見事。

十蘭レトリカ

久生十蘭　41126-2

文体の魔術師・久生十蘭の中でも、異色の短篇集。収録作品「胃下垂症と鯨」「モンテカルロの下着」「フランス感れたり」「ブゥレ＝シャノアル事件」「心理の谷」「三界万霊塔」「花賊魚」「亜墨利加討」。

十蘭錬金術

久生十蘭　41156-9

東西、古今の「事件」に材を採った、十蘭の透徹した「常識人」の眼力が光る傑作群。「犂氏の友情」「勝負」「悪の花束」「南極記」「爆風」「不滅の花」など。

十蘭ビブリオマーヌ

久生十蘭　41193-4

生誕一一〇年、澁澤龍彦が絶賛した鬼才が描く、おとこ前な男女たち内外の数奇譚。幕末物、西洋実話物語、戦後風俗小説、女の意気地……。瞠目また瞠目。

埋れ木

吉田健一　41141-5

生誕百年をむかえる「最後の文士」吉田健一が遺した最後の長篇小説作品。自在にして豊穣な言葉の彼方に生と時代への冷徹な眼差しがさえわたる、比類なき魅力をたたえた吉田文学の到達点をはじめて文庫化。

家族写真

辻原登　41070-8

一九九〇年に芥川賞受賞第一作として掲載された「家族写真」を始め、「初期辻原ワールド」が存分に堪能出来る華麗な作品七本が収録された、至極の作品集。十五年の時を超えて、初文庫化！

猫の客

平出隆　40964-1

稲妻小路の光の中に登場し、わが家を訪れるようになった隣家の猫。いとおしい訪問客との濃やかな交情。だが別れは唐突に訪れる。崩壊しつつある世界の片隅での生の軌跡を描き、木山捷平賞を受賞した傑作。

椿の海の記

石牟礼道子　41213-9

『苦海浄土』の著者の最高傑作。精神を病んだ盲目の祖母に寄り添い、ふるさと水俣の美しい自然と心よき人々に囲まれた幼時の記憶。「水銀漬」となり「生き埋め」にされた壮大な魂の世界がいま蘇る。

鬼の詩／生きいそぎの記

藤本義一　41216-0

二〇一二年十月に亡くなった著者の代表作集。直木賞受賞作「鬼の詩」、運命的な師・映画監督川島雄三のモデル小説「生きいそぎの記」他、「贋芸人抄」「下座地獄」、講演「師匠・川島雄三を語る」。

黄夫人の手

大泉黒石　41232-0

生誕百二十年。独自の文体で、日本人離れした混血文学を書いた異色作家の初文庫。人間の業、魂の神秘に迫る怪奇小説集。死んだ女の手がいろいろな所に出現し怪異を起こす「黄夫人の手」他全八篇。